中華文化思想叢書

先秦兩漢文體研究

于雪棠　著

目次

序[*]

　　所謂文體，指文學體裁、體制或樣式。中國古代的文體紛繁複雜，美不勝收，是中國傳統文化的一個珍貴寶藏，也是世界文化的一份寶貴財富，值得我們去發掘，更值得我們去繼承。

　　我對中國古代文體的研究興趣，始於一九九九年初夏，申報國家教育部人文社會科學跨世紀優秀人才基金項目《中國古代文體學史論》。當時我注意到，二十世紀以來，學術界對中國古代文體理論的研究一直十分關注，尤其是二十世紀九〇年代以來，文體研究成為文學研究領域的一個熱點，取得了顯著的成果。但是，對中國古代文體學的歷史發展和理論構成進行總體研究，卻仍然是一個亟待解決的重要的學術課題。研究這一課題，不僅是對二十世紀以來有關中國古代文體研究成果的總結，更是對中國古代文體理論的文化價值和思想價值的深層發掘。而對中國古代文體學的理論研究，將有利於深入把握中國古代文藝學思想的精髓，有利於發掘中國古代文化思想的寶藏。該項目於二〇〇〇年獲得批准立項，從此我就同中國古代文體研究結下了不解之緣。

　　在專案開展的過程中，我越來越深切地認識到，研究中國古代文體，不僅應當關注文體理論，更應當關注文體實踐。就中國古代文化、古代文學而言，更豐富的寶藏、更珍貴的財富，還不是條分縷析的文體理論成果，而是匠心獨運的文體實踐結晶。探究中國古代豐富

---

* 　編案：本文為簡體版之序文。

多彩、獨具一格的文體實踐，更能使我們走進每一位作家的心靈，更能究索每一部文本的內蘊，更能揭櫫每一種文體的奧秘，也更能觀賞中國歷代文化變遷的圖景。

正是基於這一想法，二〇〇〇年盛夏，當于雪棠博士從東北師範大學畢業，到北京師範大學中國語言文學博士後站工作時，我就建議她選擇先秦兩漢文體作為研究課題。雪棠從小沐浴書香門第的熏風，家學淵源深厚，國學功底扎實，蘭心蕙質，勤勉好學。更難得的是，稟承乃父海洲先生庭訓，雪棠接受了中國古代文體寫作的系統訓練，詩詞文賦，多有佳作，在同齡人中堪稱佼佼者。研究古代文體而不懂得文體寫作，那無異於緣木求魚，說出來的話只能是隔靴搔癢。因此，雪棠可謂古代文體研究的最佳人選，我當時就堅信，她一定能在文體研究方面獨闢蹊徑，自樹一幟。

在博士後站工作的兩年時間裡，雪棠浸淫經典，沉潛學問，在對具體文本的深入解讀中，一方面細緻入微地探究文體的內在構成方式，一方面上下求索地考察文體的生成演變過程以及文體之間的相互滲透與融合。二〇〇二年六月博士後出站時，雪棠呈交了一份題為〈先秦兩漢文體研究〉的工作報告，涉及以下七個論題：《周易》與上古文學占筮型問對體，《周易》經傳結構與戰國秦漢散文的體制，《尚書》的文體分類及行為與文本的關係，從《尚書·堯典》等篇看早期歷史敘事文體的特徵，從秦漢封禪文看文體與文化生態的關係，《尚書》訓體與《史》、《漢》書志及《七發》、劉向《說苑》等書編撰體例考源，從東漢碑文看文體的分合交叉及其他。

從這些論題的標目即可看出，雪棠的學術研究具有非常鮮明的三大特色：第一，擘機分理地細緻解析具體文本，以此作為文體研究的堅實依據，摒棄蹈空之論；第二，密切關注文體的複雜構成，多層次、多角度地考察文本與文本、文體與文體之間的滲透、交叉、融合

等關係，避免偏執之見；第三，深入追索促使文體生成及嬗變的主客觀因素，在錯綜豐富的文化語境中揭示文體的文化價值與文化意義。這三大特色，得到出席博士後出站報告評審會專家的一致稱賞，並從此奠定了雪棠學術研究的堅實基石。

雪棠在二〇〇二年受聘為北京師範大學文學院教師以後，雖然工作繁忙、家事冗雜，但卻仍然孜孜矻矻、潛心學問，在學術研究園地裡精心勞作、勤奮耕耘。她一邊修訂舊稿，一邊撰著新論，對春秋辭令、《春秋公羊傳》和《春秋繁露》、西漢詔策等論題，又進行了開拓性的研究，大大充實了博士後出站報告。

二〇〇九年，這部面貌一新的《先秦兩漢文體研究》，有幸獲得北京市社會科學理論著作出版基金資助，來年即將問世。我私心以為，在迄今為止已經出版的研究中國古代文體的論著中，這部著作猶如臨風玉樹，秀美多姿。所以當雪棠請我作序時，即聊書數語。是為序。

郭英德

2011年9月2日

前言

　　古人對文體很早就有了朦朧的認識。把詩編為三百篇總集的《詩經》、把歷史上的官方文告記錄下來的《尚書》，就體現出以類相從的編輯原則，表明人們對於詩歌與散文這兩種不同文體的特點已經有了區分意識。時至兩漢，《漢書‧藝文志》具有不容忽視的文體分類價值。魏晉時期，人們的文體觀念十分自覺，產生了在文體研究史上舉足輕重的單篇論文與專著，如《典論‧論文》《文賦》《文選》及《文心雕龍》等。其後，對於文體的研究綿綿不絕。比較著名的專著有明代吳訥的《文章辨體序說》和徐師曾的《文體明辨序說》等。

　　進入近現代以來，一些文學史及文學批評史著作，如劉師培的《中國中古文學史／論文雜記》、魯迅的《漢文學史綱要》，都對先秦兩漢時期的文體變遷有所涉及。羅根澤的《中國文學批評史》和姜亮夫的《文學概論講述》設專章講述文體，顧易生、蔣凡的《先秦兩漢文學批評史》也涉及文體問題。褚斌傑的《中國古代文體概論》梳理了古代眾多文體，對每一種文體的源流、體制論述詳明。人民文學出版社出版了系列古代文體理論方面的叢書，雲南人民出版社也出版了文體學叢書。對於文體的研究，無論是論文還是專著，大多集中在詩、賦和小說上。至於古代散文文體，則明顯有些冷落。對於先秦兩漢這一時期的文體現象，雖然取得了令人矚目的研究成果，但仍需要進行更廣泛、更深入、更系統的研究，這個課題還有很大的學術空間。

　　先秦兩漢時期是我國古代文學的發軔期，也是我國古代眾多文體開始萌芽乃至成熟的重要階段。這一時期已經出現了多種文體，大的

類別有詩歌與散文的分別，下一個層次的區分則體類更多。而且，具有詩與文兩種文體特徵的賦，也興盛於這一時期。從劉勰開始，就多有學者將眾多文體都溯源於五經。北齊顏之推、清代的章學誠，都表述過類似的看法。如章學誠曾說：「後世之文，其體皆備于戰國。」（《文史通義・詩教上》）這些看法雖然並不完全正確，但大體符合實情。因此，深入地梳理、研究先秦兩漢這一時期的文體現象以及人們的文體觀念，具有追本溯源的啟示意義。

文體研究是文學史研究、文學批評史研究的一項重要內容。我國古代文學的文學種類和樣式非常豐富，每一時代都有其特別發達的一種文體。文體的變遷，包含著文學觀念的變遷；作者在文學創作上的探索，往往表現為對文體的創新與發展。因此，對於不同文體體制特徵的辨析和分類，一種文體的發生及發展演變過程，以及不同文體之間相互滲透與融合等問題的研究，無疑會有助於我們對於文學本質的認識，能夠推動、促進我們對於文學創作規律的掌握。而梳理與探討具有奠基意義的先秦兩漢時期文體與文體觀念，就顯得尤為重要，這會幫助我們澄清文學史研究中一些歷來面目模糊的問題。

文體分類、文體源流及體制，是文體研究的基本問題，大多數文體研究著作對此都給予了充分重視，做出了多種解答並取得了突出成績。不過，其中仍然存在一些需要進一步探討或者值得重新認識的題目。

本書主要以先秦兩漢時期《周易》《尚書》兩部經典本身及相關散文文體現象及文體觀念為研究範圍，意圖從大的文化背景縱向觀照某些文體的產生和發展，橫向考察各種文體之間的相互滲透與交叉，深入追索促使文體產生及嬗變的複雜因素，包括時代風尚、文藝思潮、學術氛圍、創作主體的個性氣質與審美偏好、題材內容及讀者對文體的心理期待等。希望能夠有所發現，有所收穫，對這一課題有所貢獻。

　　本書以先秦兩漢文體現象及文體觀念為研究物件，探討了十個論題，著重於探源和考變。主要結論如下：

　　一、《周易》本經對卦式結構、包舉宇宙式的結構、經傳合編的結構編排體例與戰國秦漢時期散文著述的體制之間存在一定的關聯。

　　二、《尚書》篇名的命名方式暗中制約、規定著人們進行文體分類。六體之名是由行為之名轉為文體之名，行為本身的特點與記錄行為的文本體類特點具有一致性。

　　三、從敘事與記言角度考察，《尚書》中〈堯典〉〈禹貢〉〈金縢〉和〈顧命〉四篇屬敘事體，相對於其他篇章更多地具有說（口語）的色彩，這幾篇鮮明地表現出寫（書面）的特徵。

　　四、《尚書》典體文有兩條發展線索，其一為封禪文。封禪文本的產生及外在形態受到文化生態的影響。作者對文本功能期待的變化體現出文學自覺意識的增強。

　　五、《尚書》中的訓含有解說、傳授知識的含義，訓體文是《史記》和《漢書》書志的先聲，訓體文經歷了由說明文到議論文的轉變。

　　六、春秋辭令的卓絕豐富，與當時重言尚辭、崇文重禮的觀念有著密切的聯繫。春秋時期還存在一種「辭其何益」的看法。受重辭與輕辭兩種看法影響的辭令，其風格存在很大差異。

　　七、《春秋》經的兩部公羊派早期闡釋著作《春秋公羊傳》和董仲舒的《春秋繁露》（前十七篇），文體迥異。文體的生成與經學闡釋方式直接相關。《公羊傳》與《春秋繁露》不同的文體，反映出先秦與漢初兩種不同的經學闡釋方式。

　　八、西漢詔策多為帝王自擬，漢帝的從師問學情況，除高祖和文帝，其餘史有詳載。經學教育是一種觀念教育，在災異詔的內容和體制中有明顯的表現。經學教育培育出不同的人格類型；不同人格類型的帝王，其詔策風格亦不相同。

　　九、劉向編輯的《說苑》《新序》和《列女傳》三部書的體例，緣於先秦諸子及戰國至漢初的說經方式，其意在事先、以事言理的思想表達方式與《周易》一脈相承。

　　十、碑文興起于東漢，以頌德為主，碑與銘誄存在滲透交叉、分分合合的關係，文體的產生與興盛具有偶然性。

第一章

《周易》經傳結構與戰國秦漢散文的體制

　　《周易》本經具有對卦式和溝通天人的編排特點，把本經與七種《易》傳聯結為一個整體加以觀照，傳具有後世序的文體特徵。本章擬從對卦式、溝通天人、序的體例及經傳合編與論說文的形態這四個方面，考察《周易》經傳與戰國秦漢散文幾種結構編排形式之間的關係，力求以《周易》經傳的結構為線索，揭示上古文學作品某些結構特點及其源頭所在。

　　關於《周易》經傳的作者、成書年代與編排體例問題，歷來說法不一。在進行研究之前，需要說明的是，筆者贊成這種看法：《周易》本經的撰定及編次成於西周初期，《易》傳成於春秋戰國時期，非一人所作，把經文與傳文合編在一起，始於西漢的費直。[1]這是本

1　關於《周易》經傳作者、著作年代及編排體例，撮舉幾種觀點，排比如下：
　　〔漢〕司馬遷〈報任少卿書〉：「蓋西伯拘而演《周易》。」（班固：《漢書》〔北京市：中華書局，1962年〕，卷62，頁2735。）
　　〔漢〕司馬遷：《史記》〈孔子世家〉：「孔子晚而喜《易》，序〈彖〉、〈繫〉、〈象〉、〈說卦〉、〈文言〉。」（《史記》〔北京市：中華書局，1982年〕，卷47，頁1937。）
　　〔漢〕班固：《漢書》〈藝文志〉：「孔氏為之〈彖〉、〈象〉、〈繫辭〉、〈文言〉、〈序卦〉之屬十篇。」（《漢書》〔北京市：中華書局，1962年〕，卷30，頁1704。）
　　皮錫瑞有「論以傳附經始於費直不始於王弼亦非本於鄭君」文。（詳見〔清〕皮錫瑞：《經學通論》〔北京市：中華書局，1954年〕，頁25。）
　　李鏡池：〈彖傳〉與〈象傳〉，「年代當在秦漢間；其著作者當是齊魯間底儒家者流。」〈繫辭〉與〈文言〉，「年代當在史遷之後，昭宣之前。」〈說卦〉〈序卦〉與〈雜卦〉「在昭宣後。」（李鏡池：《易傳探源》，見顧頡剛編著：《古史辨》〔上海市：上海古籍出版社，1982年〕，冊3，頁94-128。）

章所有結論的前提。

第一節　對卦式結構形態

　　六十四卦是按照兩兩相對的方式編排的，每兩卦為一組，可以分為三十二對。這種編排的本子出現甚早，流傳久遠，影響很大。本經具有這個特點，《易》傳對此又做了明確的闡釋。〈雜卦〉作者獨具慧眼地發現了《易》經對卦式這一重要的編排方式，其闡發深得要義。〈雜卦〉沒有按照六十四卦的順序解說卦義，而是錯綜交互地敘述，錯雜之中有一個規律，即大體上是把相鄰的兩卦聯繫起來對卦義進行說明。[2]

　　究其淵源，如此編排，與《易》經的中心觀念——陰陽不無關係。《易》卦象的基本符號是陰爻和陽爻，其中蘊涵樸素的對立轉化觀念，也蘊涵二分法的世界觀。由此而來，全書六十四卦按照兩兩相對的原則來編排，自然順理成章。

高亨：「說十翼中有漢人作品，並無堅確的論據。管見以為十翼都寫於戰國時代，正如歐陽所說『非一人之言』，〈象〉〈象〉比較早些，可能在春秋末期。」（高亨：《周易雜論》〔濟南市：齊魯書社，1979年〕，頁35-36。）

黃壽祺、張善文：「《易傳》七種原皆單行，後來被合入經文並行……關於援傳連經始於何人的問題，舊有兩說。……（三國）淳于俊認為，東漢的鄭玄合《象傳》、《象傳》於經文。《崇文總目》云：『凡以〈象〉、〈象〉、〈文言〉雜入卦中者，自費氏始。』晁公武《郡齋讀書志》亦曰：『凡以〈象〉、〈象〉、〈文言〉等參入卦中，皆祖費氏。東京荀、劉、馬、鄭皆傳其學。王弼最後出，或用鄭說，則弼亦本費氏也。』……漢代學者出於便利誦習的目的，編成經傳參合本，當是較為可信的說法。」（黃壽祺、張善文：《周易譯注》〔上海市：上海古籍出版社，1989年〕，頁8-9。）

2　〈雜卦〉自〈大過〉以下八卦，沒有兩兩相對地加以解說，對此，古人虞翻、干寶、朱熹等都提出各自的看法，或解釋原因，或疑為錯簡。近人尚秉和認為這幾卦「雖不對舉，而義仍反對」。（尚秉和：《周易尚氏學》〔北京市：中華書局，1980年〕，頁338。）

　　那麼，對舉的兩卦之間是什麼關係呢？或者說，遵循什麼宗旨來選擇對排的兩卦？晉韓康伯在注中指出：「〈雜卦〉者雜糅眾卦，錯綜其義，或以同相類，或以異相明也。」[3]「以同相類」和「以異相明」，正是《易》經六十四卦一個基本的編排宗旨，在這個宗旨的支配下，才形成兩兩對舉的編排形式。

　　以同相類和以異相明二者相較，以異相明占大多數。例如〈雜卦〉云：「〈乾〉剛〈坤〉柔，〈比〉樂〈師〉憂。」「〈震〉，起也；〈艮〉，止也。〈損〉、〈益〉，盛衰之始也。」「〈睽〉，外也；〈家人〉，內也。〈否〉、〈泰〉，反其類也。」[4]乾道剛健，坤道柔順。〈比〉卦旨在結群，故樂；〈師〉卦言軍旅之事，故憂。〈震〉卦講的是雷動之象，在古人觀念中，雷動為萬物起始初動之象，〈說卦〉認為「萬物出乎震」[5]，故曰起；〈艮〉象為山，山為靜止不動之象，故曰止。〈損〉為盛之始，〈益〉為衰之始。〈睽〉卦所言都是離家在外之事，〈家人〉卦講的是治家之事。〈否〉為天地閉塞之象，〈泰〉為天地交通之象，二者卦象與性質恰恰相反。其它還有許多，不一而足。

　　〈雜卦〉所言屬於「以同相類」的有：「〈革〉，去故也；〈鼎〉，取新也。」「〈需〉，不進也；〈訟〉，不親也。」[6]〈革〉卦義是革去已有的；〈鼎〉卦義是煮熟生食後取得新食，意在取得新物。兩卦意相

3　〔魏〕王弼、韓康伯注，〔唐〕孔穎達等正義：《周易正義》，見〔清〕阮元校刻：《十三經注疏》（北京市：中華書局，1980年），頁96。本章所引《周易》經傳原文均出自十三經注疏本《周易正義》。

4　本段所引〈雜卦〉均出自《周易正義》，見〔清〕阮元校刻：《十三經注疏》（北京市：中華書局，1980年），頁96。

5　《周易正義》，見〔清〕阮元校刻：《十三經注疏》（北京市：中華書局，1980年），頁94。

6　《周易正義》，見〔清〕阮元校刻：《十三經注疏》（北京市：中華書局，1980年），頁96。

連屬。「不進」與「不親」都是否定性的行為和情感，故為同類。再如〈臨〉與〈觀〉二卦，具有動作的連續性，先臨近，後觀察。〈萃〉與〈升〉二卦也具有動作的連續性，先聚集，後上陞。這兩組也都屬於以同相類型。

《易》經的這種對卦式結構方式及其遵循的宗旨，給後代著作的結構編排頗多啟示。《呂氏春秋》中依照「以異相明」或「以同相類」方法編排結構的篇目所在多有，僅舉幾例，略作說明。〈貴公〉和〈去私〉，〈勸學〉和〈尊師〉，〈侈樂〉和〈適音〉，〈不二〉和〈執一〉等緊緊相鄰的幾篇都是對卦式結構。僅從題目上就能看出它們之間的聯繫。〈貴公〉以公正為貴，〈去私〉則是去除私心，二者正是相輔相成。貴公必須去私，去私才能貴公，它們互為前提和條件，相互發明。〈勸學〉旨在勸勉人們要致力於學習，學習自然離不開老師，對待老師應該有什麼樣的態度呢？〈尊師〉就回答了這個問題，強調了尊師重教的重要性。〈侈樂〉批評了奢華靡費的音樂，是從反面論述；〈適音〉篇就從正面論述了音樂應當平和適中的道理。〈不二〉即不能有兩個中心，強調權力集中統一，通過否定「二」來說明應該「一」的治國之道；〈執一〉也同樣是強調要集權力於一身，直接用肯定形式來表達政治觀點。一否定一肯定，突出了作者對君主權力分配問題的看法和意見。

《呂氏春秋》的篇目編排雖然存在大量的《易》式對卦型結構，但還屬於局部現象，並不是整部書都如此。時至漢代，作者和編撰者更加有意識地注重書的整體結構編排，出現了不少精心編排結構的著作，《說苑》就是一部值得玩味的書。

劉向整理編定了多部散佚的古籍，他編撰的書，基本上都有一個整飭的總體結構。《說苑》一書全部都是按照兩兩相對的原則來編排順序的，或「以異相明」或「以同相類」。全書分為二十卷，依次

是:〈君道〉〈臣術〉,〈建本〉〈立節〉,〈貴德〉〈復恩〉,〈政理〉〈尊賢〉,〈正諫〉〈敬慎〉,〈善說〉〈奉使〉,〈權謀〉〈至公〉,〈指武〉〈談叢〉,〈雜言〉〈辨物〉,〈修文〉〈反質〉。[7]

　　從卷目上看,〈君道〉與〈臣術〉,〈建本〉與〈立節〉,〈修文〉與〈反質〉六篇「以異相明」的特點非常明顯。〈君道〉論述的主題是君主治國治民的原則、方法以及個人應具有的操守和德行等;〈臣術〉對人臣應遵循的原則、具備的才能及應堅持的操守等展開論述。君臣關係是對立統一的關係,二者既相對立,又相依賴。君道與臣術則是一個問題的兩個方面,相互依存,相互發明。〈建本〉講的是建立根本,主要說明立身處世、為政治國應首先做好的根本大事。「本」與「節」本來是相對而言的。〈立節〉講的是樹立名節,把〈建本〉中的主張具體化了,並對〈建本〉的內容作了一些補充,側重臣民一方立論。〈修文〉主旨是興修文教,制禮作樂,「文」是修飾,是加在事物本來天性之外的東西;與「文」相對的則是「質」,相連的一卷就論說「反質」,使事物回歸本質,保持它質樸的本性,主要內容是反對奢侈、提倡質實簡樸。這幾對卷目相反相成、互相補充、互相發明。

　　其它十四卷也都是本著兩兩對應的原則來編排的,只是從標題上看,對卦式特點不像前面所舉例子那樣容易辨識,下面試舉幾例加以說明。

　　卷五〈貴德〉是就施恩一方立論,〈復恩〉則主要是就受恩一方立論。兩篇合起來的主要意旨就是〈復恩〉篇首所說的「夫施德者貴不德,受恩者尚必報;是故臣勞勤以為君,而不求其賞,君持施以牧

7　〔漢〕劉向撰,向宗魯校證:《說苑校證》(北京市:中華書局,1987年)。

下，而無所德。」[8]即君主應施德而不圖報，臣下應受恩而以死相
報。這是「以異相明」。

卷十三〈權謀〉論述的是權衡時勢，隨機應變以求趨利避害的謀
略。權謀有為公為私之分，為了防止偏失，卷十四〈至公〉就論述大
公無私是最大的公正。文中標舉堯讓位於舜而不傳其子的行為是「大
公」，伊尹、呂尚二人忠君仁下、不結私黨、不營私家的行為是「人
臣之公」。後卷意承前卷，二者之間的關係可歸為「以同相類」。

卷十七〈雜言〉和卷十八〈辨物〉儘管所言各異，但二者的宗旨
是相同的，都在卷首一段就對理想人格做了論述，表明了該卷的中心
議題。只不過兩篇是就理想人格的兩個側面各作論述，合起來，則是
一個全面的理想人格所應具備的素質和修養。〈雜言〉要求「賢人君
子」能夠清醒地認識到國家的盛衰成敗、安定與混亂的原因，明達世
俗人情，知道應該何去何從。也就是說，對他們的界定是就其政治智
慧而言的。〈辨物〉對「成人」的界定則重在通曉人情人性、各類事
物的變化、光明與幽暗的原因、宇宙生機的來源等方面，「窮神知
化」是「成人」的最高境界，對他們的界定是就其宇宙智慧而言的，
側重的是天道方面。這兩卷的內在主旨與意蘊一脈相通，符合「以同
相類」的編排宗旨。

《說苑》是按照兩兩相對的原則來編排書序的，或以同相類，或
以異相明。這已經得到證明，還要進一步說明的是，這種編排在很大
程度上得益於《周易》本經的對卦式結構。作出這一推測的理由有二：

一、編纂者的知識結構提供了這種可能。劉向曾研習《易》經，
這在史書中有明確記載。《漢書》〈楚元王傳附劉歆傳〉：「歆及向始皆

8　〔漢〕劉向撰，向宗魯校證：《說苑校證》（北京市：中華書局，1987年），頁116。

治《易》」[9]，《漢書》〈儒林傳〉〈京房〉：「劉向校書，考《易》說」[10]，可見，劉向對《易》經是十分熟悉的。而且，在《說苑》之前，就目前經常見到的比較重要的典籍而言，只有《易》經是按照兩兩相對的原則編排的。

　　二、《說苑》本身提供了內證。《說苑》是經過精心編撰的作品，劉向在《說苑序奏》中自云：

> 所校中書《說苑雜事》，及臣向書、民間書、誣校書，其事類眾多，章句相溷，或上下謬亂，難分別次序。除去與《新序》復重者，其餘者淺薄，不中義理，別集以為百家，後令以類相從，一一條別篇目，更以造新事十萬言以上，凡二十篇，七百八十四章，號曰《新苑》，皆可觀。[11]

這幾句夫子自道道出了作者所下的編撰功夫，說明該書的結構不是隨便安排，而是有意為之的，是經過了一番「令以類相從，一一條別篇目」的著意加工的。這個加工過程，很有可能是借鑒、倣仿了《周易》本經的結構方式。

第二節　包舉宇宙式結構

　　溝通天地人，在著作的結構中體現宇宙意識，是《呂氏春秋》的創作宗旨及結構編排特點。這一特點並非無所依傍、自出機杼，而是其來有自的，其淵源便是《易》經。

9　《漢書》（北京市：中華書局，1962年），卷36，頁1967。
10　《漢書》（北京市：中華書局，1962年），卷88，頁3601。
11　〔漢〕劉向撰，向宗魯校證：《說苑校證》（北京市：中華書局，1987年），頁1。

《易》經的這個特點主要表現在以下兩個方面：

一、《易》經卦象之後係以卦爻辭這個最基本的結構之中，蘊藏著溝通天地人的信息。《易》經共有六十四卦，卦象是由八個經卦重疊交錯組合而成。依據〈說卦〉的解釋，乾、坤、震、兌、坎、艮、離、巽八個經卦最基本的象徵之物是：天、地、雷、澤、水、山、火、木，卦象全部取自自然現象。卦象來自自然，卦爻辭與人事密切相關。設立卦象的目的，也正在於對應解說人事，預測人事吉凶。這種卦象與文字相對應，天地自然萬象與人事相對應的結構，包蘊著溝通天地人的意向。

二、六十四卦上經和下經的編排中包蘊著溝通天地人的意向。《易》本經分為上、下兩部分，上經三十卦，下經三十四卦。這種分經方式由來已久，在西漢前已經確定。為什麼採用了這種分次，而沒有採取每部分三十二卦、平分秋色的結構？這種結構編排，是不是隱含著編撰者的某種哲學思考？在仔細揣摩上經下經兩編起首幾卦的卦象和卦義之後，筆者若有所悟。上經起首兩卦是〈乾〉和〈坤〉，象徵天與地，講的是天道與地道；下經首卦是〈咸〉，講的是人道之始。這樣，可以說，在對上下經分編的結構安排之中，蘊涵著天地人相呼應的關係。

《易》傳對六爻來源的解說，揭示出《易》經隱含的溝通天人特性。《易》〈繫辭下〉曰：

> 易之為書也，廣大悉備。有天道焉，有人道焉，有地道焉，兼三材而兩之，故六。六者非它也，三材之道也。道有變動，故曰爻。[12]

---

12 《周易正義》，見〔清〕阮元校刻：《十三經注疏》（北京市：中華書局，1980年），頁90。

〈說卦〉曰：

> 昔者聖人之作易也，將以順性命之理，是以立天之道，曰陰與
> 陽，立地之道，曰柔與剛，立人之道，曰仁與義。兼三才而兩
> 之，故易六畫而成卦。分陰分陽，迭用柔剛，故易六位而成
> 章。[13]

《易》傳指出《易》經「廣大悉備」的特點，即包容天地人，把六爻
的來源和性質歸結於作《易》者對天道、地道、人道的參照和取用。

為什麼《易》經會有這樣一種結構，是編撰者有意為之，還是無
意而成？應該說，儘管後人對編撰者用意的推測與想像，可能並不完
全符合其原創時的精神，但有一點是無可置疑的，即編撰者如此安排
結構，絕非妙手偶得之，而是有總體構想的，否則不可能如此嚴整
縝密。

《易》經溝通天人的結構編排體例，在秦代的《呂氏春秋》一書
中得到回應。〈序意〉篇對該書的創作宗旨與目的作了如下說明：「上
揆諸天，下驗之地，中審之人。」又說：「天曰順，順維生；地曰
固，固維寧；人曰信，信維聽。」[14]這裏，同樣也對天道、地道、人
道，即天地人的固有本質作了界定，確切表明其意在溝通天地人的創
作目的和氣魄。而且，編撰者的確是依照這個宗旨來設計全書結構
的。在把溝通天地人這一宏大觀念具體化在書的結構中時，《呂氏春
秋》有自己的特點，與《易》經不盡相同。

《呂氏春秋》建構了一個象徵性的時空構架，以此來實踐溝通天

---

13 《周易正義》，見〔清〕阮元校刻：《十三經注疏》（北京市：中華書局，1980年），
　　頁93-94。
14 陳奇猷：《呂氏春秋校釋》（上海市：學林出版社，1984年），頁648。

地人這個結構原則。全書分為三部分：十二紀、八覽、六論。十二紀
是按照春夏秋冬時間序列編排的，是時間縱向流程。而其八覽和六
論，則正如楊希枚先生所論：「《呂氏春秋》的八覽、六論也同樣是或
象地數，或象天地交泰之數；尤或隱寓六合、六虛、六漠、八極、八
表、八弦之類的宇宙觀思想。」[15]如此一來，十二紀包納了春夏秋冬
時間概念，八覽和六論包納了天地八方空間概念，二者合起來就是一
個涵容天地的宇宙。

　　《易》經與《呂氏春秋》二書不僅在結構編排上有近似的特點，
它們還具有幾個共同的基本結構數位：四、八、六。

　　據〈繫辭上〉的解釋，八卦的產生是源於太一生兩儀，兩儀生四
象，四象生八卦。所謂四象就是四時。八經卦排列組合，重疊成每卦
六爻，衍生出六十四卦，三百八十四爻。那麼，四、八、六也是
《易》經的結構數位。《呂氏春秋》十二紀以春夏秋冬四時為序，共
六十篇；八覽每覽八篇論文，共六十四篇；六論每論六篇，共三十六
篇。這樣，其基本結構數位也是四、八、六，與《易》經相同。

　　《易》經和《呂氏春秋》都有四、八和六這幾個結構數位，二者
之間是否存在聯繫，存在著怎樣的聯繫？我認為，這幾個基本結構數
位都與時空概念密切相關，編撰者運用它們所要表達的哲學意蘊是一
致的，都意在建構一個包舉宇宙的時空框架。

　　四與春夏秋冬四時聯繫在一起。《易》經中對此沒有明晰的反
映，但是，《易》傳的闡釋揭示出四時在《易》經中具有的結構作
用。〈說卦〉在解說八卦時，有這樣一段以時空為線索的論述：

　　　　萬物出乎震，震，東方也。齊乎巽，巽，東南也。……離也

---

15 楊希枚：《先秦文化史論集》（北京市：中國社會科學出版社，1995年），頁722。

者，明也，萬物皆相見，南方之卦也。……坤也者，地也，萬物皆致養焉，……兌，正秋也，萬物之所說也，……戰乎乾，乾，西北之卦也，言陰陽相薄也。坎者，水也，正北方之卦也，勞卦也，萬物之所歸也，……艮，東北之卦也，萬物之所成終，而所成始也。[16]

這裏把八卦解說成是按照時空序列組織的，在表述上採取了錯綜互文見義的方法，需要稍加辨識。作者把萬物的生、養、歸、終生命過程的完成與八卦聯繫起來，把空間方位與八卦相對應。雖然其中只把「兌」與時序相對應，認為「兌」時屬正秋，但從這一條對應中，不難看出作者的總體思路：八卦與四時相對應。這段論述的實質是「說明八卦周流的時空結構，時即春夏秋冬，位為東南西北」。[17]

對〈乾〉卦卦辭中的「元亨利貞」四個字的解釋，後人也不自覺地引入了四時的概念。宋代大儒朱熹釋曰：

元者，生物之始，天地之德，莫先於此，故於時為春……亨者，生物之通，物至於此，莫不嘉美，故於時為夏……利者，生物之遂，物各得宜，不相妨害，故於時為秋……貞者，生物之成，實理具備，隨在各足，故於時為冬……[18]

他把萬物的生命流程和四時完全對應，並以此來解說「元亨利貞」。

---

16 《周易正義》，見〔清〕阮元校刻：《十三經注疏》（北京市：中華書局，1980年），頁94。

17 潘雨廷：《周易表解》（上海市：上海社會科學院出版社，1993年），頁11。

18 〔宋〕朱熹撰，蘇勇校注：《周易本義》（北京市：北京大學出版社，1992年），卷9，〈文言傳〉，頁162。

　　《易》經的四時結構處於隱蔽狀態，需要後人費力地猜測和鉤抉。《呂氏春秋》十二紀以四時為序的結構特點則十分顯著，而且，其中同樣蘊涵著與四時相應的生命流程觀念：「春夏秋冬四紀，顯係春言生，夏言長，秋言收，冬言藏。每紀所繫之文，亦皆配合春生，夏長、秋收、冬藏之義。」[19]

　　八和六這兩個數字經常與空間概念聯繫在一起。例如，《莊子》〈田子方〉：「揮斥八極」。[20]《荀子》〈解蔽〉：「明參日月，大滿八極，夫是之謂大人。」[21]八極，就是八方。《楚辭》〈遠遊〉：「經營四荒兮，周流六漠。」洪興祖補注：「漢《樂歌》作六幕。謂六合也。」[22]《莊子》〈齊物論〉：「六合之外，聖人存而不論。」成玄英疏：「六合者，謂天地四方也。」[23]《莊子》〈應帝王〉：「以出六極之外，而遊無何有之鄉。」成玄英疏：「六極，猶六合也。」[24]《列子》〈仲尼〉：「用之彌滿六虛，廢之莫知其所。」[25]六漠、六合、六虛，指的都是上下四方立體空間。

　　《易》經包含著對八和六的哲學化因素，《易》傳（主要是〈繫辭〉和〈說卦〉）則完成了對它們的哲學化。在《易》傳之後，人們很多時候把八這個數字解說為與《易》八卦相關。如《左傳》（昭公二十年）出現「八風」之說，孔穎達《正義》曰：「八節之風亦與八

19　陳奇猷：《呂氏春秋校釋》（上海市：學林出版社，1984年），頁3。

20　〔清〕郭慶藩：《莊子集釋》，見《諸子集成》（北京市：中華書局，1954年），冊3，頁316。

21　〔清〕王先謙：《荀子集解》，見《諸子集成》（北京市：中華書局，1954年），冊2，頁265。

22　〔宋〕洪興祖撰，白化文等點校：《楚辭補注》（北京市：中華書局，1983年），頁174。

23　《莊子集釋》，見《諸子集成》（北京市：中華書局，1954年），冊3，頁41。

24　《莊子集釋》，見《諸子集成》（北京市：中華書局，1954年），冊3，頁132。

25　〔晉〕張湛：《列子注》，見《諸子集成》（北京市：中華書局，1954年），冊3，頁49。

卦、八音相配。賈逵云兌為金，為閶闔風也；乾為石，為不周風也；坎為革，為廣莫風也；艮為匏，為融風也；震為竹，為明庶風也；巽為木，為清明風也；離為絲，為景風也；坤為土，為涼風也。」[26]司馬遷《史記》〈太史公自序〉中云：「夫陰陽四時、八位、十二度、二十四節，各有教令。」裴駰《集解》引張晏注曰：「八位，八卦位也。」[27]《大戴禮記》〈本命〉曰：「八者，維剛也，天地以發明，故聖人以合陰陽之數也。」北周盧辯注：「八為方維，八卦之數也。」[28]

　　《呂氏春秋》把風與八個方位相配。文曰：「何謂八風？東北曰炎風，東方曰滔風，東南曰熏風，南方曰巨風，西南曰淒風，西方曰飂風，西北曰厲風，北方曰寒風。」[29]在八覽首篇〈有始覽〉中提出八個方位，作者或有深意存焉。

第三節　序在書末的體例

　　古書序在書末的體例是學界共識，而且被用作一條考訂古籍編次的重要依據。[30]對於這種體例的確定是從哪一部書開始的，前人曾有所議論。劉勰《文心雕龍》〈宗經〉云：「故論、說、辭、序，則《易》統其首。」他認為《易》開創了序這種文體，但對於具體的情

---

26 〔晉〕杜預注、〔唐〕孔穎達等正義：《春秋左傳正義》，卷49，見〔清〕阮元校刻：《十三經注疏》（北京市：中華書局，1980年），頁2094。

27 《史記》（北京市：中華書局，1982年），卷130，頁3290。

28 〔清〕王聘珍撰、王文錦點校：《大戴禮記解詁》（北京市：中華書局，1983年），卷13，頁252。

29 陳奇猷：《呂氏春秋校釋》（上海市：學林出版社，1984年），頁658。

30 除書末之序外，序還有書中各篇章前的小序類，如《詩》《書》之序，《史記》十二諸侯年表、六國表等年表前之序；以及劉向父子奏校書畢所作之序，這些不在本章論述之列。

形，則沒有進一步加以說明。清代姚鼐在《古文辭類纂》〈序目〉中指出：「序跋類者，昔前聖作《易》，孔子為作〈繫辭〉、〈說卦〉、〈文言〉、〈序卦〉、〈雜卦〉之傳，以推論本原，廣大其義。」[31]也就是說，《易》傳是序跋文的始祖。雖然易傳並非孔子所作，但認為序跋源於易傳，則是很有見地的看法。為什麼劉勰和姚鼐會持有這個觀點呢？或者說，就哪個意義層面而言，序這種文體是由《易》開創的？

編排在《周易》經文後面的傳文，共有七種，分為十篇。〈彖〉傳解釋卦名、卦義及卦辭。〈象〉傳中的〈大象〉解釋卦形所象之物及卦義，〈小象〉逐條解釋爻辭。〈文言〉是對〈乾〉〈坤〉兩卦卦義及每條爻辭的解說。〈繫辭〉對《易》經的創制、功用及筮法，《易》道的廣大精深作了反覆的闡釋。〈說卦〉主要闡述八卦的形成、性質及所象徵之物。〈序卦〉解說六十四卦的編排次序。〈雜卦〉對六十四卦以兩卦為一組來解釋卦義，重在揭示其對立統一關係。

七種傳文既非作於一時，又非出於一人之手。不過，把七種傳文視為一個整體加以考察，它們涉及的內容則具有後世所說的序的特徵。《易》傳可以看做是從各個方面對《易》本經所作的一篇總序。也正是在這個意義上，劉勰和姚鼐才提出《易》（確切地說是《易》傳）是序這種文體的本原。

這篇規模宏大、意蘊豐富的總序，為書序的編排位置、內容及行文風格，都提供了一個可資參考借鑒的範例。因而，可以說，序在書末的體例是從《周易》開始的。

從序所在的位置上看，儘管《周易》經傳合編始於西漢，但傳文的寫定在經文之後，這點是確定無疑的。這些附在《易》經後面的傳

---

31 〔清〕姚鼐纂集，胡士明、李祚唐標校：《古文辭類纂》（上海市：上海古籍出版社，1998年），頁3。

文，對其後著作中作者自序的位置很可能起到了啟示作用。漢代作品
中有這樣幾篇序比較重要，它們所在的位置無一例外，都是在書末，
如《史記》〈太史公自序〉《淮南子》〈要略〉《法言》〈序〉《漢書》
〈敘傳〉《論衡》〈自紀〉，再往後延伸，東晉常璩《華陽國志》的
〈序志〉、葛洪《抱朴子》的〈外篇自敘〉、南朝劉勰《文心雕龍》的
〈序志〉，也都是這種體例。

　　從書序的內容上看，《周易》的傳文具有相容並包的性質，涵蓋
了後代書序涉及的所有內容。後代的書序內容都能夠在《易》傳中找
到與之相應的部分，找到它們的原初形態。

　　《易》傳七種的內容大體包括以下幾個方面：《易》卦的起源、
《易》的功用、作者以及對《易》經具體內容的闡釋。後代書序的內
容也都不出這個範圍，都選擇了同樣的角度，從以上《易》傳所涉及
的幾個方面來為書作序。

　　《易》傳的〈繫辭〉和〈說卦〉對《易》的起源、創制目的等問
題作了闡發。〈繫辭上〉曰：「聖人設卦觀象，繫辭焉而明吉凶。」
「易有太極，是生兩儀。兩儀生四象，四象生八卦，八卦定吉凶，吉
凶生大業。」〈繫辭下〉曰：「古者包犧氏之王天下也，仰則觀象於
天，俯則觀法於地，觀鳥獸之文，與地之宜，近取諸身，遠取諸物，
於是始作八卦，以通神明之德，以類萬物之情。」[32]創制《易》經的
人是聖人，是遠古傳說時代的三皇之一包犧氏。八卦起源於天地四時
的流衍運行，聖人參悟天地人萬象，始作八卦，目的是為了預知人事
的吉凶。

　　後代的書序也大都包含這類內容。《淮南子》〈要略〉闡明作書目
的：「夫作為書論者，所以紀綱道德，經緯人事，上考之天，下揆之

---

32 本段所引〈繫辭〉原文，均出自《周易正義》，見〔清〕阮元校刻：《十三經注疏》
　　（北京市：中華書局，1980年），頁76、頁82、頁86。

地，中通諸理。」[33]《史記》〈太史公自序〉和《漢書》〈敘傳〉等自序都有類似的文字，說明創作的緣起、創作的目的。

《易》傳中的〈彖〉傳和〈大象〉，都闡述了《易》經六十四卦每一卦的精要意旨。在漢代書序中也能找到與之相對應的部分。《淮南子》〈要略〉對全書二十篇各篇精神依次作了說明。《史記》〈太史公自序〉對全書十二本紀、十表、八書、三十世家、七十列傳的旨要逐一概括，《漢書·敘傳》也對十二紀、八表、十志、七十傳的主要內容分別精述。

《易》傳中的〈序卦〉解說了六十四卦的編排順序。例如，對開始四卦〈乾〉〈坤〉〈屯〉〈蒙〉的內在邏輯聯繫，〈序卦〉給予這樣的闡釋：「有天地，然後萬物生焉。盈天地之間者唯萬物，故受之以〈屯〉。屯者，盈也。屯者，物之始生也。物生必蒙，故受之以〈蒙〉。蒙者，物之稚也。」[34]先有天地（乾坤之象），然後才有萬物生長。萬物充盈於天地之間，所以接下來的是〈屯〉，因為屯有兩個含義：一是充盈，二是萬物始生。物生之始，是幼稚的；所以接下來便是〈蒙〉，蒙的意思就是指物初生時幼稚、渾樸的狀態。以此類推，〈序卦〉揭示了六十四卦排序的內在關聯。不論〈序卦〉作者的解釋是否符合最初創制六十四卦之人的本來意圖，〈序卦〉從卦序角度來理解整部《易》經的做法，還是可取的，有助於後人對全書整體結構以及每卦卦義的理解。

漢代序文中也不乏對該書排列順序的解說。《淮南子》〈要略〉篇「凡屬書者，所以窺道開塞」一段，就論述了該書編排次序的內在邏

---

33 〔漢〕高誘注：《淮南子》，卷21，見《諸子集成》（北京市：中華書局，1954年），冊7，頁369。

34 《周易正義》，見〔清〕阮元校刻：《十三經注疏》（北京市：中華書局，1980年），頁95。

輯結構。著書的目的在於窺知「道」的內涵，打開閉塞的知識之門；這說明了以〈原道訓〉作為全書之首的原因。論述了道，如果不知曉道的終始，那麼就不知依傍，於是論說終始問題；這是在解釋為什麼第二篇是〈俶真訓〉。如果論說了終始問題，而不知曉天地四時，就不知道應避諱什麼；這裏解釋了第三篇〈天文訓〉、第四篇〈地形訓〉、第五篇〈時則訓〉排在〈俶真訓〉之後的原因。如此等等，不必一一列舉。就這樣由上一個論題層層牽引出下一個論題，闡明了全書二十篇由天道而至人事、帝道之間的編排思路。顯然，這部分與《易》傳〈序卦〉的體例何其相似！

從行文風格上看，後代的序也與《易》傳有著比較明顯的對應關係。〈序卦〉和〈雜卦〉這兩篇文章的行文都異常簡明扼要。〈雜卦〉全篇僅三百餘字，就把六十四卦各卦的宗旨解說得清清楚楚。通常每卦只用一兩個字說其要義，如「〈萃〉聚，而〈升〉不來也。〈謙〉輕，而〈豫〉怠也。」[35]〈序卦〉因重在解說順序，故文字稍繁，也僅一千餘字。其中說及各卦卦義時，大多數也是只用一兩個字，點到即止，如「〈蠱〉者，事也」；「〈賁〉者，飾也」；「〈漸〉者，進也」；「〈豐〉者，大也」。[36]

漢代序文，如《史記》〈太史公自序〉《揚子法言》〈序〉《漢書》〈敘傳下〉，行文風格無一不與〈序卦〉〈雜卦〉相近，都是文字省淨、言簡意賅。

〈太史公自序〉論及各篇創作意圖及旨要，基本上採用了以四言為主的短句，例如：「末世爭利，維彼奔義；讓國餓死，天下稱之。

---

35 《周易正義》，見〔清〕阮元校刻：《十三經注疏》（北京市：中華書局，1980年），頁96。

36 《周易正義》，見〔清〕阮元校刻：《十三經注疏》（北京市：中華書局，1980年），頁96。

作〈伯夷列傳〉第一。」[37]再如:「楚漢相距鞏洛,而韓信為填潁川,盧綰絕籍糧餉,作〈韓信盧綰列傳〉第三十三。」[38]韓盧兩人,每人只用四個字便道出了他們在兩軍對壘時的主要功勞,簡要之極。

《漢書》〈敍傳下〉論述篇章大意,不僅全部採用了短句,而且還全部採用了四言詩的方式,進一步提煉了文字。如「〈坤〉作墜勢,高下九則;自昔黃唐,經略萬國;變定東西,疆理南北。三代損益,降及秦漢;革剗五等,制立郡縣;略表山川,彰其剖判。述〈地理志〉第八。」[39]不僅簡明,而且還增加了聲韻美,讀來朗朗上口。

揚雄的《法言·序》篇幅很短,不像《淮南子》〈要略〉〈太史公自序〉和《漢書》〈敍傳下〉等篇章那樣內容豐富,多所涉及;而是只依次說明全書十三卷各卷概要,文字尤其簡省,大多只用寥寥的三五短句點明卷旨。例如,概述首卷〈學行〉,曰:「天降生民,倥侗顓蒙,恣乎情性,聰明不開,訓諸理。撰〈學行〉。」[40]全文風格如此。

簡言之,《易》傳對漢代序文在書中的位置、涉及的內容、行文的風格都起到了啟示、制約甚至規範化的作用。當然,《周易》經傳與後來撰著的序文也有很大的區別。《周易》經傳的編撰出自多人之手,作傳者與著經者並非一人,而漢代的序文,則是作者有意為之。這也從一個側面證明漢代已經萌生了撰著自覺的精神,著書者要自己解說其撰述之苦心孤詣,以期他人能更好地理解其一家之言。

---

37 《史記》(北京市:中華書局,1982年),卷130,頁3312。

38 《史記》(北京市:中華書局,1982年),卷130,頁3315。

39 《漢書》(北京市:中華書局,1962年),卷100下,頁4243-4244。

40 〔漢〕揚雄著:《揚子法言》,見《諸子集成》(北京市:中華書局,1954年),冊7,頁43。

第四節　經傳合編與論說文

　　《易》經成書較早，給經作傳也較早。戰國時期，已經撰定並廣泛流傳對《周易》古經所作的闡釋說明文字，包括〈彖〉（上、下）、〈象〉（上、下）、〈文言〉、〈繫辭〉（上、下）、〈說卦〉〈序卦〉〈雜卦〉七種，合稱「十翼」。最初經傳各自成書，自西漢費直，經傳開始合編。經傳合編，不只《周易》如此，秦漢典籍中還有一些作品也採取了這種結構編排方式，大體有以下三種。

　　一、一部書為另一部書作傳，合編在一起，如，為《詩經》所作的傳文，毛氏傳自鄭玄作箋後，流傳最廣。《漢書》〈藝文志〉載：「《毛詩》二十九卷，《毛詩故訓傳》三十卷。」[41]據此，毛詩傳是否和《詩經》編排在一起，還不太清楚。清人陳奐《詩毛氏傳疏》〈敘錄〉推測其編排情況是「此蓋以十五國風為十五卷，小雅七十四篇為七卷，大雅三十一篇為三卷，三頌為三卷，合為二十八卷，而序別為一卷。故為二十九卷。毛公作《故訓傳》，時以周頌三十一篇為三卷，而序分冠篇首，故合為三十卷。今分作三十卷者，仍毛詩舊也。」[42]由此看來，《毛詩》與《毛詩故訓傳》當為經傳合編的方式。

　　二、在同一部書中，部分篇章另外有傳，傳也編排在該書中。《管子》中有五篇這種經傳式結構的作品。〈牧民〉（第一）有與其相對應的〈牧民解〉（第六十三，今亡）為它作傳，〈形勢〉（第二）有〈形勢解〉（第六十四），〈立政〉（第四）有〈立政九敗解〉（第六十五），〈版法〉（第七）有〈版法解〉（第六十六），〈明法〉（第四十六）有〈明法解〉（第六十七）。〈墨子〉中〈經上〉〈經下〉兩篇分別有〈經說上〉〈經說下〉兩篇為它們作傳。

41　《漢書》（北京市：中華書局，1962年），卷30，頁1708。
42　〔清〕陳奐：《詩毛氏傳疏》（北京市：中國書店，1984年），頁11-12。

　　《管子》的〈形勢解〉〈版法解〉〈明法解〉是對應〈形勢〉〈版法〉和〈明法〉三篇經文依次逐句作傳。從這幾篇作傳的方式來推測，亡佚的〈牧民解〉也應該是這種逐句作傳的方式。〈立政九敗解〉逐句解說〈立政〉中「右九敗」一段。

　　《韓非子》中的〈解老〉篇是為《老子》部分語句所作的傳，全部都是理論闡說，〈喻老〉篇是用具體事例解說《老子》部分語句，以發明其意。這兩篇也是經傳體結構。《淮南子》〈道應訓〉篇選用列舉了五十個歷史故事和寓言，對《老子》部分語句作了生動形象的闡發，也屬於經傳式結構的篇章。

　　三、在同一篇文章中，採取了經傳式結構，前經後傳。《管子》的〈宙合〉〈心術上〉，《韓非子》的〈內儲說〉〈外儲說〉等作品都採用了先列經義、再詳加解說的經傳式結構。

　　〈宙合〉和〈心術上〉兩篇是在一文內明顯分為兩部分：前部分是蘊涵哲理的格言式語句，後半部分是對前文的逐句解說和發揮。

　　〈內儲說〉和〈外儲說〉兩篇也是如此，文章前為經，後為傳。前文著重闡明觀點，後文則就前文提到的典故、事例詳加敘述。而且在前文結束時，明確標有「右經」字樣。它們是十分典型的經傳體結構。

　　把一部書的經傳結構編排方式以同樣的結構方式平移、微縮在一篇文章之中，就成為上面這種經傳式結構的文章。從結構方式角度考察，這種類型的文章與前面兩種書的結構編排是相同的，都採用了經傳式結構，而且都能夠在《周易》經傳形式中找到可以與之相對應、相比照的部分。雖然不能說上面三種類型的著作和文章都是借鑒了《周易》經傳合編的結構方式，但是可以說，《周易》傳文包含了在它之前、與它同時和稍後於它的其它各種著作、文章中出現的所有傳文樣式，是經傳合編這種結構編排方式的代表。

　　研究以《周易》為代表的經傳體結構方式，能夠對論說文這種重要文體的起源、發展和演變給出新的解釋。可以說，以《周易》為代表的經傳式結構編排體例，對論說文的結構，從深層思維方式角度起到了一定的啟示和規範作用。[43]雖然《周易》經傳合編是在西漢時確立的，但在此之前，給經作傳早已流行於世，把經和傳聯繫起來已經成為人們習慣運用的一種思維方式。這種經傳體結構編排方式與論說文規範形態的形成，即經的部分演化成論說文中的論點，而傳則演變為論據和論證。規範的論說文結構於是成為這樣一種範型：首先提出論點，進而對論點一一加以論證解說，先總說，後分說，文章組織嚴密，結構嚴謹。

　　在從經傳體文章向規範論說文轉變的過程中，眾體兼備的《韓非子》中存在不同形態的論說文，其中既有原始形態的經傳式結構，也有由此演化而來的典型、規範的論說文，即已經發展成熟的先總說、後分說的論說結構；既呈現出過渡形態，也標示著論說文結構的確立，其中保存著論說文這種文體自原初形態至結構定型的演變、成熟軌跡。

　　《韓非子》中的〈十過〉和〈三守〉兩篇的結構都可視為論說文的代表。〈十過〉可以分為兩部分，前一部分也就是文章的第一段，是論點部分，相當於經；後一部分是其後的十段，是文章的論據和論證部分，相當於傳。第一段首先提出「十過」這個概念，隨即簡要說明十過的內容，給十過分別下定義，彷彿一部書的目錄；接著十個段落，都以「奚謂……」這樣的問句開頭，自問自答，用歷史上的事例分別論述十過的含義和危害。全篇脈絡非常清晰，結構十分嚴整。後

---

43 劉勰早就指出「故論、說、辭、序，則《易》統其首」（《文心雕龍》〈宗經〉），「聖哲彝訓曰經，述經敘理曰論」（《文心雕龍》〈論說〉）。

代論說文大多都採用這種先總說、後分說的結構方式，自然而然地成為一種規範。

《史記》〈太史公自序〉收錄的司馬談〈論六家要旨〉一文也是先總說後分說的論說結構。文中司馬談論述了陰陽、儒、墨、名、法、道德六家學說的主旨。文章明顯分為兩部分，首段概述六家要義，接下來便用六小節依次對前面所提出的六家要義詳加闡述。

賈誼的《新書》〈匈奴〉和〈陳政事書〉兩篇論文也是這種由經傳式結構演化而來的文章。《新書》〈匈奴〉在總說部分提出「建三表、設五餌」的總綱，隨後的議論就圍繞「三表」和「五餌」的具體含義、如何「建」「設」它們而展開。《陳政事書》也是一篇先總說、後分說結構的論說文。開篇先聲奪人，提出「臣竊惟事勢，可為痛哭者一，可為流涕者二，可為長太息者六」[44]，這是文章的總說部分。分說部分則就三個「可為」逐項解說、論證。這兩篇文章都一氣呵成，首尾呼應，它們清晰的脈絡、嚴整的結構使讀者能夠很容易地把握作者的思路，理解作者的觀點。

以《周易》為代表的經傳體結構編排方式，是後世論說文先總說、後分說結構的始祖，二者之間存在隱約然而又是確實的關係。經傳式結構在論說文文體結構的形成和確立過程中起到了一定程度的作用。當然，論說文的起源，不僅僅是本章論及的這一種，它還包括其它諸多方面的因素，具有多源性。

---

44 《漢書》（北京市：中華書局，1962年），〈賈誼傳〉，卷48，頁2230。

第二章

《尚書》的文體分類及行為與文本的關係

　　《尚書》歷來以文類多而受人矚目。對《尚書》進行文體分類，是《尚書》研究中的一個重要課題，前人之說頗多。然而，《尚書》篇名的命名方式與文體分類的關係、六體名義與篇章歸屬等舊題目，仍有進一步辨析、探討的必要。從行為與文本的關係角度切入，考察《尚書》文本體例特徵，則尚未引起人們的關注。本章以今古文《尚書》為考察對象，擬就上述問題提供一種解說。

第一節　前人的分類

　　對《尚書》包含的文章類別，古人主要有兩種說法。一、《書》有六體。偽孔安國〈尚書序〉曰：「典謨訓誥誓命之文，凡百篇。」[1]二、《書》有十體。唐孔穎達《尚書正義》〈堯典正義〉曰：「檢其此體，為例有十。一曰典、二曰謨、三曰貢、四曰歌、五曰誓、六曰誥、七曰訓、八曰命、九曰徵、十曰範。」[2]〈尚書序〉沒有對具體篇章做明確的歸類，《正義》則把今古文四十八篇做了分類。孔穎達先把篇名有典謨等十體字樣的歸入各體，然後，再根據對十體名義的

1　〔漢〕孔安國傳、〔唐〕孔穎達等正義：《尚書正義》，見〔清〕阮元校刻：《十三經注疏》（北京市：中華書局，1980年），頁114。

2　《尚書正義》，見〔清〕阮元校刻：《十三經注疏》（北京市：中華書局，1980年），頁117。

理解，把其餘篇名沒有典謨等字樣的篇章分別歸入十體。

《書》有六體的分類法，影響深遠。直到近當代，還有很多學者認同這個觀點，或者在六體的基礎上，再行歸類，儼然形成一個傳統。主要有如下幾家。

唐劉知幾《史通》〈六家〉云：「蓋《書》之所主，本於號令，所以宣王道之正義，發話言於臣下。故其所載，皆典、謨、訓、誥、誓、命之文。」[3]

宋林之奇《尚書全解》云：「《書》之為體雖盡於典、謨、訓、誥、誓、命之六者，然而以篇名求之，則不皆係以此六者之名也。雖不皆繫於六者之名，然其體則無以出於六者之外。」[4]

魯迅：「書之體例有六：曰典、曰謨、曰訓、曰誥、曰誓、曰命，是稱六體。」[5]

錢宗武分成四種體式：典、訓誥、誓、命。[6]

六體或十體，雖然數目不同，但分類的思路是相同的，都是依據《尚書》篇名末字來區分文章體類。

也有從不同角度審視《尚書》文體類別的，主要見於關於文體源流的論述中。[7]這類論述，研究對象不是《尚書》文體類別，離本章

3　〔唐〕劉知幾撰，〔清〕浦起龍通釋：《史通通釋》（上海市：上海古籍出版社，1978年），頁2。

4　《影印文淵閣四庫全書》（臺北市：臺灣商務印書館，1987年），卷24，冊55，頁445。

5　魯迅：《漢文學史綱要》（北京市：人民文學出版社，1973年），頁6。

6　錢宗武：《今古文尚書全譯》（貴陽市：貴州人民出版社，1990年），頁1-2。

7　將後代某種文體溯源至《尚書》的論述很常見。古代較早的如北齊顏之推「詔命策檄，生於《書》者也」（顏之推：《顏氏家訓》，見《諸子集成》〔北京市：中華書局，1954年〕，冊8，頁19）。南朝劉勰《文心雕龍》〈宗經〉：「詔策章奏，則《書》發其源。」（范文瀾注：《文心雕龍注》〔北京市：人民文學出版社，1958年〕，頁22）劉勰在具體論述贊、史傳、詔策、檄、封禪、章表、奏啟、議對、書記等各種文體時，都溯源至《尚書》。

論題較遠，這裏不擬涉及。不過，清代曾國藩的《經史百家雜鈔》顯得有些特別。他將文體分為著述門、告語門、記載門三門，各門又分有小類，共十一類。雖然並沒有專門對《尚書》篇章進行文體分類，但其中四門共九類列有《尚書》篇章，計二十三篇。[8]涉及篇目甚多，間接提供了另一種對《尚書》分類的思路。

　　陳夢家認為孔穎達十分法「乃取《古文尚書》篇名末字，自不足據」，他將《尚書》大體分為三類：誥命、誓禱、敘事。[9]前兩類之名基本用原書篇名，第三類敘事則就表達方式而言。可以看出他力圖推翻前人分類的努力，但並未能完全跳出前人的思路。

　　根據上述情況，可以提出這樣幾個問題：為什麼《書》分六體比其它分類法更廣為人們接受？為什麼給《尚書》文體分類，顯得比較混亂？有沒有可能找出一個統一的標準？

8　曾國藩云：著述門，三類。論著類，著作之無韻者。經如〈洪範〉、〈大學〉、〈中庸〉、〈樂記〉、〈孟子〉皆是；……詞賦類，著作之有韻者。經如《詩》之〈賦〉、〈頌〉，《書》之「五子之歌」皆是；……序跋類，他人之著作序述其意者。經如《易》之〈繫辭〉，《禮記》之〈冠義〉、〈昏義〉皆是；……

告語門，四類。詔令類，上告下者。經如〈甘誓〉、〈湯誓〉、〈牧誓〉等，〈大誥〉、〈康誥〉、〈酒誥〉等皆是；……奏議類，下告上者。經如〈皋陶謨〉、〈無逸〉、〈召誥〉，及《左傳》季文子、魏絳等諫君之辭皆是；……書牘類，同輩相告者。經如〈君奭〉，及《左傳》鄭子家、叔向、呂相之辭皆是；……哀祭類，人告於鬼神者。經如《詩》之〈黃鳥〉、〈二子乘舟〉，《書》之〈武成〉、〈金縢〉祝辭，《左傳》荀偃、趙簡告辭皆是；……

記載門，四類。傳志類，所以記人者。經如〈堯典〉、〈舜典〉，《史》則〈本紀〉、〈世家〉、〈列傳〉，皆記載之公者也；……敘記類，所以記事者。經如《書》之〈武成〉、〈金縢〉、〈顧命〉，〈左傳〉記大戰、記會盟，及全編皆記事之書，〈通鑒〉法《左傳》，亦記事之書也；典志類，所以記政典者。……雜記類，所以記雜事者。……（曾國藩：《經史百家雜鈔》〔長沙市：嶽麓書社，1987年〕，〈序例〉，頁1-3。）

除〈序例〉涉及的篇目，所收文章中，還有如下各篇。告語門詔令類：〈呂刑〉〈文侯之命〉〈費誓〉〈秦誓〉。記載門典志類：〈禹貢〉。

9　陳夢家：《尚書通論》（外二種）（石家莊市：河北教育出版社，2000年），頁348-349。

第二節　篇章命名方式與文體分類

既然《尚書》文類的區分，主要來自於篇名，那麼篇名與文類有密切的關係是毋庸置疑的。隨即而來的問題是，篇名是如何確立的？即，《尚書》篇章的命名方式是怎樣的？命名方式與文體分類之間存在何樣的聯繫？解決了這些疑問，才能夠進一步考察與此相關的一系列問題。

對《尚書》的命名方式，前人已有論述。孔穎達在將《尚書》篇名中所謂十體之名的篇章分入十體後，總結說「此各隨事而言」。[10]對於其它篇章的分類，關係命名方式的還有一點是「因其人稱言以別之」。[11]章學誠認為「因事命篇」，「惟意所命」。[12]

他們都是就總體情況概言之，如果換個角度仔細分析，還有多種情形。據孔穎達《尚書正義》，篇名共五十個。從詞類結構上考察，可分為以下五種類型：

一、人（國）名：益稷、微子、太甲（上中下）、盤庚（上中下）、君奭、君陳、君牙、多士、多方。

二、人名＋名詞：堯典、舜典、高宗肜日。

三、專有名詞（人名、地名）＋動詞。

（一）人名＋動詞（動詞性片語）：大禹謨、皋陶謨、禹貢、湯誓、秦誓、湯誥、康誥、召誥、伊訓、說命（上中下）、畢命、冏命、胤征、呂刑、西伯戡黎。

---

10 《尚書正義》，見〔清〕阮元校刻：《十三經注疏》（北京市：中華書局，1980年），頁117。

11 《尚書正義》，見〔清〕阮元校刻：《十三經注疏》（北京市：中華書局，1980年），頁117。

12 〔清〕章學誠著，葉瑛校注：《文史通義校注》（北京市：中華書局，1985），〈書教上〉，頁30、頁31。

（二）地名＋動詞：甘誓、牧誓、費誓、洛誥。

三、人（名）＋之＋動詞：五子之歌、仲虺之誥、康王之誥、微子之誥、蔡仲之命、文侯之命。

四、形容詞、名詞（文章的內容、性質）＋動詞：泰誓（上中下）、大誥、酒誥、洪範。

五、其它（文章中心內容、議題、線索）：咸有一德、無逸、旅獒、金縢、梓材、周官、顧命、武成、立政。

由命名方式，可以看出《尚書》命名的幾個特點：

一、命名的角度不同。

二、以人和行動為中心。五十個篇名中，有人名的，三十二篇；尾字是動詞的，二十九篇。都占半數以上。二者交叉的有十九篇。

三、篇名尾字名詞或動詞有的反覆出現。典：兩次。謨：兩次。命：五次。誓：六次。誥：九次。這五個反覆出現的篇尾動詞，恰恰是廣為接受的六體中的五個。六體中只有訓在篇名中並未反覆出現，而只有一篇〈伊訓〉。

四、反覆出現的四個篇尾動詞，全部與言說動作有關，字的構件都有「言」或「口」。

五、有些動詞漸變成名詞。在以「人名＋之＋動詞」結構方式中，結尾的動詞，實際上已經是名詞。其中，只有〈文侯之命〉一篇是今文，其餘五篇都是古文，而且〈文侯之命〉所記史事在《尚書》中也比較晚。

六、凡篇名為「人名＋（之＋）誥」結構的，無一例外，篇名中的人，都是動作的發出者。

七、凡篇名為「人名＋（之＋）命」結構的，無一例外，篇名中的人，都是動作的接受者。

由於有的篇名本身末字動詞多次反覆，有類的歸屬，因而，這種

命名方式實際上就啟發、引導，甚至暗中制約、規定著人們以篇名末字來對《尚書》文體進行分類，並將所有篇章納入到六體規範中。從現實操作角度看，這種分類法的確方便可行。在文類觀念並沒有特別確定之時，應當說，這種分類法具有很強的合理性，因此，歷來人們都願意接受。

這種分類法的具體實踐，顯然關涉一個問題：對於那些篇名沒有六體之名的篇章，根據什麼將它們歸入六體中去？這就涉及對六體名義的理解。

第三節　六體名義辨析及篇章歸屬

偽孔安國《尚書序》雖然提出六體之名，但既沒有對六體之義做確切的闡釋，也沒有對具體篇章進行歸類，所以人們難以確知他所謂的六體體名之下，究竟包含何樣的義。孔穎達認為書有十體，與六體相同之外的四體，各只有一篇。實際上，以一篇立體，類的力量明顯不足，難以服人。他在將篇名含所謂十體之名的篇章分別納入十體後，在對其餘篇名不含十體的篇章分類時，昭示出他的分類依據是緣於對文章內容的把握，對體名之義的理解。[13]關於訓，《堯典正義》曰：「其〈太甲〉、〈咸有一德〉，伊尹訓道王，亦訓之類」，「〈旅獒〉戒王，亦訓也」，「〈無逸〉戒王，亦訓也」。[14]孔穎達認為，臣訓導、告戒王，稱為訓。關於誥，《堯典正義》曰：「〈西伯勘黎〉雲祖伊恐奔告於受，亦誥也。」「〈武成〉雲識其政事，亦誥也。」「〈多士〉以

---

13 〈立政〉和〈微子〉兩篇，孔穎達在《堯典正義》集中對《尚書》進行文體分類時沒有提及，不知何故。

14 《尚書正義》，見〔清〕阮元校刻：《十三經注疏》（北京市：中華書局，1980年），頁117。

王命誥，自然誥也。」「〈君奭〉，周公誥召公，亦誥也。」「祝亦誥辭也」，「〈多方〉〈周官〉，上誥於下，亦誥也。」「〈呂刑〉，陳刑告王，亦誥也。」[15]上誥下，頒佈王命，臣以事告君，祝辭都稱為誥。

而且，對於篇名無十體的篇章，孔穎達將它們絕大多數歸入誥訓兩體，其餘，謨一篇，「自為一體」的一篇，命兩篇，沒有一篇歸入六體以外的四體之中。這也證明了六體的涵容性與概括性。那四篇各為一體的篇章，可不可以歸入到六體中去？答案是可以，具體詳見下文。

六體體名之義，孔氏只是一說，還有諸種解釋。[16]如「典」謂經籍。（〈五子之歌〉「有典有則」孔安國傳）會同曰「誥」。（〈甘誓〉「子誓告汝」馬融注）軍旅曰誓。（〈大禹謨〉「禹乃會群后誓於師」孔安國傳，〈甘誓〉「予誓告汝」馬融注）明代吳納曰：「帝王之言，……道其常而作彝憲者謂之『典』；陳其謀而成嘉猷者謂之『謨』；順其理而迪之者謂之『訓』；屬其人而告之者謂之『誥』；即師眾而誓之者謂之『誓』；因官使而命之者謂之『命』。」[17]朱自清認為：「平時的號令叫『誥』，有關軍事的叫『誓』。君告臣的話多稱為『命』；臣告君的話卻似乎並無定名，偶然有稱為『謨』的。」[18]劉起釪論曰：「『誥』是君對臣下的講話，『謨』是臣下對君的講話，『誓』是君主誓眾之詞，而且多是軍事行動的誓詞，『命』為冊命或君主某種命辭，『典』載重要史事經過或某項專題史實。」[19]錢宗武說：

---

15 《尚書正義》，見〔清〕阮元校刻：《十三經注疏》（北京市：中華書局，1980年），頁117。

16 先秦兩漢典籍中多有六體之名，但不是專門對《尚書》中出現的六體名作釋義的，這裏沒有論及。

17 〔明〕吳納著、于北山校點：《文章辨體序說》（北京市：人民文學出版社，1962年），頁12。

18 朱自清：《經典常談》（北京市：三聯書店，1998年），頁20。

19 劉起釪：《尚書學史》（北京市：中華書局，1989年，訂補本），頁9。

「一、典，主要記載古代典制。二、訓誥，主要是訓誡誥令，包括君臣之間、大臣之間的談話以及祈神的禱告。三、誓，主要是君王諸侯的誓眾詞。四、命，主要是君王任命官員或者賞賜諸侯的冊命。」[20]

上述諸種理解中，除誓、命兩種體類的含義基本一致外，其它四種則不甚相同。

由於對體類之名的理解和闡釋不同，所以，同樣運用六體概念（或多於或合併）來進行分類的學者，對於某些篇章歸屬的意見也不一致。同一篇文章，在不同的人的觀念裏，屬於不同的體類。比如〈顧命〉，孔穎達劃入命體，錢宗武歸入典體。孔氏劃歸謨體的三篇〈大禹謨〉〈皋陶謨〉〈益稷〉，歌體〈五子之歌〉，以及五篇訓體〈伊訓〉、〈太甲〉（上中下）、〈咸有一德〉〈旅獒〉和〈無逸〉，錢氏都歸入誥類。孔氏歸入誥類的〈呂刑〉〈周官〉〈康王之誥〉三篇，錢氏劃歸典類。

產生理解與闡釋的途徑有二：一是考察《尚書》中冠以某體之名的篇章，根據這些篇章的內容及應用等方面的特點，來還原出最初的名之義。二是脫離《尚書》這個特定語境，單純從字義、字形本身的解釋入手，再考察《尚書》篇章內容、形式及應用等特徵，將符合體類名某個義項的篇章，劃歸此體。兩條途徑，有時可以分清，有時好像很難截然分開。孰先孰後，孰主孰次，頗有些糾纏不清。不過，總體上看，孔穎達的理解、闡釋及篇章歸類，倒更多地扣緊了《尚書》文本所提供的語境，儘管也並未盡善盡美，而筆者所見到的其它各家分類，則較多地流露出第二條途徑的印跡。

六體在《尚書》文本中的義項，大概可歸納出如下若干種。限於篇幅，每種義項只舉一例為證。

---

20 錢宗武：《今古文尚書全譯》（貴陽市：貴州人民出版社，1990年），頁1-2。

一、典。（一）歷史文獻。〈多士〉：「王曰：『猷！告爾多士。……惟爾知惟殷先人有冊有典，殷革夏命。』」（二）主管，掌管。〈呂刑〉：「王曰：『嗟！四方司政典獄。』」（三）常。〈微子之命〉：「王若曰：『欽哉！往敷乃訓，慎乃服命，率由典常，以蕃王室。』」（四）法。〈康誥〉：「王曰：『嗚呼！封。敬明乃罰。人有小罪非眚，乃惟終，自作不典；式爾，有厥罪小，乃不可不殺。』」[21]

二、謨。（一）謀議。〈伊訓〉：「嗚呼！嗣王祇厥身，念哉！聖謨洋洋，嘉言孔彰。」（二）謀略。〈君牙〉：「王若曰：『嗚呼！丕顯哉，文王謨；丕承哉，武王烈。』」[22]

三、訓。（一）臣教導、告戒君王。〈太甲中〉：「王拜手稽首曰：『予小子不明於德，……既往背師保之訓，弗克於厥初，尚賴匡救之德，圖惟厥終。』」（二）君王告戒臣下。〈盤庚〉：「王命眾，悉至於庭。王若曰：『格汝眾。予告汝訓：汝猷黜乃心，無傲從康。』」（三）歷史文獻。〈畢命〉：「弗率訓典，殊厥井疆，俾克畏慕。」（四）先王之教。〈太甲〉：「伊尹曰：『茲乃不義，習與性成。予弗狎於弗順，營於桐宮，密邇先王其訓，無俾世迷。』」（五）順。〈立政〉：「嗚呼！孺子王矣！……則罔有立政，用憸人，不訓於德，是罔顯在厥世。」（六）解說。〈高宗肜曰〉：「乃訓於王。」[23]

四、誥。以言語約戒。（一）帝王對大眾講話。〈大誥〉：「王若曰：『猷，大誥爾多邦，越爾御事。』」（二）臣相告。〈君奭〉：「公曰：『君！予不惠若茲多誥。』」（三）臣告君的文書。〈仲虺之誥〉：

21 本段所引《尚書》原文，均出自《尚書正義》，見〔清〕阮元校刻：《十三經注疏》（北京市：中華書局，1980年），頁220、頁249、頁200、頁203。

22 本段所引《尚書》原文，均出自《尚書正義》，見〔清〕阮元校刻：《十三經注疏》（北京市：中華書局，1980年），頁163、頁246。

23 本段所引《尚書》原文，均出自《尚書正義》，見〔清〕阮元校刻：《十三經注疏》（北京市：中華書局，1980年），頁164、頁169、頁245、頁164、頁232、頁176。

「成湯放桀於南巢，……仲虺乃作誥，曰：『……』」（四）臣對君講話。〈太甲下〉：「伊尹申誥於王曰。」

五、誓。出師時的帝王講話，約戒。〈大禹謨〉：「禹乃會群后誓於師。」[24]

六、命。（一）天的意志。〈湯誓〉：「有夏多罪，天命殛之。」（二）國家的命數。〈西伯戡黎〉：「天既訖我殷命。」（三）帝王使臣下做某事。〈盤庚上〉：「王命眾，悉至於庭。」（四）帝王的政令，指令。〈康王之誥〉：「群公既皆聽命，相揖趨出。」（五）官員指派工作。〈金縢〉：「二公命邦人，凡大木所偃，盡起而築之。」（六）委任職官。〈冏命〉：「今予命汝作大正。」（七）帝王登基。〈顧命〉：「太史秉書，由賓階隮，御王冊命。」（八）問龜。〈金縢〉：「今我即命於元龜。」[25]

《尚書》文本中六體之名，除「誓」每次出現都與軍旅有關以外，其餘五體之名，都有多個義項。而且，《尚書》文本中，典謨訓誥誓命，有某兩詞連用的情況。典謨，謨訓，訓典等。這說明，在某一個義項上，六體是有共性的。誥訓命誓，都是君臣之言，都有告教、約戒、使之正，使之聽從的意思。這是它們編成一書的原因。但是，史官既然用它們來為篇章分類命名，那麼側重的就是它們含義的區別，在分類命名時，某一名特別強調其諸多義項的某一面或某幾面。

最典型的是誓。先秦其它典籍中誓並不少見，很多情況下都與師旅無關。《尚書》中凡篇名有「誓」的，則非常明確，都出現在與軍

---

24 《尚書正義》，見〔清〕阮元校刻：《十三經注疏》（北京市：中華書局，1980年），頁137。

25 本段所引《尚書》原文，均出自《尚書正義》，見〔清〕阮元校刻：《十三經注疏》（北京市：中華書局，1980年），頁160、頁177、頁169、頁244、頁197、頁246、頁240、頁196。

旅相關的場景下。這有兩種可能：一是誓最初只限於用軍事。二是史官有意的刪定，將與軍事無關的都刪去了。據此，〈胤征〉是胤侯征討羲和的出師誓辭，也當劃入誓體。

其次是命。以命為體類之名，強調的是委任官職這個義項。據此，〈君陳〉記載成王命君陳治東郊，〈君牙〉記載周穆王命君牙任大司徒，都當劃入命體。

其它各體之義，都有其特別強調的一個義項或某幾個義項。有的從《尚書》文本出現的六體名稱所含義項中可以看出。謨：強調謀議，君臣對話。訓：強調臣教導、告戒君王。有的僅從《尚書》文本各義項中，還看不太清楚。有的雖然看出差異，但還需要闡釋。下面，將從另一個角度進一步辨析。

從篇名有六體之名的篇目考察，大致可以勾勒出六體篇名不同的層次。

（一）記載史事的時間段。虞書（傳說時代）：典謨。夏書：誓。商書：誓誥訓命。周書：誓誥命。

第一個層次的考察，排除了典謨兩體。典謨兩體都在虞書中。大多數學者認為虞書在《尚書》中從年代上看雖是最早，但實際成篇較晚。可以看出，典謨二體的命名，反映了後人尊崇往古的觀念。東漢許慎《說文解字》釋「典」曰：「從冊在丌上，尊閣之也。」[26]特別強調時間上的久遠，目的是樹立高大的上古聖君賢臣形象。

典謨兩體的區分：一、政治等級上下尊卑。典稱帝事。謨以臣名。〈大禹謨〉篇是舜帝與大禹等臣的謀議。二、謨的名義。謨，謀議。

26　〔漢〕許慎撰，〔清〕段玉裁注：《說文解字注》（上海市：上海古籍出版社，1981年），頁200。傅修延認為：「〈堯典〉述載堯舜的言行，自然被人視為經典，但堯舜遠在書冊出現之前，因此『典』字必為後世的尊崇者所加。」（傅修延：《先秦敘事研究》〔北京市：東方出版社，1999年〕，頁161。）

（二）訓誥誓命的區分。

一、特殊語境與用途：誓——師旅，命——委任職官、獎賞有功。二、發言人與受言人的上下級關係：上行還是下行，上對下還是下對上。上對下：誥。下對上：訓。三、命名強調發言人還是受言人。誥與命都是上對下。但從命名上，以誥字名篇，且有人名的，人都是發言者；而以命字名篇，且有人名的，人都是命的接受者。

（三）與六體名的義項（《尚書》之外）有關。

典，字形是文獻放在几案上，意味著不是普通的歷史文獻，而是具有垂範後世意義的典籍，具有崇高的地位。

謨，除謀議外，還有「知」和「接」的意思。《莊子》〈庚桑楚〉：「知者，接也；知者，謨也。」[27]知又有匹的意義。《爾雅》〈釋詁〉：「知，匹也。」[28]《詩經》〈衛風〉〈芄蘭〉有句曰：「能不我知」「能不我狎」[29]，《詩經》〈檜風〉〈隰有萇楚〉有「樂子之無知」「樂子之無家」「樂子之無室」[30]諸句。這兩首詩中的知，指的都是匹偶，配偶。謨有知、接的意思，君臣謀議就蘊涵著君臣相偶相得的意思。〈益稷〉篇，時代為虞書，內容是舜和禹（君臣）的對話，篇章以臣名命名，因此，當歸入謨體。

訓除了強調不要做某事之外，還有另一個意義——知識的傳授和解說。從這個角度考察，《尚書》中的訓體包括兩方面的內容：一是

---

27 〔清〕王先謙：《莊子集解》，《諸子集成》（北京市：中華書局，1954年），冊3，頁153。

28 〔晉〕郭璞注、〔宋〕邢昺疏：《爾雅注疏》，見〔清〕阮元校刻：《十三經注疏》（北京市：中華書局，1980年），頁2569。

29 〔漢〕毛公傳、鄭玄箋，〔唐〕孔穎達等正義：《毛詩正義》，見〔清〕阮元校刻：《十三經注疏》（北京市：中華書局，1980年），頁326。

30 《毛詩正義》，見〔清〕阮元校刻：《十三經注疏》（北京市：中華書局，1980年），頁382。

自然地理知識的解說、傳授。〈禹貢〉可歸入此類。二是社會政治知識的解說、傳授。〈高宗肜日〉記祖己為高宗解釋雉鳴於鼎耳的現象，當為訓體。自然地理與社會政治的劃分只是相對的，還有綜合自然和人文社會兩方面內容的訓導文，〈洪範〉即是一例。箕子為周武王說九種大法，這裏有知識的傳授，也含有政教方面的勸導之義。這類訓體在《逸周書》中頗多，如〈度訓解〉〈常訓解〉〈命訓解〉〈明堂解〉〈王會解〉〈諡法解〉〈職方解〉等。將〈高宗肜日〉列入訓體，前人也是這樣分類的。孔穎達：「〈高宗肜日〉與訓序連文，亦訓辭可知也」。[31]在這條裏，他其實對於訓名義的特質並沒有作出解釋。[32]

誥。《尚書》文本中，誥出現多次，而且從上下級關係上看，各種情形都有。讓人難以一下子找到其特質。其實，狹義的誥，指的是上告下。所謂上告下，可以從兩個方面理解。一是從政治尊卑角度，指君告臣，上級官員對下級官員的告語。君告臣類有：〈盤庚〉，〈大誥〉〈多方〉〈多士〉（這三篇為周公代成王發命），〈呂刑〉（周穆王論刑），〈周官〉（周成王宣佈官制的誥令），〈武成〉（雖前後有敘事，但主體是武王詔告之言），〈洛誥〉（雖然有周公對成王的告語，但文末說「王命周公後，作冊逸誥」[33]，表明此篇最後的落腳點在將周公與成王的問答昭告天下。[34]上級官員對下級官員的告語類有：〈康誥〉〈酒誥〉〈梓材〉，這三篇都是周公告康叔；〈君奭〉篇是周公答召

---

31 《尚書正義》，見〔清〕阮元校刻：《十三經注疏》（北京市：中華書局，1980年），頁117。

32 對「訓」的論述，詳見本書第五章第一節「訓的內涵及體類特徵」。

33 《尚書正義》，見〔清〕阮元校刻：《十三經注疏》（北京市：中華書局，1980年），頁217。

34 王國維解釋「作冊逸誥」云：「誥，謂告天下。成王既命周公，因命史佚書王與周公問答之語，並命周公時之典禮，以誥天下，故此篇名〈洛誥〉。」（王國維：《觀堂集林》〔北京市：中華書局，1959年〕，冊1，頁39。）

公，周公的地位比康叔、召公重要。二是從宗法制度下的血緣關係角度理解，指長輩對晚輩的告語。〈召誥〉是召公告成王，〈立政〉是周公告成王，這兩篇屬於此類。政治尊卑這個角度是很容易讓人想到的，而長對幼這個角度，則往往被人們忽略。如徐師曾在「誥」條目下云：「按字書云：『誥者，告也，告上曰告，發下曰誥。』古者上下有誥。故下以告上，〈仲虺之誥〉是也；上以告下，〈大誥〉、〈洛誥〉之類是也。考於《書》可見矣。」[35]他沒能將「發下曰誥」這層意思從多個角度理解，思路局限在政治等級上，沒有揭示出誥含義的特質，有點可惜。

　　誥意義重大，這點從其它文獻中也可得到參證。《易》〈姤〉的〈象〉傳云：「後以施命誥四方。」[36]誥，特指帝王下布重要命令。至於臣告君這一行為，在《尚書》中用另外的詞。《商書》〈西伯勘黎〉第一段云：「西伯既勘黎，祖伊恐，奔告於王。」[37]這裏，西伯對紂王的講話，臣對君，用的是「告」，而不是「誥」，二者是有差別的。後來，這差別被逐漸淡化，誥也涵蓋了告的意思。臣和臣之間的告語，臣告君的話，都稱為誥。[38]從篇章的命名看，《尚書》百篇序中，某些篇章已經被歸入誥體。〈仲虺之誥〉序云：「湯歸自夏至於大坰，仲虺

---

35 〔明〕徐師曾著、羅根澤校點：《文體明辨序說》（北京市：人民文學出版社，1985年），頁115。

36 《周易正義》，見〔清〕阮元校刻：《十三經注疏》（北京市：中華書局，1980年），頁57。

37 《尚書正義》，見〔清〕阮元校刻：《十三經注疏》（北京市：中華書局，1980年），頁177。

38 文體名含義類似的變遷，並非僅此一例。劉勰《文心雕龍》〈詔策〉指出詔名義的變化，曰：「《詩》云：『有命自天。』明命為重也。《周禮》曰：『師氏詔王。』明詔為輕也。今詔重而命輕者，古今之變也。」王運熙、周鋒注云：「詔：告，此指下告上，秦以後『詔』才專用於帝王的詔書。」（王運熙、周鋒：《文心雕龍譯注》〔上海市：上海古籍出版社，1998年〕，頁177。）

作誥。」[39]〈微子〉序云：「殷既錯天命，微子作誥父師、少師。」[40]
這又影響了後來人們對誥含義的理解，忽略了這是詞義外延擴大、變
遷之後產生的現象，並非誥之初義。儘管如此，人們在使用誥這個詞
的時候，很多時候仍偏重於其為帝王重要言辭這個基本義項。所以，
孔穎達說：「夫《書》者，人君辭誥之典。」[41]

綜上所述，筆者將《尚書》按六體歸類如下。

典：堯典　舜典

謨：大禹謨　皋陶謨　益稷

誓：甘誓　泰誓（上中下）　湯誓　牧誓　費誓　秦誓　胤征

誥：湯誥　大誥　康誥　酒誥　召誥　洛誥　康王之誥　仲虺
之誥　盤庚（上中下）

西伯勘黎　武成　梓材　酒誥　多士　君奭　多方　周官呂刑
微子

訓：伊訓　太甲（上中下）　咸有一德　旅獒　無逸

五子之歌　禹貢　洪範高宗肜日

命：說命（上中下）　微子之命　蔡仲之命　顧命　畢命　冏
命　文侯之命　君陳　君牙

其中，〈五子之歌〉韻文，與其它篇章都不同。但是，筆者這裏
的分類，不是從語言形式，而是從名之義及其它上述各項區分的層次
著眼，從六體名義上看，《五子之歌》的內容近於訓體。

39　《尚書正義》，見〔清〕阮元校刻：《十三經注疏》（北京市：中華書局，1980年），
頁161。

40　《尚書正義》，見〔清〕阮元校刻：《十三經注疏》（北京市：中華書局，1980年），
頁177。

41　《尚書正義》，見〔清〕阮元校刻：《十三經注疏》（北京市：中華書局，1980年），
頁110。

此外，〈金縢〉難以納入六體。〈金縢〉中有一段周公祝禱文，全
文體制頗奇。孔穎達指出其自成一體，後來的學者也表示了相同觀
點。這裏亦不願強行將它派入某類。《尚書》今古文共四十九篇，僅
有一篇不能納入六體，這再一次證明六體具有高度的涵蓋性。也再一
次證明，人們歷來接受的《書》分六體的觀念雖然稱不上現代意義上
的所謂科學，但的確是合理的。

第四節　名與體例及行為與文本的關係

我們現在通常接受的《書》分六體的說法，實際上經過兩次分
類。第一次是記載史事、整理歷史文獻的史官將文章分類、命名。第
二次是學者接受了史官的命名，再根據史官所命篇名，參之以個人對
六體名義及文章內容的理解，來對《尚書》進行分類。無論是最初完
成歷史文本的史官，整理文獻而給文本命名的史官，還是後來較早概
括《尚書》文本體類的人，都沒有從現代意義上所謂的文體構成諸要
素（篇章本身的結構體制、語言、審美特徵、功能）角度去綜合考察
各個文章文本，從而進行分類。[42]

既然《尚書》分門別類、確立體類之名的過程中，與文本本身的
結構體制、語言風貌、審美特徵等文體因素關係較遠，那麼，這是不
是就意味著名與體例是分離的？六體名義與文本體例之間是否存在比
較穩定的聯繫，即是不是一定的名會相應有一定的體？還有，從現代
意義所謂結構體制、語言風貌、審美特徵等角度考察《尚書》六體的
文體特徵，是否可行？

---

42 姜亮夫指出：「求之於《尚書》中的典謨訓誥之類，並不是因為要分別文體形式，才
　錫以嘉名。」（姜亮夫：《文學概論講述》（昆明市：雲南人民出版社，2000年），頁
　128-129。）

　　《尚書》名與體例的關係，前人早有論述。說法雖然不同，但觀點趨於一致。孔穎達云：「《書》篇之名，因事而立，既無體例，隨便為文。」[43]劉知幾在論述《書》分六體之後，云：「至如堯、舜二典，直序人事；〈禹貢〉一篇，唯言地理；〈洪範〉總述災祥，〈顧命〉都陳喪禮；茲亦為例不純者也。」[44]章學誠曰：「而典、謨、訓、誥、貢、範、官、刑之屬，詳略去取，惟意所命，不必著為一定之例焉。」[45]

　　他們認為，很大程度上，名與體，義與例，二者是分離的。因為名的確立是因事而立或惟意所命，也就是說，具有很強的權變性、主觀性、不規則性。成文時，沒有特別的制約。所以，名之下，無體例，也不必規定體例。也就是說，不可以也沒必要據名義以求體例。

　　這種看法，有一定的道理。然而，既然在一定的名下，有若干篇文章，這若干篇文章歸為一類，除了名的相類之外，果然在文本體例上全無定例嗎？筆者認為，一定的名下，有著雖不夠規範但卻趨於一致的體例。為什麼這麼說？如果有大致一定的體例，那麼這定例是什麼？是屬於哪個文體構成層面上的？解答這些問題，當從行為與文本的關係角度入手。

　　從第二節《尚書》命名特點的第四、第五、第六、第七條，能夠推斷出史官最初命名的主要著眼點。他們對相近的各種行為動作本身進行區分（謨、誥、誓、訓、命，都與說這種行為動作有關）、命名，再輔之以動作的發出者或接受者，動作產生的具體地點等與行為動作密切相關的因素，去給記錄這些行為動作的文本進行命名。那些

43　《尚書正義》《堯典正義》，見〔清〕阮元校刻：《十三經注疏》（北京市：中華書局，1980年），頁117。

44　〔唐〕劉知幾撰，〔清〕浦起龍通釋：《史通通釋》（上海市：上海古籍出版社，1978年），〈六家〉，頁2。

45　〔清〕章學誠撰、葉瑛校注：《文史通義校注》（北京市：中華書局，1985），〈書教上〉，頁31。

表面看來是以人為中心命名的，其背後隱藏著以行為動作為中心的意
識。純粹以人名命名以及篇名中有人名的篇章，很明顯可分為與行為
動作有關的兩種類型：一、篇名中的人是動作的發出者的有十五篇：
〈大禹謨〉、〈皋陶謨〉、〈禹貢〉、〈湯誓〉、〈湯誥〉、〈康誥〉、〈召
誥〉、〈伊訓〉、〈胤征〉、〈呂刑〉、〈五子之歌〉、〈仲虺之誥〉、〈康王之
誥〉、〈微子之誥〉、〈盤庚〉。二、篇名中的人是動作的接受者的有十
一篇：〈說命〉、〈畢命〉、〈冏命〉、〈蔡仲之命〉、〈文侯之命〉、〈太
甲〉、〈君奭〉、〈君陳〉、〈君牙〉、〈多士〉、〈多方〉。一句話，命名是
以行為動作為軸心進行的。

　　通過上述分析，可以看出《尚書》文體之名的確立經歷了這樣一
個過程：記載某類特定行為——產生記載某類行為的文本——對文本
以所記行為動作之名命名——據所命篇名進行文體分類——文體名確
立。對於《尚書》文體命名過程的這一特點，朱自清曾指出過，只是
沒有順著這個線索做進一步的研究，他的見解也沒有引起學術界的重
視。他說：「《尚書》包括虞夏商周四代；大部分是號令，就是向大眾
宣佈的話，小部分是君臣相告的話……那些號令多稱為『誓』或
『誥』，後人便用『誓』『誥』的名字來代表這一類。」[46]

　　《尚書》文體之名的確立既然經歷了這樣一個由行為之名轉為文
體之名的過程，那麼行為動作本身的特點與記錄行為動作的文本的體
類特點，二者之間存在著某種聯繫是必然的。對同一個行為的記錄，
行為本身的特點必然制約、規定著文本上的某些特點，使得不同文本
在某個層面上相近，從而形成文「體」上的某種特質。而且，既然有
文本存在，必然客觀上會有結構體制、語言風貌、審美特徵存在，所
以，從這些角度考察六體特徵，當然是可行的。

---

46 朱自清：《經典常談》（北京市：三聯書店，1998年），頁20。

　　這裏有一個問題，需要補充說明。上述說法只能概括絕大部分篇章的成文情況。多數篇章確實是先有行為，而後才有記錄行為的文本，但是並非所有篇章都是這樣。有些篇章是先有文本而後才說（宣讀）出來，即先有文本，後有行為。陳夢家考論西周金文中的策命，指出：「這些王命，最先是書寫在簡書上的，當庭的宣讀了，然後刻鑄於銅器之上。」[47]「冊命既是預先書就的，在策命時由史官授於王而王授於宣命的史官誦讀之。」[48]至於《尚書》中文獻的情況，他認為：「周誥中的『王若曰』乃是史官或周公代宣王命，與西周金文相同。」[49]即，周代的誥命體篇章，也是預先書就的，是先有文本、後有說（宣讀）的行為。如果歷史事實果真如此，則本章的論點將無從立足。

　　理清這個問題，關鍵在於對「王若曰」的解釋。《商書》〈盤庚〉有「王若曰」，周誥中大量出現，除此，還有「周公若曰」，「微子若曰」等。陳氏只是一說，其它還有眾多說法。宋蔡沈《書經集傳》在〈盤庚上〉篇解釋：「若曰者，非盡當時之言，大意若此也。」[50]于省吾認為，「王若曰」是周人沿用商代用語。《尚書》篇首有「王若曰」，以下復述以「王曰」開頭的一些篇章，是史官宣示王命臣某或王呼史官冊命臣某。其它各篇單稱「王若曰」的，係史官記述王言，與周公代宣王言有別。[51]劉起釪認為：「由《周書》各篇來看，不是史官代宣王命而是史官記錄王的言論，沿用了殷人代宣王命的詞語，是表示所記為王的原話。」[52]

---

47 陳夢家：《尚書通論》（外二種）（石家莊市：河北教育出版社，2000年），頁167。

48 陳夢家：《尚書通論》（外二種）（石家莊市：河北教育出版社，2000年），頁177。

49 陳夢家：《尚書通論》（外二種）（石家莊市：河北教育出版社，2000年），頁186。

50 〔宋〕蔡沈：《書經集傳》（上海市：上海古籍出版社，1987年），頁53。

51 于省吾：〈王若曰釋義〉，載《中國語文》，1966年第2期。

52 劉起釪：《尚書學史》（北京市：中華書局，1989年，訂補本），頁492。

　　依蔡沈之說，則有兩種可能：不是即時實錄，而是史官追述之辭；史官據前代文獻整理成篇。依於氏和劉氏之說，都表明相當數量甚或所有的篇章，當是先有言說的行為，後有記錄言說的文本。並非如陳氏所云，誥命體篇章都是先有文本，而後有宣讀的行為。

　　通檢《尚書》，明確寫出是先作書，後有說的行為，或只傳文本的情況，僅有如下各篇。

　　〈太甲上〉：惟嗣王不惠於阿衡，伊尹作書曰……

　　〈說命上〉：王庸作書以誥曰……

　　〈召誥〉：周公乃朝用書命庶殷侯甸男邦伯……

　　〈金縢〉：史乃冊祝……乃納冊於金縢之匱中……以啟金縢之書

　　〈洛誥〉：王命作冊逸祝冊……王命周公後作冊逸誥……

　　〈顧命〉：大史秉書，由賓階，御王冊命，曰……孔穎達疏：「大史東面於殯西南而讀策書……」[53]

　　上舉諸例中的祝冊、冊，指以策書命官或祈禱的行為。

　　其餘各篇，應視為是對行為的記錄。究其初，總是言說在前，而文字在後，因此，先有行為後有記錄行為的文本的觀點，是可以立得住的。

　　那麼，行為特點在哪些層面上制約、促成了文體的特徵？

　　具體在《尚書》六體中，典不是以某種行為命名的，不在本論題範圍內。其它五體都是與說有關的行為，但各有所側重。

　　謨，謀議。謀議的行為特點，要求有謀議的雙方或多方。這就在結構體制層面上，形成文本的體類特徵是對話形式或多人討論形式。〈大禹謨〉〈皋陶謨〉〈益稷〉都是如此。

---

53 本段所引《尚書》原文，均出自《尚書正義》，見〔清〕阮元校刻：《十三經注疏》（北京市：中華書局，1980年），頁164、頁174、頁211、頁197、頁196、頁217、頁240。

　　誥，行為特點主要是上告下，關係重大，內容涉及較廣，目的主要在於約束人的意志和言行，偏重於防患於未然。有時針對個人，有時則針對群體，有些場合還特別注重空間傳播的廣泛性。其文體特徵表現為表述方式直切，語言風格莊重、中正。

　　訓，行為特點是下對上，意在政治教導或解說知識，是面對個體的。偏重於針對君王某種已經出現的錯誤言行進行譴責。文體特徵表現在語言層面上，解說類的平鋪直敘，進諫類的則語重心長或辭氣急疾。

　　誓，行為特點是軍隊出師前的宣戒，面向大眾，事關生死存亡，具有強制性，目的及功能效應是嚴明紀律，警戒士兵，鼓舞士氣。[54]這種行為在兩方面影響了文體特徵。一是結構層面。誓體大致形成了一個結構程序：某人將出師，誓於某地，警戒語，出師正義性，宣佈賞罰。二是語言層面。多短句，鏗鏘有力，肅殺。

　　命，行為特點是上對下，面向個體，帶有信任、委任、獎賞諸義，而且強調自天而來，具有神聖性，以神聖性督責臣下。與之相應，文體特徵在結構層面有所反映，都少不了突出強調受命者要有誠摯的心理狀態。「欽」這個詞，絕大多數都出現在命體文中[55]，就是一個有力的證據。

　　另外，《尚書》文獻歷時虞夏、商、周各個歷史時期，語言風格有時代差異。[56]而且，每個具體的人，其言說方式也不盡相同，儘管

54　《尚書》七篇誓體文中，〈秦誓〉一篇很特殊。它不是出征前的講話，而是兵敗後的講話。但一篇不足以破例。

55　〈堯典〉中也多有「欽哉」一詞，但都是在任命官員時或布置某項具體任務時講出，是命體文的雛形。

56　揚雄《法言》〈問神〉：「虞夏之書渾渾爾，商書灝灝爾，周書噩噩爾。」見《諸子集成》（北京市：中華書局，1954年），冊7，頁13，區分不明確。魯迅有確論：「虞夏禪讓，獨饒治績，數揚休烈，故深大矣；周多征伐，上下相戒，事危而言切，則

如此，文體的某些特徵卻基本有其超乎時代的穩定性，這也是文之所以立體的原因。

行為本身的一些特徵與記錄行為的文本的體類特徵，在某些層面一致，但某些層面上也有差異。人們在辨析體類特徵時，很容易走進一個誤區：將記錄行為的文本的功能與行為本身的功能混淆。二者有時確實是大體一致，但有時並不相同。命這種行為，與命書的功能是基本一致的，其間也有微小的差異。事先寫就或事後追記的誥命文書，只有當它被宣讀時，其功能與誥命行為本身的功能才是一致的，如果沒有付諸實踐，文本的功能與行為的功能是不同的。誓這種行為，具有極強的威嚴性、約戒性。可是將出師前的誓辭記錄下來的文本，卻並不具備這樣的功能。而且，即使在語言層面上，行為與文本風格有相近之處的，在具體的語言運用上，也仍然存在口語語體與書面語體的差異。

概言之，行為與文本的功能差異主要表現在兩方面。一、行為的功能，其實現是短暫的，具有時效性，即在當時產生功能。而文本的功能，尤其是記錄史事的文獻，其功能主要是重現歷史、保存歷史，具有長久性，對後人而言具有認識功能，還具備形成某種傳統（思想或文體）的潛在力量。二、語言是一種政治資本，掌握語言的人具備一種威信。君王的威信與臣子的威信建立在話語權力上。這話語權力包括說和寫兩種。言語被書寫下來，在原有的特定語境中的莊重性之外，又增添了另一重莊嚴。這是因為，文字知識是一種特權，是一種權力的工具，「即使信息的接收者只是單獨一個人，而且跟發送者的關係很密切，信息一旦被書寫下來就被賦予某種莊重得多的功能」。[57]

峻肅而不阿借；惟《商書》時有哀激之音，若緣匡而失其援，以為夷曠，所未詳也。」（魯迅：《漢文學史綱要》〔北京市：人民文學出版社，1973年〕，頁7）

57　〔法〕海然熱著、張祖建譯：《語言人：論語言學對人文科學的貢獻》（北京市：生活・讀書・新知三聯書店，1999年），頁99。

書寫使稍縱即逝的言語物化，固定下來，使之能夠傳之久遠，所以史官的地位才特別重要，帝王也特別重視書寫在文獻中的自身行為。考慮到自己的行為將被書寫入文獻，帝王會強化對自身的約束。形之於文的君王誥命，會比口頭表達對臣下更具威力。在某種意義上，書寫比言語更有力量。

第三章

從《尚書》〈堯典〉諸篇看早期歷史敘事文體的特徵

　　《尚書》是最早的歷史散文集，包含多種文獻種類，在古代文體史上，也具有重要的價值。〈堯典〉〈舜典〉〈禹貢〉〈金縢〉和〈顧命〉五篇文章，在體制上與《尚書》其它篇章明顯不同。其它篇章在文體構成因素的功能效應層面十分突出，而這幾篇在文體構成因素的結構體制層面特徵鮮明。其它篇章更多地具有說（口語）的色彩，而這幾篇更多地具有寫（書面）的特徵。其它篇章更多的是與歷史同步進行的現場片斷式記錄，多為經驗之事實，而這些篇章更多的是晚於歷史發生的事後對系列事件的綜合整理與追述，不乏合理之推想。更重要的是，從敘事與記言層面考察，〈堯典〉等文本屬敘事文體，表現出早期歷史敘事文體的一些特徵。

第一節　敘事與記言

　　我國史官很早就有明確的職責分工，分為左史和右史，分掌記言、記事。《尚書》從總體上看是以記言為主體，但是其中有幾篇體制比較特殊，超出了記言體的界限，應當視為敘事文體。

　　從敘事與記言在文本中所佔篇幅考察，〈堯典〉五篇可以分為兩種情況：一是全篇沒有任何記言之辭，〈禹貢〉屬此類；二是既有記言，也有敘述，〈堯典〉〈舜典〉〈金縢〉和〈顧命〉四篇除誥命禱祝

之言，還有大量敘述。〈顧命〉屬敘述的文字有六百多字，記言兩百多字，明顯以敘述為主。〈堯典〉〈舜典〉和〈金縢〉三篇記言和敘事文字量大致相當，記言略多於記事。如此看來，似乎這三篇的敘事性質應受到質疑。可是，僅從文字量上判斷文本敘事和記言的性質，是不盡可靠的。正如法國敘事學家熱奈特所言：「史詩作品中無論對話或直接引語占多大分量，即使它超過敘事的分量，史詩也仍然以敘述為主，因為對話必然由敘述引入，並夾在敘述部分之間」。[1]他說的儘管是史詩，但這個觀點對於歷史散文仍然適用，〈堯典〉諸篇中的記言就是如此。

〈堯典〉〈舜典〉〈金縢〉和〈顧命〉四篇文本，在總體的敘事框架中，包含其它種類的記言文體。〈堯典〉和〈舜典〉包含「命」體文，如，堯命羲氏與和氏制曆法：「帝曰：『諮！汝羲暨和。期三百有六旬有六日，以閏月定四時，成歲。允釐百工，庶績咸熙。』」[2]舜任命九官，也採取了同樣的敘述方式，在文體形態上，可以劃分出多個短小的命體文。〈金縢〉有周公祝禱辭，〈顧命〉包含兩段「誥」體文，成王遺命與康王之誥。「命」、祝禱、「誥」體，都屬記言體，而這些記言均是由敘述引入，並夾在敘述部分之間的。

那麼敘事與記言是什麼關係？敘事與記言存在雙向滲透的關係。記言散文的成熟與發達要早於敘事體散文，處於歷史敘事文體發展的早期階段，敘述不免受到記言的影響，帶有濃厚的記言痕跡。〈堯典〉〈舜典〉〈金縢〉及〈顧命〉中包含的大量記言文字體現出記言向敘事的滲透。然而，儘管如此，敘事體文本中敘事的統帥地位卻不可否

1　〔法〕熱‧熱奈特著，王文融譯：〈敘事的界限〉，見胡經之、張首映主編：《西方二十世紀文論選》（北京市：中國社會科學出版社，1989年），卷2，頁346。

2　《尚書正義》，見〔清〕阮元校刻：《十三經注疏》（北京市：中華書局，1980年），頁119-120。

認。敘事在接受記言的滲透的同時，還強有力地主宰、干預了記言，敘述者不僅以敘事始、以敘事終，而且在記言部分也表現出鮮明的介入意識，具有明確的敘事特徵。《尚書》中的記言體散文，有的直接以「某人曰」的形式完成全篇，沒有敘述人的介入；有的在記言前有簡短敘事，交代言說的背景，敘事是為記言服務的，而且在記言過程中，絕對不插入敘事。在敘事體文本中，即使在人物對話中，也隨時插入敘事之筆，敘述者保持一種隨時介入的姿態。例如，〈舜典〉中舜任命百官時一大段記錄任命之言中有這樣幾段。

> 帝曰：「俞，咨！禹，汝平水土，惟時懋哉！」禹拜稽首，讓於稷、契，暨皋陶。帝曰：「俞，汝往哉！」
>
> 帝曰：「俞，咨！垂，汝共工。」垂拜稽首，讓於殳斨暨伯與。帝曰：「俞，往哉，汝諧。」
>
> 帝曰：「俞，咨！益，汝作朕虞。」益拜稽首，讓於朱虎、熊羆。帝曰：「俞，往哉，汝諧。」
>
> 帝曰：「俞，咨！伯，汝作秩宗。夙夜惟寅，直哉惟清。」伯拜稽首，讓於夔、龍。帝曰：「俞，往欽哉！」[3]

「拜稽首」是動作，而「讓於稷、契皋陶」當是以言說的方式表現出來。歷史發生的原貌本來應當是一段對話，由於敘述者的介入，把最初的記言轉變為對言的內容的敘述，用敘述的形式替代了對最初言語的記錄。歷史發生初始形態的人物語言以敘述的形式表現出來，而不是以記言的方式呈現出來。

　　敘事體文本中的記言部分承擔著一定的功能，與在記言體中的功

3　本段所引〈舜典〉原文，均出自《尚書正義》，見〔清〕阮元校刻：《十三經注疏》（北京市：中華書局，1980年），頁130-131。

能不甚相同。除了記言本身所具有的以文字保存聲音的記錄歷史功能之外,還具有其它兩種功能:敘述功能和闡釋歷史的功能。

〈堯典〉中堯與臣下放齊、驩兜、嶽三人及堯與四嶽的兩組對話,屬記言,通過這兩段對話,我們得到的是對堯選官任能、治理洪水一事及堯選擇繼承人一事的認識。即,這兩段是以對話形式完成對事件的敘述。〈顧命〉中成王遺命和康王即位誥,記言被組織進系列事件之中,在敘述中承擔一定職責,使史官對事件的敘述變得完整,而且造成逼真的現場感及歷史真實感的客觀效果。

〈金縢〉中周公的禱祝辭表明周公禱祝的目的是以身代王,是忠於王室的。這就為後面管蔡流言的誣陷性質,為天降災異的神秘事件提供一個合理的解釋。天降災異是因為周公受到了冤枉,當冤枉解除,災異現象隨之消失。這段記言意在告訴人們歷史上究竟發生了什麼。記言不僅具有記錄歷史、再現歷史的功能,在一系列事件中,記言被賦予了闡釋歷史、表現歷史的功能。

第二節　結構體制

人類的活動是以時間和空間來定位的,因此,作為記錄、敘述人類行為的歷史文本,不可能脫離兩大基本結構框架:按時間順序或空間方位敘事。此外,面對歷史,史官會思考為什麼發生這些事件,前因後果是什麼?所以,對事件間因果(邏輯)關係的追尋就成為歷史文本的一個重要特徵,以因果關係為結構框架的敘事文本也就很自然地產生了。〈堯典〉等五篇文本的結構體制就充分體現出歷史敘事文本的三種主要類型。

一、事件按時間順序逐次展現。〈堯典〉〈舜典〉〈金縢〉和〈顧命〉四篇,都是以事件發生的時間順序為敘事的基本結構線索。

　　〈堯典〉和〈舜典〉分別頌揚堯和舜的功德，記述了二人所作的諸多重要事件。這些事件在時間上呈現為前後相繼的線性鏈條形態。堯選帝位繼承人時，明白聲稱「朕在位七十載」，這就為他所作事情劃定了一個大致的時間範圍。〈舜典〉記舜即位後的事功，大多有明確時間標示。「正月上日」，受終於文祖。「既月乃日」覲四嶽群牧。巡守四方從「歲二月」開始，每隔三個月改換方向。此後的巡守以五年為期。文本後半部分對舜功業的敘述也依循時間的自然推進而推進。最後以幾個時間來概述舜一生活動：「舜生三十徵，庸三十，在位五十載，陟方乃死。」[4]三十歲被徵召，任官三十年，在帝位五十年。

　　〈堯典〉和〈舜典〉的敘事，是以一定的時間段或者固定的時間周期、還有具體的時間點，為一條基本的結構線索。堯舜所作各個事件之間，是並列（平行）關係，只有時間上的先後之別，不存在因果關聯。

　　〈金縢〉敘述克商二年後，周武王病，周公禱，武王瘳，武王喪，周公受誣，居東二年，秋，天現災異，成王啟金縢，出郊迎周公，災異現象消失。對這一系列活動的敘述，也基本按照事件發生的時間順序而推進。文本有三處標明了時間。

　　〈顧命〉敘述成王將死、遺命、喪禮，康王繼位儀式幾件事，用明確的時間清晰地標示出事件的演進。開頭「惟四月，哉生魄」——成王生病；「越翼日乙丑王崩」——成王辭世；「越七日癸酉」[5]——準備好喪禮；成王崩後第八日——史官舉行冊命康王即位的典禮，並發佈誥命。

4　本段所引《尚書》原文，均出自《尚書正義》，見〔清〕阮元校刻：《十三經注疏》（北京市：中華書局，1980年），頁123、頁126、頁127、頁132。

5　本段所引《尚書》原文，均出自《尚書正義》，見〔清〕阮元校刻：《十三經注疏》（北京市：中華書局，1980年），頁237、頁238。

二、功績在空間秩序的建構中完成。〈禹貢〉與〈堯典〉等四篇不同，它記載禹布土、開山、導水的系列功績，禹的行動主要在空間中展開，文本也以空間秩序作為結構框架。禹的功業可分為三個大的行動單元。第一個行動單元是依自然地理空間形勢分別九州，考察每地的物產、土壤，確定貢賦。第二個行動單元是治理九條山脈，開通道路及疏導九條水系。第三個行動單元是以五百里為空間界線劃分五服行政區，制定貢賦。最後劃定納入統治的空間範圍——「東漸於海，西被於流沙，朔南暨聲教訖於四海」。[6]禹行跡所至，聲教所達，東西南北四方的界線，表述得很清楚。禹的功業在空間秩序的建構中實現，文本也依次展開，描繪出清晰的自然地理與政治區劃治理相結合的完整國家圖式。

禹的功業果真像〈禹貢〉所記那樣盛美有序嗎？儘管司馬遷的〈夏本紀〉裏全數收錄〈禹貢〉所載事蹟，以〈禹貢〉為信史，但後世的歷史學家多對此表示懷疑，認為禹的事蹟如堯舜一樣，是經追述而加進了理想化成分。徐旭生說：「〈禹貢〉篇內所敘導山和導水的辦法，固屬張大其辭，把春秋戰國時候所瞭解的（如黑水）山水完全敘述一遍，不是大禹時代所能有的事實。」[7]〈禹貢〉中到底有多少事實、有多少想像，古史茫昧，難以確考，也不是這裏要探討的，但有一點可以肯定，〈禹貢〉展現的空間秩序，是歷史事實加上想像建構出來的。

三、解釋通過因果框架而實現。《尚書》中幾篇敘事體文本，最特別的要數〈金縢〉，它帶有濃重的神秘色彩。〈金縢〉所記諸多事件不僅隨時間推進而逐次展現，而且，它們還被安排在一個因果鏈條

6　《尚書正義》，見〔清〕阮元校刻：《十三經注疏》（北京市：中華書局，1980年），頁153。

7　徐旭生：《中國古史的傳說時代》（北京市：文物出版社，1985年），頁146。

上，事件間的因果聯繫被強化、凸顯出來。邏輯關係是〈金縢〉一個極其重要的結構框架，事件在系列中承擔著或為後事之因、或為前事之果的敘事功能。武王生病—周公祝禱—周公鎖冊—管蔡流言—周公居東—禾盡偃—成王啟冊、出迎—禾盡起。一系列事件被安置在一個因果框架之中，形成緊密的因果鏈條。

〈金縢〉通過因果關係的組織，解釋了歷史現象。為什麼周公會受誣？因為祝禱詞被鎖於金縢，外人不能得知真相。為什麼會出現雷電交加、禾偃木拔的災難？因為周公受了冤枉，天為其彰德。為什麼禾偃後又能盡起？因為成王開啟了金縢，周公冤情大白，得到公正待遇。不管對歷史現象的解釋是否正確，但撰述者的的確確提供了一種對歷史的理解。

雖然敘事文本可以比較明確地分別歸類到時間順序、空間順序及邏輯關係這三種基本結構框架類型中，但是一個文本的結構，有時不只是按照一個框架組織，也會同時容納兩種類型或三種類型，它們不是互不相容，格格不入，而是呈現為相互交織的狀態。

有的文本總體構架為雙重結構。〈金縢〉以時間為經，以因果為緯，是時間序列與因果關係並行的雙重結構。〈禹貢〉空間秩序為顯，時間序列為隱，開篇云「禹敷土，隨山刊木，奠高山大川」，結尾「禹錫玄圭，告厥成功」[8]，工作從開始到結束，雖然沒有具體的時間詞彙出現，但隱伏著一個由開始到結束的時間段。

有的以時間序列為主架，局部為空間敘事結構。〈堯典〉〈舜典〉和〈顧命〉都有這樣的特點。〈舜典〉總體結構以時間為序，其中敘述舜巡守一段就遵循東南西北的空間順序進行。〈顧命〉以事件發生

8　本段兩處引文均出自《尚書正義》，見〔清〕阮元校刻：《十三經注疏》（北京市：中華書局，1980年），頁146、頁153。

的時間先後為匯流排，至於祖廟器物的陳設及衛士位置幾段，則按照
空間方位進行陳述。牖間南向，西序東向，東序西向，西夾南向，西
序，東序，西房，東房，各有什麼珍貴器物，不同種類的四種寶車各
停在什麼位置，衛士站守在什麼位置，以東西、左右、內外劃分空
間，敘述得井井有條。根據文本的敘述，我們完全可以畫出準確的圖
示。看上去，這些空間順序的敘述有些類似於描寫，其實，它們擔負
的是敘事作用。如熱奈特所言：「由於描寫停留在同時存在的人或物
上，而且將行動過程本身也當做場景來觀察，所以它似乎打斷了時間
的進程，有助於敘事在空間的展現。」[9]

　　不同的結構體制形成不同的敘事模式。〈堯典〉〈舜典〉等五篇文
本有兩種敘事模式：大事記模式和故事模式。二者最根本的區別在於
大事記模式沒有矛盾衝突，構不成情節，事件間也沒有因果關係；而
故事模式則有衝突，構成情節，事件間具有因果關係。〈堯典〉〈舜
典〉〈顧命〉〈禹貢〉都屬於大事記模式，而〈金縢〉則屬於故事模
式。海頓‧懷特說：「歷史學家在研究一系列複雜的事件程序時，開始
觀察到這些事件中可能構成的故事。當他按照自己所觀察到的事件內
部原因來講述故事時，他以故事的特定模式來組合自己的敘事。」[10]
〈金縢〉的敘述者就是這樣。在敘述中，他流露出有意識地要講述一
個故事，而不只是陳述一系列歷史事實的明顯傾向，敘述者是以故事
模式來進行敘事，事件被放置在情節結構的範疇之內。無論是故事模
式還是大事記模式，都顯示出史官對事件的裁別能力，以及圍繞一個
中心（人或事件）組織史料的能力。

9　〔法〕熱‧熱奈特著、王文融譯：〈敘事的界限〉，見胡經之、張首映主編：《西方
　　二十世紀文論選》（北京市：中國社會科學出版社，1989年），卷2，頁351。
10　〔美〕海頓‧懷特著、張京媛譯：〈作為文學虛構的歷史本文〉，見張京媛主編：
　　《新歷史主義與文學批評》（北京市：北京大學出版社，1993年），頁165，。

　　有沒有什麼內在的原因，促成了文本結構體制的形成？答案是肯定的。《尚書》為政治檔的彙編，文本的結構體制受到撰述者的政治理念和歷史人物政治行為的驅動。

　　堯舜禹時期，年代最為久遠，而其歷史文獻資料也最為缺乏，然而，由於「傳聞而欲偉其事，錄遠而欲詳其跡」[11]的心理，在後人的印象中，這個時代最為崇高。史官有意識地建構一個崇高、偉大的堯舜禹時代，用文字書寫出一個完整的、秩序井然的政治圖景。與建構一個秩序井然、包羅萬象的政治圖景的追求相一致，於是，在書寫有關堯舜禹的事功時，文本的結構也體現出相應的特點。

　　〈堯典〉和〈舜典〉有宏大、均齊的結構特點。兩篇分別敘述堯和舜二人的行事，時間跨度大，記述事件多，綜觀全域，人物眾多，總體的敘事體制包含命體文的雛形，包含謨體文的形態，結構是宏大的。堯的登場先是敘述事功，隨後接以幾段對話。對舜一生大事的寫法也是如此。文章的某些部分如堯命天官四位，舜巡守四方兩段，句式極其整齊，給人感覺有如一個四方形。結構端正，法度森嚴，這樣的文本結構有助於促成一種記錄崇高人物和重大事件的崇高文體。〈禹貢〉文本結構的宏大、整齊一目了然，無須贅述。

　　從〈堯典〉的資料來源與最後文本的內容與形態方面考察，撰述者求全、求秩序的意識就更明確了。根據胡厚宣考證，認為〈堯典〉中的四方名來自甲骨文，並且將其中的神話材料改造成為人事歷史資料；楊樹達、于省吾二人都指出，直到〈堯典〉中才把四方和四時相配。劉起釪根據王國維、郭沫若、陳夢家等人的研究成果進一步考辨，認為〈堯典〉中的四位天文官（羲仲、羲叔、和仲、和叔）包括羲和在內，其實在甲骨文中幾人的情況並不像在〈堯典〉中那樣，而

11 范文瀾：《文心雕龍注》（北京市：人民文學出版社，1958年），頁287。

且四位官員的任務是〈堯典〉作者據殷代甲骨文的祭日資料而改編，並把他們分派為不同季節裏。關於鳥火虛昴四星定季節，據竺可楨、于省吾的天文研究，〈堯典〉中的天象不能早於商代，不可能是堯時的。[12] 如此看來，〈堯典〉撰述者運用的材料多為文獻中所存，但在編撰中滲入了主觀的政治理念是無可懷疑的，他要建構一個包囊宇宙的秩序世界，並採取了與此相應的文本結構。

政治行為的一個基本特徵是使無序的世界走向有序，禹開疆拓土、命名製賦，他給世界以秩序的一系列行動在文本結構上也得到充分顯現。〈禹貢〉除表層的空間順序結構外，還有深層意蘊結構——擴展式結構。文本敘述禹的工作從冀州開始，（冀州，在今山西與河北西部，是當時的政治中心）然後，推及九州，向北、向南、向西擴展。禹對政治區域的劃分也是如此，以政治中心所在地為圓心，以五百里為單位向四周逐層擴展。這種擴展式結構是政治上主名山川、開疆拓土行動的直觀呈現。

第三節　語言風格

研究〈堯典〉〈舜典〉這幾篇的語言，是個既重要又十分棘手的問題。因為〈堯典〉等篇文本的形成不盡是與歷史同步進行的實況記錄，大多經過後代史官的整理加工，其語言既有當時體，又摻雜後代的特徵，成分比較複雜。這裏不過細地梳理不同時期的語言特點，僅從一個角度進行分析。

熱奈特說：「如果是一篇完全忠實的歷史敘事，史學家—敘述者從敘述完成的行動轉為機械地記錄所說的話語時應敏銳地感到表達方

---

12 詳見劉起釪：《尚書學史》（北京市：中華書局，1989年，訂補本），頁462-465。

式的變化……把行為和話語想像出來是同一種精神活動，那麼把這些行為和話語『說出來』則是兩種十分不同的語言活動。」[13]〈堯典〉、〈舜典〉等五篇文本的語言就存在這種情況，可分為敘事語言與人物語言（獨語或對話）兩種。〈禹貢〉全篇都運用了敘事語言，故而其風格統一、整齊、簡明、質正。〈堯典〉、〈舜典〉、〈金縢〉、〈顧命〉四篇既有敘事語言也有人物語言，因此全篇語言風格不甚統一。

敘事語言基本屬於書面語的性質，具有整齊的特點。〈堯典〉開頭「曰若稽古」一段，命羲和等四人制定曆法一段，敘述舜的品德及接受考察一段，〈舜典〉寫舜即位後進行祭祀、巡狩、劃州界、定刑法、懲四凶幾段，都屬敘述人語言，這些語言句式大多比較整齊，以四言為主，且多用排比。〈禹貢〉敘述禹治理九州、九山、九川，劃定五服，每一部分中的每一段都遵循同一敘述句式，全文語言頗有整飭之美。〈顧命〉敘述祖廟裏器物陳設和衛士情況，語言也非常整齊。

整齊並不意味著呆板，整齊之中還富於變化。〈舜典〉寫舜巡行四方一段就是如此。在詳細記述歲二月，東巡守，至於岱宗所做事情後，敘述舜到南、西、北三方巡守。文曰：「五月南巡守，至於南嶽，如岱禮。八月西巡守，至於西嶽，如初。十有一月朔巡守，至於北嶽，如西禮。」舜在其它三方做事與在東方相同，但就是「如岱禮」這一個意思，敘述者沒有運用同一語言加以表述，而是用「如岱禮」「如初」「如西禮」等幾種形式，顯示出敘述者刻意避免語句的重複、有意在整齊中求變化的意圖。

此外，整齊中的變化，有時還出於意識形態的影響。〈禹貢〉敘述禹到九州考察，記述禹在冀州與他到其它八州的語言形態不同。八

13　〔法〕熱・熱奈特著、王文融譯：〈敘事的界限〉，見胡經之、張首映主編：《西方二十世紀文論選》（北京市：中國社會科學出版社，1989年），卷2，頁348。

州，都運用「某河（地）惟某州」的格式，如，「濟、河惟兗州」
「海、岱惟青州」「海岱及淮惟徐州」「淮、海惟揚州」「荊及衡陽惟荊
州」「荊、河惟豫州」「華陽、黑水惟梁州」「黑水、西河惟雍州」[14]；
唯獨開頭敘述冀州時不同，僅有「冀州」二字，在語言形態上與其它
八州區別開來，顯示出冀州獨特的中心位置。

敘述語言具有簡質剛正的風格，與《逸周書》的相關部分對照，
其風格更加鮮明。

同樣是敘述人物的位置及服飾，《逸周書》〈王會解〉曰：「堂下
之右，唐公、虞公南面立焉。……為諸侯之有疾病者，……相者太史
魚、大行人，皆朝服有繁露。堂下之東面，郭叔掌為天子錄幣焉，免
有繁露。」[15]《尚書》〈顧命〉曰：「一人冕，執劉，立於東堂，一人
冕，執鉞，立於西堂。一人冕，執戈，立於東垂。一人冕，執瞿，立
於西垂。一人冕，執銳，立於側階。」[16]

同樣是以與都城的距離劃分政治區域，《逸周書》〈王會解〉曰：
「方千里之外為比服，方千里之內為要服，三千里之內為荒服，是皆
朝於內者。」《逸周書》〈職方解〉曰：「乃辯九服之國，方千里曰王
圻，其外方五百里為侯服，又其外方五百里為甸服……又其外方五百
里為藩服。」[17]《尚書》〈禹貢〉曰：「五百里甸服……五百里侯

---

14 本段引用〈禹貢〉原文，均出自《尚書正義》，見〔清〕阮元校刻：《十三經注疏》
（北京市：中華書局，1980年），頁147、頁148、頁149、頁150。

15 本段引用《逸周書》〈王會解〉原文，均出自黃懷信、張懋、田旭東撰，李學勤審
定：《逸周書匯校集注》（上海市：上海古籍出版社，1995年），頁858、頁860、頁
861、頁862，。

16 《尚書正義》，見〔清〕阮元校刻：《十三經注疏》（北京市：中華書局，1980年），
頁240。

17 本段引用《逸周書》原文，均出自黃懷信等撰：《逸周書匯校集注》（上海市：上海
古籍出版社，1995年），頁866、頁1058-1059、頁1061。

服……五百里綏服……五百里要服……五百里荒服。」[18]

很明顯，〈顧命〉和〈禹貢〉語言樸素，無虛詞「者」「焉」等，無判斷詞「為」；虛詞多則語氣舒緩，不那麼生硬；而語句簡短，無虛詞，省略判斷詞，語氣則斬截、剛勁、森嚴。

人物語言與敘述語言不同，口語色彩較濃。語氣詞豐富，句子長短不一、參差錯落的情形遠較敘述語言明顯。〈堯典〉中堯與群臣議事、〈舜典〉中舜與群臣議事的幾段以及〈顧命〉中成王遺命與康王受冊命後的答辭，語言則不那麼整齊，保持著口語的自然特點，不像書面語那樣經過精心加工。〈堯典〉和〈舜典〉的語氣詞有「諮」「籲」「於」「哉」「俞」「格」等，〈顧命〉有「嗚呼」，〈金縢〉有「噫」，它們都傳神地表現了人物不同的感情。

敘事體文本以敘述為主，敘述居於主體地位，因而敘述語言會對人物語言產生影響，即把口語轉為書面語時，不自覺地會小有增飾及刪削。有的地方可能是根據傳聞而重新擬構當時的人物語言，因此，人物語言體現出敘述者語言的風格特徵，顯得十分整齊、簡明。〈舜典〉中舜命官時的語言就有上述特點。如，命契，帝曰：「契，百姓不親，五品不遜。汝作司徒，敬敷五教，在寬。」命皋陶，帝曰：「皋陶，蠻夷猾夏，寇賊奸宄。汝作士，五刑有服，五服三就。五流有宅，五宅三居。惟明克允！」命夔，帝曰：「夔！命汝典樂，教胄子，直而溫，寬而栗，剛而無虐，簡而無傲。詩言志，歌永言，聲依永，律和聲。八音克諧，無相奪倫，神人以和。」[19]

〈金縢〉的情況有點特殊，文本語言也有敘述語言和人物語言兩

---

18 《尚書正義》，見〔清〕阮元校刻：《十三經注疏》（北京市：中華書局，1980年），頁153。

19 本段引文均出自《尚書正義》，見〔清〕阮元校刻：《十三經注疏》（北京市：中華書局，1980年），頁130、頁131。

類，粗看，似乎二者沒有什麼區別，敘述語言也不盡整齊，長短錯綜，散句單行。但是仔細閱讀就會發現，敘述語言運用了十五次作為時間副詞的「乃」字，這在《尚書》全書中絕無僅有，還出現語助詞「焉」。這與人物語言有差別。原因在於〈金縢〉的語言受到後代的修飾，周公禱祝部分反映西周初年的語言情況，敘事部分則帶有東周人的語言風格。[20]

《尚書》〈堯典〉〈舜典〉等文本，體現了早期歷史敘事文體的特徵，記言佔據相當大的篇幅，敘事中包含多種記言文體；文體形態多樣，結構各異，沒有定例；語言風格大多不甚統一，具有明顯的整合口語與書面語的特徵，留有不同時代的語言印跡。其中包孕著後世敘事文體的基因，具有一定的啟示意義。

首先，標誌著宏觀敘事意識與能力的增強。《尚書》中的誥、命、誓、訓等記言體散文是片斷式的，記錄的是時間和空間都固定在某一個點上某一個人或幾個人的言論，內容比較單純，而〈堯典〉諸篇不再是片斷式的記述，不是對某個人在某種特定情境下的政治演說進行記錄，而是對一個人的一生事蹟進行概括、勾勒，對一段時間內發生的眾多事件或某一事件的整個過程進行綜述，概括力大大加強，表現出宏觀駕馭事件、把握事件、組織事件的能力，以及對敘事完整性的追求。

其次，顯現出敘事文體的相容性。〈堯典〉〈舜典〉〈金縢〉和〈顧命〉四篇文本，敘事中包含多種記言文體，這表明，敘事文體具有強大的相容其它記言文體的功能。從敘事文體的發展來看，所著

---

20 劉起釪認為：「現在〈金縢〉篇中，除了周公禱祝的話可作為他的講話記錄因而可靠外，還有不少敘事之文……這些敘事之文的風格也較平順……頗接近東周，很可能是東周史官所補述。」（劉起釪：《古史續辨》〔北京市：中國社會科學出版社，1991年〕，頁372。）

　　《尚書》時代的敘事文體，與甲骨文及銅器銘文的記事相比，已經大大發展了，已經由萌芽階段的單純記錄和再現歷史，進入集歷史資料（口傳和文獻）與主觀構想於一體的有組織地表現和闡釋歷史階段。後代敘事文體具有整合其它各種文體形態的能力及特徵，在早期歷史敘事文體裏已經初見端倪。

第四章
《尚書》典體文與秦漢封禪文

　　自偽孔安國序始，學者大多認同《尚書》體例有「典謨誓誥訓命」六種的說法。其中，典這種文體在後代的流變（這裏以漢代為下限），蘊涵著豐富的文化信息。本章以秦漢封禪文為主要考察對象，探討文本的產生與文化生態之間的關係，原創文本與仿擬文本之間的關係等問題。

第一節　典體文發展的兩條線索

　　《尚書》中以「典」名篇的，漢初伏生所傳二十八篇中，只有一篇〈堯典〉，古文《尚書》從〈堯典〉中分出〈舜典〉，合今古文，至多不過兩篇而已。有人認為，典這種文體，後世不存。明代徐師曾〈文體明辨序〉曰：「夫文章之體，起於《詩》《書》。……《書》體六，今存者三（原注：存者三，誥、誓、命也）。」[1]但是早在徐師曾之前，劉勰在《文心雕龍》〈封禪〉中，卻將典與漢魏的封禪文聯繫起來，似乎後代的封禪文是典體的變異。那麼，典這種文體究竟是亡是存？漢魏的封禪文與〈堯典〉究竟有沒有關係？還有，以「典」命名的篇章，《逸周書》中有〈程典解〉〈寶典解〉〈本典解〉三篇，班固有〈典引〉，曹丕有〈典論〉五卷，晉陸景有《典語》十卷、後魏

1　〔明〕徐師曾著、羅根澤校點：《文體明辨序說》（北京市：人民文學出版社，1998年），頁77。

李穆叔有《典言》四卷，後齊荀士遜有《典言》四卷，等等。這些以典命名的篇章與〈堯典〉有沒有關係？如果有，是什麼樣的關係？

與典相關的篇章，據內容可以分成兩個系列。一個是《逸周書》三篇與曹丕的〈典論〉及陸景的《典語》等。一個是劉勰所謂的封禪系列，大體包括李斯、司馬相如、揚雄、張純、班固、曹植等人的作品。[2]後者，是筆者特別關注的。這兩個系列與〈堯典〉都有關聯，但具體的聯結點不同。

第一個系列，因為〈堯典〉和〈舜典〉是戰國時人們據資料整理編撰而成，並非堯舜時文獻原貌，而《逸周書》也多有戰國時文，究竟孰先孰後，很難準確考定。這裏就存在兩種可能：〈堯典〉和〈舜典〉先於《逸周書》；二者大約同時。如果是第一種情況，從記述範圍看，典這種文體的演變經歷了由全面到部分再回到全面的過程。〈堯典〉和〈舜典〉記述堯舜二帝所有的輝煌作為；《逸周書》三篇屬於專題記述，論的是某個方面的法則；曹丕〈典論〉篇名現存的有：奸讒、內誡、酒誨、論郤儉等事、自敘、太子、劍銘、論文、論太宗、論孝武、論周成漢昭、終制、諸物相似亂者，缺篇名的還有十幾種。所論包羅萬象，以政治為中心，兼及其它。陸景《典語》十卷也是關於政理的論述。儘管這三者存在以人為中心還是以事為中心的不同，但記述範圍是全面還是部分的區分仍十分明顯。從現代文體分類的角度考察，典體文經歷了由重在記敘轉變為重在論述的一條文體演變線索。如果〈堯典〉〈舜典〉與《逸周書》三篇大約同時並行，那麼，典體文開始就存在著重記敘與重論述的區分，而其發展，則是論述文體佔了優勢。

---

2 東漢馬第伯有〈封禪儀記〉，記建武三十二年光武帝巡狩泰山封禪事，對具體典儀風物描述甚詳，與司馬相如等人作品著眼點不同，可能因為這個原因，劉勰在「封禪」類中並未提及此篇，此處也不論。

　　第二個系列，封禪文與〈堯典〉和〈舜典〉是存在關聯的，這關聯雖然表面看來也有語言辭句上的個別模擬[3]，但更多的不是在文本體制層面上。使二者聯繫起來的因素有兩個。一、行動典範。〈舜典〉寫舜接受堯的帝位之後，做的頭幾件大事是：「肆類於上帝，禋於六宗，望於山川，遍於群神」。[4]然後他朝見四嶽長官，到東南西北四嶽巡守，並「柴，望秩於山川」[5]，簡言之，祭祀上帝及山川群神。劉勰所謂「大舜巡嶽，顯乎〈虞典〉」[6]，其實應該倒過來說，是靠這些文字才確立了舜巡守的行動典範，也就是後世所謂帝王的巡守及封禪大典。〈舜典〉所寫舜的巡守行動，確立了一個行動的典範，為後人所取法，但是並沒有確立一個文體的典範。後世那些封禪文，圍繞帝王巡守、封禪這個話題而鋪陳暢言，正是在這個行動典範的意義上與〈舜典〉產生聯繫，而不是在文本的文體形態上與〈舜典〉有什麼聯繫。二、文體的功能。〈堯典〉和〈舜典〉兩篇鴻文的功能與效應十分重要的一個方面是頌美堯與舜的豐功偉業，而後世的封禪文在頌揚當時帝王的豐功偉績上，以及在潤色鴻業這種文體功能上，與〈堯典〉和〈舜典〉是一脈相承的。

3　東漢張純〈泰山刻石文〉首言「維建武三十有二年二月，皇帝東巡狩。至於岱宗，柴，望秩於山川，班於群神，遂覲東後」（嚴可均：《全上古三代秦漢三國六朝文》〔北京市：中華書局，1958年〕，頁534。）完全套用〈堯典〉寫舜封禪的辭句。揚雄〈劇秦美新〉、班固〈典引〉中也多有仿擬《尚書》語言的痕跡。

4　《尚書正義》，見〔清〕阮元校刻：《十三經注疏》（北京市：中華書局，1980年），頁126。

5　《尚書正義》，見〔清〕阮元校刻：《十三經注疏》（北京市：中華書局，1980年），頁127。

6　范文瀾：《文心雕龍注》（北京市：人民文學出版社，1958年），〈封禪〉，頁393。

第二節　封禪文的文體特徵與文化生態

　　〈舜典〉所寫舜的巡狩活動確立的只是一個行動的典範，而沒有確立文體形態的典範。所以後世有關封禪的文本，在文體形態上與〈舜典〉迥異。從語言的韻散角度劃分，有兩類。《史記》〈秦始皇本紀〉[7]所載李斯為秦始皇巡遊泰山、嶧山、琅邪臺、之罘、東觀、碣石、會稽等地所做的石刻銘文，是詩體；而司馬相如、揚雄、班固等人的封禪文則是散文體。儘管兩類有韻散的區別，但是它們同樣都反映出一個問題：文體特徵與意識形態或文化背景之間存在密切的關係。具體說來，表現在以下幾個方面。

　　一、文本的產生與意識形態息息相關。封禪文本來就是與政治行為聯繫得特別緊密的一種文體。首先要有封禪的意向、輿論、準備或舉動，才會產生以封禪為題材的文本。帝王舉行封禪大典，是以肯定政治權威、實踐經典文本的權威性與神聖性為目的，政治權威亦要借助於經典文本的權威而實現。不同的意識形態，深刻影響著文本的產生。[8]

　　從文本中反映出來的對待古與今的態度角度考察，頗能反映出一些問題。李斯封禪文，只稱頌秦始皇的功業，絕口不提堯舜之事，沒有任何崇古的傾向。這一主旨與秦始皇厚今薄古、注重實用的政治理念息息相通。《史記》〈封禪書〉載，秦始皇要行封禪大典，徵齊魯之儒生博士七十人，至乎泰山下，而諸儒意見不一，「始皇聞此議各乖

7　《史記》（北京市：中華書局，1982年），卷6，頁242-262。

8　司馬相如、揚雄、班固等人鋪陳符瑞之盛，以符瑞為天意的顯現，以為封禪的理由，而張純〈泰山刻石文〉不稱符瑞，引〈河圖赤伏符〉〈河圖會昌符〉〈河圖合古篇〉〈河圖提劉子〉〈洛書甄耀度〉〈孝經鉤命決〉等讖緯之文為劉秀正名，這與光武崇敬緯學有關。

異，難施用，由此絀儒生。」「諸儒生既絀，不得與用於封事之禮」。[9]
秦始皇焚《詩》《書》，坑殺儒生，廢儒生迂闊難用之言。秦始皇不僅
不需要儒生，而且連以儒生作為政治的緣飾也不需要。在這樣的意識
形態支配下，李斯的封禪文沒有依託古制的傳統意識，沒有頌揚《尚
書》所載舜的封禪功業。古代的堯舜之事在李斯的視野之外，根本沒
有進入他的眼界，他對那些記載是冷漠的。

　　散體封禪鴻文的出現，與漢武帝即位之初意識形態的期待有關。
漢初至文帝、景帝都崇黃老，因此，於封禪之事，並不熱心。[10]武帝
即位，「元年，漢興已六十餘歲矣，天下艾安，搢紳之屬皆望天子封
禪改正度也。」[11]漢武帝時，天下已定，潤色鴻業的封禪大典已勢在
必行。漢武帝順從了士人的崇儒意識，於是「鄉儒術，招賢良，趙
綰，王臧等以文學為公卿，欲議古立明堂城南，以朝諸侯。草巡狩、
封禪、改曆、服色事未就。」[12]漢武帝在詔書中也推崇唐虞，並起用
公孫弘、董仲舒等大儒。[13]即位元年（公元前140），武帝親自祭天，

9　《史記》（北京市：中華書局，1982年），卷28，頁1366、頁1367。
10　據《史記‧封禪書》，高祖即位後，雖立五帝祠，但只是令「有司進祠，上不親往」
　　（《史記》〔北京市：中華書局，1982年〕，卷28，頁1378）；他雖下詔「吾甚重祠而
　　敬祭。今上帝之祭及山川諸神當祠者，各以其時禮祠之如故」（《史記》〔北京市：
　　中華書局，1982年〕，卷28，頁1378），但同樣也並未巡行天下五嶽，行封禪禮。文
　　帝開始還親祠五帝，新垣平欺騙事發後，「文帝怠於改正朔服色神明之事，而渭
　　陽、長門五帝使祠官領，以時致禮，不往焉」（《史記》〔北京市：中華書局，1982
　　年〕，卷28，頁1383）。景帝一襲舊制，未有所興。
11　《史記》（北京市：中華書局，1982年），卷28，頁1384。
12　《史記》（北京市：中華書局，1982年），卷28，頁1384。
13　《漢書》〈武帝紀〉載〈赦詔〉曰：「朕嘉唐虞而樂殷周，據舊以鑒新。」（前128
　　年）〈詔賢良〉曰：「朕聞昔在唐虞，畫像而民不犯，日月所燭，莫不率俾。周之成
　　康，刑錯不用，德及鳥獸，教通四海。……今朕獲奉宗廟，……何行而可以章先帝
　　之洪業休德，上參堯舜，下配三王！朕之不敏，不能遠德，此子大夫之所睹聞也。
　　賢良明於古今王事之體，受策察問，咸以書對，著之於篇，朕親覽焉。」於是董仲
　　舒、公孫弘等出焉。（前134年）

後來接觸了許多神仙方士之事，又出現許多符瑞，至元鼎四年（公元前113），武帝開始巡守郡縣，「侵尋於泰山矣」[14]，又過了三年，武帝才東上泰山。自武帝即位之初，意識形態領域就一直有封禪這個呼聲，從未間斷。正是在這種文化背景下，才會孕育出司馬相如的〈遺書言封禪事〉鴻文。

漢武帝雖然有諸多崇儒的施為，順應意識形態領域的復古呼聲的做法，但他本是一代雄才大略的帝王，關鍵時刻，頗能專斷獨行，不受儒生之議的左右。漢武帝自從得到寶鼎，欲封禪於泰山，「封禪用希曠絕，莫知其儀禮」，「群儒既已不能辨明封禪事，又牽拘於《詩》、《書》古文而不能騁。」[15]於是漢武帝採取了與秦始皇相同的做法，「盡罷諸儒不用」。[16]群儒牽拘於《詩》、《書》，牽拘於文獻構築起來的古禮傳統，而漢武帝卻絕不受儒家觀念的牽拘，能用則為我所用，不能則已。崇儒與罷儒都圍繞著一個中心──為我所用。因此，最終從官只在山下，並未隨從漢武帝登山。在封禪這件事上，充分表明，漢武帝的崇儒只是其政治手段之一，只是一個外在的緣飾而已。

司馬相如卒於公元前一一八年，相如死後，漢武帝派人取其遺書，始得〈封禪文〉。相如之文成文的下限當在公元前一一八年，而此時漢武帝尚未踐行封禪，只是多有準備。但在司馬相如的〈封禪文〉中，對古制傳統與今之帝王的態度，卻與漢武帝後來封禪之行的思想觀念聲氣相通。看這樣一段話：

> 繼韶夏，崇號諡，略可道者七十有二君。罔若淑而不昌，疇逆失而能存？

---

14 《史記》（北京市：中華書局，1982年），卷28，頁1389。

15 《史記》（北京市：中華書局，1982年），卷28，頁1397。

16 《史記》（北京市：中華書局，1982年），卷28，頁1397。

軒轅之前，邈哉邈乎，其詳不可得聞已。五三《六經》載籍之
傳，維風可觀也。《書》曰：「元首明哉！股肱良哉！」因斯以
談，君莫盛於唐堯，臣莫賢於后稷。后稷創業於唐堯，公劉發
跡於西戎，文王改制，爰周郅隆，大行越成，而後陵遲衰微，
千載亡聲，豈不善始善終哉！然無異端，慎所由於前，謹遺教
於後耳。[17]

　　司馬相如雖然從古制傳統說起，但並沒有過分稱頌古代所謂聖
君，相反，倒有些高步闊視，睥睨往古之感，而且，這古制傳統並不
是他衡量漢德的標準，他是以古制傳統、以傳說及歷史上的聖君作為
漢武帝的陪襯。司馬相如認為，古之人「未有殊尤絕跡可考於今者
也。然猶躡梁父，登泰山，建顯號，施尊名。」也就是說，古人沒什
麼特殊的作為，沒什麼了不起，可是還進行封禪，而「大漢之德」，
「上暢九垓，下泝八埏，懷生之類，沾濡浸潤」，遍佈宇宙眾生，而
且，珍群靈獸奇草異木等符瑞層出不窮，「奇物譎詭，俶儻窮變」。[18]
司馬相如認為武帝對天下的治理遠遠超過古代聖君，是三皇五帝之治
無法比擬的。由此可見，司馬相如封禪文同樣具有以儒家之禮制傳統
作為武帝功業的緣飾的觀念，可能自覺也可能是不自覺的，但卻與最
高統治者的意識形態並無二致。古代的三皇五帝之治雖然進入司馬相
如的視野，但並沒有成為他的關注對象，而只是要借助於他們來稱頌
漢代的天下大治。

自司馬相如生年（公元前179？）到班固卒年（公元92），時間約有二百七十餘年之久。這麼長的時間裏，意識形態發生了很大變化。這些變化，在相如、揚、班三人的封禪文中反映得非常清晰。武帝以儒術緣飾鴻業，而相如也以古聖君作為武帝的襯托。揚雄的〈劇秦美新〉讚美的是王莽。王莽新朝全面推行儒家的復古主張，不是僅在意識形態領域做做樣子，而是在政治體制上、在具體的實踐中，王莽新政都全面恢復古制，他把儒生迂闊的理想變為現實。《漢書》〈王莽傳中〉：「莽志方盛，以為四夷不足吞滅，專念稽古之事，復下書曰：『伏念予之皇始祖考虞帝，受終文祖，在璿璣玉衡以齊七政，遂類於上帝，禋於六宗，望秩於山川，遍於群神，巡狩五嶽，群后四朝，敷奏以言，明試以功。』予之受命即真，到於建國五年，已五載矣。陽九之厄既度，百六之會已過。歲在壽星，填在明堂，倉龍癸酉，德在中宮。」[19]王莽以舜帝封禪為典範，並把自己與舜相比照。「莽意以為制定則天下自平，故銳思於地裏，制禮作樂，講合《六經》之說。公卿旦入暮出，議論連年不決，不暇省獄訟冤結民之急務。」[20]王莽專心於制禮作樂，連現實的政務都棄之不顧，他的崇古尊儒可謂是到家了。

揚雄文讚美新朝的，也正是這點。他表面上以秦和新做對比，但其中還談到了漢初。他認為秦「流唐漂虞、滌殷蕩周」，廢古聖傳統而不用，並總結說：「上覽古在昔，有憑應而尚缺，焉壞徹而能全！故若古者稱堯舜，威侮者陷桀紂，況盡泛掃前聖數千載功業，專用己之私，而能享祜者哉！」揚雄將秦祚之短歸之於沒有遵循古制。他認為漢初「帝典闕而不補，王綱弛而未張」，而大新受命，「發秘府，覽書林，遙集乎文雅之囿，翱翔乎禮樂之場，胤殷周之失業，紹唐虞之

---

19 《漢書》（北京市：中華書局，1962年），卷99下，頁4131。
20 《漢書》（北京市：中華書局，1962年），卷99下，頁4140。

絕風」,「帝典闕者已補,王綱弛者已張」。[21]也就是說,揚雄將帝典,
將遵循古制視為價值判斷的標準,以此來衡量一個王朝。在這個意義
上,揚雄是真心誠意地讚美王莽的。李善指責揚雄曰:「進不能關戟
丹墀,亢辭鯁議;退不能草玄虛室,頤性全真;而反露才以耽寵,詭
情以懷祿,素餐所刺,何以加焉!」[22]劉勰認為揚雄此文「詭言遁辭」
(《文心雕龍‧封禪》),《六臣注文選》李周翰注曰:「是時雄仕莽
朝,見莽數害正直之臣,恐己見害,故著此文,以秦酷暴之甚,以新
室為美,將悅莽意,求免於禍,非本情也。」[23]這些指責和理解其實
並未得揚雄本心,至少不全面。當時意識形態領域崇古復古思潮大
盛,王莽也不過是順應了時代思潮,並成為時代思潮的代表而已。即
便揚雄有取悅免禍之意,文中熱情讚頌王莽補帝典,張王綱,也不無
發自內心的擁戴成分。[24]王莽在輿論和行動上都積極復古,揚雄為文
的主旨也與之相輔相成,將帝典視為神聖的準則,讚美王莽新朝也正
是取其能補帝典,張王綱。

　　進入東漢,班固所處時代歷經漢光武帝、明帝、章帝。這六十年
間,儒術的正統地位日益穩固。東漢初年的統治者看到了王莽全面崇
古復古的巨大弊端,因而他們採取了不同的政策。光武帝和明帝都具
有十分清醒的頭腦,吏治深刻,官員多以苛刻為能。這樣,保證了他
們政權的穩固。同時,王莽新朝崇儒復古的影響還在,所以帝王也尊
崇儒術。《後漢書》〈儒林傳〉:「及光武中興,愛好經術,未及下車,

---

21 本段所引揚雄文,出自《文選》(上海市:上海古籍出版社,1986年),卷48,頁
　　2150、頁2151、頁2153、頁2155。

22 《文選》(上海市:上海古籍出版社,1986年),卷48,頁2148。

23 〔梁〕蕭統編,〔唐〕李善、呂延濟、劉良、張銑、呂向、李周翰注:《六臣注文
　　選》(北京市:中華書局,1987年),卷48,頁911。

24 可參見閻步克:《士大夫政治演生史稿》(北京市:北京大學出版社,1996年),第
　　九章〈奉天法古的王莽新政〉。

而先訪儒雅，採求闕文，補綴漏逸。」「建武五年，乃修起太學，稽式古典，籩豆干戚之容，備之於列，服方領習矩步者，委它乎其中。」[25] 總之，儒學的地位得到確立、鞏固。班固的〈典引〉宗旨與主流意識形態也是十分默契的。在讚美漢王朝的功業上，他既不像司馬相如那樣以古聖堯舜和古傳說中進行封禪的七十二君作為漢帝的陪襯，也不像揚雄那樣將能否遵循古製作為價值判斷的標準，而是將漢與堯同舉，將今與古並稱。他說：「伊考自遂古，乃降戾爰茲，作者七十有四人，有不俾而假素，罔光度而遺章，今其如台而獨闕也！」李善注曰：「古封禪者七十二君，今又加之二漢。」「故夫顯定三才昭登之績，匪堯不興，鋪聞遺策在下之訓，匪漢不弘厥道。」文章結尾再次強調：「將絣萬嗣，揚洪輝，奮景炎，扇遺風，播芳烈，久而愈新，用而不竭，汪汪乎丕天之大律，其疇能互之哉？唐哉皇哉，皇哉唐哉！」李善注：「言誰能竟此道，惟唐堯與漢，漢與唐堯而已。」[26]

　　將堯舜等古聖君與今之帝王對比時的不同態度，實際上反映了對待傳統和經典的態度。從李斯到班固，我們看到作者對經典態度的變化過程：由蔑視、淡漠、崇敬到與經典並列、自身成為經典之一。在這背後，深深隱伏著的是主流意識形態的變化。正是主流意識形態對經典重視的程度，制約、影響了創作者的觀念。

　　二、文本的外在形態受文化模式的影響。李斯頌秦的七篇石刻文，四言句為主，大體六韻一章，嶧山、泰山、之罘、東觀、碣石五篇刻石文，每篇兩章，琅邪臺刻石文共六章，會稽刻石文共四章。不論全篇由幾章組成，這些詩歌的結構都是以六韻為基數。而以六為結

---

25 〔南朝宋〕范曄撰，〔唐〕李賢等注：《後漢書》（北京市：中華書局，1965年），卷79上，頁2545。

26 本段引〈典引〉原文及李善注出自《文選》（上海市：上海古籍出版社，1986年），卷48，頁2165、頁2163、頁2166。

構單位，這一文體特徵與秦朝的文化模式有關。[27]據《史記》〈秦始皇本紀〉，秦法：「數以六為紀，符、法冠皆六寸，而輿六尺，六尺為步，乘六馬。」[28]如此看來，李斯石刻文的結構模式，確實可以與秦帝國的文化體制聯繫起來。那麼，這種聯繫是一個偶然現象，還是有其內在更深刻的原因呢？《史記》〈李斯列傳〉載：「明法度，定律令，皆以始皇起。同文書。治離宮別館，周遍天下。明年，又巡狩，外攘四夷，斯皆有力焉。」[29]可見，李斯積極參與了秦文化制度、意識形態的建設與確立。那麼，他在頌揚秦始皇時，很可能受到親自參與確立的法度規制的影響來確立文體的結構。從文本形態本身的傳承角度考察，銘這種文體，在李斯之前，並沒有如此整齊的、以六韻為結構基數的詩體形式。李斯在詩體封禪文上當屬獨創，而這獨創之功，當是借了時代文化模式之光。

　　李斯的刻石銘文在文本體制上具有獨創性，這和法家的厚古薄今觀念具有密切的關聯。可是，如果從思維模式上進一步深入考察，還會發現這一文本體制與古代傳統哲學割不斷的聯繫。李斯的刻石銘文每篇都是以六為基數，同時又是以三句為一節。三和六是《周易》的基本單位，每個單卦三爻，復卦六爻，顯然，李斯刻石銘文的文本體制與《周易》的思維模式相通。另外，三句一節是古老的詩歌形式，李斯的刻石文又使這種詩體復活。[30]當然，李斯在其刻石文中對《周易》思維模式，對三句一節詩體的借鑒、繼承是不自覺的，他是在文

27　這一現象，公木指出過，見〈李斯秦刻石銘文解說〉，《吉林大學學報》1978年第1期，又見於郭傑、李炳海、張慶利：《先秦詩歌史論》（長春市：吉林教育出版社，1995年），頁416。

28　《史記》（北京市：中華書局，1982年），卷6，頁237-238。

29　《史記》（北京市：中華書局，1982年），卷87，頁2546-2547。

30　筆者另有文論述《周易》爻辭與三句體詩結構模式，詳見《《周易》與中國上古文學》（北京市：北京師範大學出版社，2005年），頁95-104。

體創新的過程中，無意識地又回到了古代。無論是《周易》的思維模式，還是古老的三句一節的詩體，客觀上適應了法家所追求的簡潔、峻峭的文體風格。

司馬相如、揚雄、班固三家的封禪文，都呈現出鮮明的時代文體——賦的特徵：極力鋪陳，韻散結合。在大賦盛行的文化模式下，三位元賦家很自然地採取了賦這種文體來創作封禪文。賦所具有的巨麗宏富特點，正與文章所要稱頌的盛德相符，其它的文體則很難酣暢淋漓地表現被視為「王道之儀」的封禪盛事。

三家都對王朝盛德及符瑞之事竭力頌贊、描述。相如〈封禪文〉云：「大漢之德，逢湧原泉，沕潏曼羨，旁魄四塞，雲布霧散，上暢九垓，下泝八埏。懷生之類，沾濡浸潤，協氣橫流，武節猋逝，邇陜游原，迥闊泳末，首惡鬱沒，晻昧昭晰，昆蟲闓澤，回首面內。然後囿騶虞之珍群，徼麋鹿之怪獸，導一莖六穗於庖，犧雙觡共柢之獸，獲周餘珍放龜於岐，招翠黃乘龍於沼。鬼神接靈圉，賓於閒館。奇物譎詭，俶儻窮變。欽哉，符瑞臻茲，猶以為德薄，不敢道封禪。蓋周躍魚隕航，休之以燎。微夫此之為符也，以登介丘，不亦恧乎！」[31]

揚雄〈劇秦美新〉曰：「逮至大新受命，上帝還資，后土顧懷，玄符靈契，黃瑞湧出，渾淳沕潏，川流海渟，雲動風偃。霧集雨散，誕彌八圻，上陳天庭，震聲日景，炎光飛響，盈塞天淵之間。必有不可辭讓云爾。於是乃奉若天命，窮寵極崇，與天剖神符，地合靈契，創億兆，規萬世，奇偉倜儻譎詭，天祭地事。其異物殊怪，存乎五威將帥，班乎天下者，四十有八章。登假皇穹，鋪衍下土，非新家其疇離之。卓哉煌煌，真天子之表也。若夫白鳩丹鳥，素魚斷蛇，方斯蔑矣。」[32]

班固〈典引〉曰：「矧夫赫赫聖漢，巍巍唐基，泝測其源，乃先

---

31 《文選》（上海市：上海古籍出版社，1986年），卷48，頁2140-2141。
32 《文選》（上海市：上海古籍出版社，1986年），卷48，頁2152。

孕虞育夏，甄殷陶周，然後宣二祖之重光，襲四宗之緝熙。神靈日照，光被六幽，仁風翔乎海表，威靈行乎鬼區，匿亡回而不泯，微胡瑣而不頤。故夫顯定三才昭登之績，匪堯不興，鋪聞遺策在下之訓，匪漢不弘厥道。至於經緯乾坤，出入三光，外運渾元，內沾豪芒，性類循理，品物咸亨，其已久矣。盛哉！皇家帝世，德臣列闢，功君百王，榮鏡宇宙，尊亡與亢。……

於是三事岳牧之僚，僉爾而進曰：『陛下仰監唐典，中述祖則，俯蹈宗軌。躬奉天經，惇睦辨章之化洽。巡靖黎蒸，懷保鰥寡之惠浹。燔瘞縣沈，肅祇群神之禮備。是以來儀集羽族於觀魏，肉角馴毛宗於外囿，擾緇文皓質於郊，升黃輝採鱗於沼，甘露宵零於豐草，三足軒翥於茂樹。若乃嘉穀靈草，奇獸神禽，應圖合諜，窮祥極瑞者，朝夕坰牧，日月邦畿，卓犖乎方州，洋溢乎要荒。昔姬有素雉、朱鳥、玄秬、黃婺之事耳，君臣動色，左右相趣，濟濟翼翼，峨峨如也。蓋用昭明寅畏，承釐懷之福。亦以寵靈文武，貽燕後昆，覆以懿鑠，豈其為身而有顗辭也？……』」³³

三家都從空間的廣布性來突出帝王之德，以嘉穀靈草、奇獸神禽的眾多作為帝王之德的印證，努力誇大其辭。這些寫法與漢大賦常見的從空間角度進行鋪陳沒有什麼區別。同是鋪陳，三人還有細微差異。揚雄不僅從空間廣布性寫帝德，還從時間綿延角度，稱頌新朝「創億兆，規萬世」將永為後世之楷模。相如稱揚漢朝，絕無依傍，顯示出絕對的自信。揚雄和班固不然。揚雄以上帝和天命為號召，向上帝和天命那裏尋找立朝的合理性，班固對漢世進行了歷史溯源，使漢德有了更為深厚、更引以為傲的血統。在班固筆下，大漢聖德不再只是遍佈宇宙，而是經緯乾坤，出入三光；不再只是被動地由鬼神來

---

33 《文選》（上海市：上海古籍出版社，1986年），卷48，頁2162-2164。

鑒證，而是「光被六幽」，「威靈行乎鬼區」，成為宇宙的主宰。對於祥瑞，相如、班固著力多、鋪寫詳，而揚雄只是點到而已。可能是因為王莽新朝符瑞之事太濫，時人對此已有嘲諷[34]，揚雄反而不便多言了。

　　三、作者對文本功能的期待與文學自覺意識的增強。李斯、司馬相如等人的封禪文中，除突出封禪這種政治行為的重要意義之外，都強調文本的功能是歌頌帝王功德，潤色鴻業。李斯刻石文云：「從臣思跡，本原事業，祇誦功德。」(〈嶧山刻石〉)「群臣誦功，請刻於石，表垂常式。」(〈之罘刻石〉)「群臣嘉德，祇誦聖烈，請刻之罘。」(〈東觀刻石〉)「群臣誦烈，請刻此石，垂著儀矩」(〈碣石刻石〉)「從臣誦烈，請刻此石，光垂休銘。」(〈會稽刻石〉)[35]他對文本功能的期待是歌頌帝王功德，垂範於後世。這裏，儼然秦始皇帝是萬世規範的創制者。司馬相如認為「前聖所以永保鴻名而常為稱首者用此」[36]，指出古聖君借文本而傳名後世，文本可使帝業永保鴻名，常為稱揚。揚雄云：「臣誠樂昭著新德，光之罔極。」班固云：「竊作〈典引〉一篇，雖不足雍容明盛萬分之一，猶啟發憤滿，覺悟童蒙，光揚大漢。」[37]具體言辭雖不同，但都表達了同樣的意思，對文本功能有同樣的期待。

　　在相同的期待之外，揚雄與班固二人，還有另外一層期待。如果說文本創制意在光揚天子之神威盛德是為公，那麼揚雄與班固的另一層期待則是為私。

---

34 《漢書》〈王莽傳中〉：「是時爭為符命封侯，其不為者相戲曰：『獨無天帝除書乎？』」《漢書》(北京市：中華書局，1962年)，卷99，頁4122。

35 李斯刻石文引自《史記》〈秦始皇本紀〉，分別見於《史記》(北京市：中華書局，1982年)，卷6，頁243、頁249、頁250、頁252、頁262。

36 《文選》(上海市：上海古籍出版社，1986年)，卷48，頁2143。

37 本段司馬相如、揚雄、班固文出自《文選》(上海市：上海古籍出版社，1986年)，卷48，頁2143、頁2149、頁2159。

揚雄和班固面對前人尤其是司馬相如的鴻文，都有不同程度的焦慮。對司馬相如，揚雄並未作批評，只是客觀地談及：「往時司馬相如，作〈封禪〉一篇，以彰漢氏之休。」怎樣超越司馬相如的鴻文，在具體的立意、構架、行文風格上，揚班二人都各盡其才，各極其思，表現不盡相同，但有一點二人是相同的，就是都想越過相如，直接將自己創作的文本納入到更古的傳統中去，納入到經典的行列中去。揚雄云：「宜命賢哲，作〈帝典〉一篇，舊三為一襲，以示來人，摛之罔極。」[38]所謂「舊三為一襲」是期待自己的作品成為與〈堯典〉和〈舜典〉並列的第三部經典。揚雄具有非常明確、非常強烈的經典意識。《漢書》〈揚雄傳下〉班固贊曰：「實好古而樂道，其意欲求文章成名於後世，以為經莫大於《易》，故作《太玄》。傳莫大於《論語》，作《法言》。史篇莫善於《倉頡》，作《訓纂》。箴莫善於《虞箴》，作《州箴》。賦莫深於《離騷》，反而廣之。辭莫麗於相如，作四賦：皆斟酌其本，相與放依而馳騁雲。」[39]班固這段話道出了揚雄一系列擬作的用意。

在封禪文家族裏，班固是個後來者，這位後來者力求超越司馬相如和揚雄二人由於所處年代早於己所佔的優勢，即自然秩序中的「優先」所帶來的精神層面上的「權威」。他向前代大師挑戰，同時也向自身挑戰。班固批評相如之文「靡而不典」，揚雄文「典而亡實」，「然皆遊揚後世，垂為舊式」。言外之意不難明瞭，如此有缺憾的文章竟然垂為範式，他心中不滿，他要努力矯正前賢之偏失，做一篇完美的大文超越前人，重立典則。從篇章的命名上看，他直接以「典」命名。對其命名的用意，蔡邕這樣解釋：「〈典引〉者，篇名也。典

---

38 本段引文出自《文選》（上海市：上海古籍出版社，1986年），卷48，頁2149、頁2155。

39 《漢書》（北京市：中華書局，1962年），卷87下，頁3583。

者，常也，法也。引者，伸也，長也。〈尚書疏〉，堯之常法，謂之
〈堯典〉。漢紹其緒，伸而長之也。」[40]就是說，班固從命名上就直承
〈堯典〉，既是指漢代統治者劉姓是堯後，漢之功業承紹堯帝，同
時，也含有以自己之著作為〈堯典〉之緒的意思。

　　除受前代影響而產生的焦慮及對文本超越前人、重立典則功能的
期待之外，揚班二人都還存有超越死亡與永垂不朽的追求，並在這種
焦慮和期待下，希望文本具有傳個體聲名於後世，使個體永垂不朽的
功能。在〈劇秦美新〉的小序中，揚雄談道：「臣常有顛眴病，恐一
旦先犬馬填溝壑，所懷不章，長恨黃泉，敢竭肝膽、寫腹心，作〈劇
秦美新〉一篇，雖未究萬分之一，亦臣之極思也。」[41]看上去，是欲
盡為臣者之忠心，但他更想表達的是欲藉此文傳名後世，與死亡之必
然性相對抗的意願。正如寄託在其它經傳仿製文本上的期待一樣，揚
雄都離不開「成名於後世」的念頭。如果未完成此文而辭世，令其長
恨黃泉的，可能更多地不是新朝之盛德未得到應有的讚頌，而是沒有
借歌頌新朝而揚己名於千古。

　　班固將揚雄尚未明確說出的意思表達得更為確切。〈典引〉小序
云寫作此文要光揚大漢，軼聲前代，「然後退入溝壑，死而不朽」。[42]
他希望這篇鴻文能夠確立自己的身後名，他把死而不朽的願望寄託在
這篇封禪文上。

　　回過頭來，我們不妨看看司馬相如。他的〈封禪文〉中並沒有對
文本能為自己聲名傳之後世的功能期待，但是文中也有「將襲舊六為
七，擴之亡窮」的語句。服虔注曰：「舊為《六經》，漢欲《七

40　《文選》（上海市：上海古籍出版社，1986年），卷48，頁2158。

41　《文選》（上海市：上海古籍出版社，1986年），卷48，頁2149。

42　《文選》（上海市：上海古籍出版社，1986年），卷48，頁2159。

經》。」[43]意指漢經將與六經並列為七經。這第七經究竟是什麼，是誰的作品？指的當是記錄漢武事蹟，尤其不可少封禪事的史冊。這裏，司馬相如並沒有明確地表明自己的文本就是那個第七經。但是，至少他看到了稱頌帝王封禪的文章具有傳之無窮的可能。巧得很，其文是相如死後武帝才得到的遺產，那麼，是不是也隱含著生命終了前以文章來抗拒死亡並渴望不朽的心思？

從文本能給個體帶來什麼的這個角度看，李斯之頌聖沒有為自己傳名的願望。從司馬相如到班固，他們對文本能夠使作者死而不朽、聲名永傳的功能期待越來越清晰，越來越明確。這不是偶然現象。它與自西漢時起文學逐漸與學術相分離，漸趨獨立的過程是同步同趨的。人們對文學的價值與地位越來越重視。一百多年後，終於導引出曹丕「蓋文章經國之大業，不朽之盛事」（《典論》〈論文〉）的說法。這也是文學自覺的體現，文學自覺是一個漸進的過程。

第三節 本典與仿製：經典的形成及文學觀念的變化

從文本繼承角度考察，揚、班二人的封禪文是類比司馬相如的文本而成的。那麼，本典與仿擬文本之間有什麼關係？仿擬文本沿用了哪些本典的構成因素？又有哪些創新和突破？仿擬文本出現後，給本典增添了什麼價值和意義？仿擬文本本身的價值何在？

從文本上看，司馬相如的創作並沒有明確的經典意識，他並不是有意識地要創制一個經典性的文本，他的文本只是應運而生。〈封禪文〉雖然是「維新之作」（《文心雕龍》〈封禪文〉），然而其經典意

---

43 《文選》（上海市：上海古籍出版社，1986年），卷48，頁2143。

義，是在揚雄與班固等人的擬作產生之後才逐漸確立的。揚雄、班固等人仿擬文本的出現，確立了〈封禪文〉的經典地位，並且促成了一個文類的產生。《文心雕龍》把它們歸入封禪文類，《文選》把它們歸入「符命」類，都成為一種獨立的文體。

司馬相如確立了一種創作封禪文的基本思路。那就是，不具體描述封禪儀式，而是借封禪這件事稱頌當朝帝王之威德。這種思路雖然與司馬相如寫封禪文時漢武帝還未舉行封禪有關，可後來揚、班二人都採用了同樣的思路。在司馬相如文中，他力陳舉行封禪的理由，主要從兩個角度闡發：一是古代有此傳統，乃「王道之儀」；二是漢德已備，符瑞已降，天命昭顯，條件已經成熟。班固文以談舉行封禪的重要意義及必要性為中心，以勸為旨歸，雖然有所充益，引聖人孔子之言為依據，但大體構架上沒有超出相如的思路，也是大講古史傳統與漢德及符瑞之盛。揚雄讚美已成事實之封禪，與二人不同，但是在文本中，他極力讚美王莽新朝能恢復古制的各種具體施為，對於封禪之前的種種盛德詳加鋪陳，大費周章，而對舉行封禪之事卻惜墨如金，寥寥幾筆便帶過。相如等人與帝王一樣，看重的都是封禪儀式所具有的意義和效應，而不是儀式本身。

在結構和語體上，揚、班二人都沒有以司馬相如文本作為標準。司馬相如〈封禪文〉的結構總體上由三部分組成：第一部分是散體大賦，旨在勸；第二部分是四言詩體的頌；第三部分是散文體，篇幅很小，意在諷。揚、班二人文本的結構，都沒有後面兩部分，沒有四言詩體的頌，也沒有諷。而且，揚、班二人的文本，都增加了小序，陳述創作緣起及目的。語體上，司馬相如只有寥寥的三處引用、化用或類比《尚書》語言；揚雄要多一些，有十五處；班固則大量引用或化用《尚書》辭句，有二十三處。除此，班固還大量引用或化用其它經典《易》《詩》《禮記》的語句或文意。很明顯，語體在日益向經典靠

攏。正如劉勰所論：「然自卿、淵已前，多俊才而不課學；雄、向以後，頗引書以助文。此取與之大際，其分不可亂者也。」[44]

為什麼會有這樣的變化？這與司馬、揚、班三人的文學觀念，尤其是對「典」的認識不同有關係。司馬相如是作賦大家，他的〈封禪文〉從文體上看，也是一篇大賦，他自己與時人對賦的看法能夠說明一些問題。《西京雜記》載，司馬相如友人盛覽，問作賦，「相如曰：『合綦組以成文，列錦繡而為質，一經一緯，一宮一商，此賦之跡也。賦家之心，苞括宇宙，總覽人物，斯乃得之於內，不可得而傳。』」[45]司馬相如認為，作賦要講究文采、結構、章法、音韻聲調，對創作主體而言，要求縱橫馳騁，具有宏闊的視野與氣度，他絲毫沒有宗經守典之意；又載，「司馬長卿賦，時人皆稱典而麗，雖詩人之作，不能加也。」[46]司馬相如的作品，在當時人看來，是「典而麗」的，就是說，司馬相如的賦合乎當時「典」的標準。《史記》〈司馬相如列傳〉司馬遷贊曰：「相如雖多虛辭濫說，然其要歸引之節儉，此與《詩》之風諫何異。」[47]在司馬遷看來，相如雖文多虛誇鋪衍之辭，但他文章結尾總有「歸引之節儉」的內容，合乎《詩經》諷諫的傳統，所以是應當給予肯定的。司馬相如的〈封禪文〉中，結尾同其它賦一樣，也有諷的內容。那麼，應當符合司馬遷及其它時人「典」的標準。其文辭之麗並不影響其文「典」的特徵。

揚雄和班固對司馬相如賦作的看法則不同。「揚雄以為靡麗之

44 范文瀾：《文心雕龍注》（北京市：人民文學出版社，1958年），〈才略〉，頁700。

45 〔漢〕劉歆撰，〔晉〕葛洪集、向新陽、劉克任校注：《西京雜記校注》，頁91，上海市：上海古籍出版社，1991。

46 〔漢〕劉歆撰，〔晉〕葛洪集、向新陽、劉克任校注：《西京雜記校注》，頁147，上海市：上海古籍出版社，1991。

47 《史記》（北京市：中華書局，1982年），卷117，頁3073。

賦，勸百風一，猶馳騁鄭衛之聲，曲終而奏雅。」[48]而且，揚雄認為
賦之諷，實際起不到諷的作用，相反，會起到勸的作用。《法言》〈吾
子〉：「或曰：賦可以諷乎？曰：諷乎！諷則已；不已，吾恐不免於勸
也。」[49]《漢書》〈揚雄傳〉：「雄以為賦者，將以風也，必推類而言，
極麗靡之辭，閎侈鉅衍，競於使人不能加也，既乃歸之於正，然覽者
已過矣。往時武帝好神仙，相如上〈大人賦〉，欲以風，帝反縹縹有
陵雲之志。由是言之，賦勸而不止，明矣。」[50]揚雄否定作為點綴的
諷的作用，所以，在〈劇秦美新〉中，他沒有歸之於諷，文本沒有諷
這一部分。在揚雄的觀念中，賦分為詩人之賦與辭人之賦：「詩人之
賦麗以則，辭人之賦麗以淫。」（《法言》〈吾子〉）依據揚雄的觀點，
相如的賦應當歸入辭人之賦之列，而他自己，雖然以相如為榜樣[51]，
但是他要超越相如，其中憑恃的一點，就是不作「麗而淫」的辭人之
賦，而創作「麗以則」的詩人之賦。揚雄肯定「麗」這一面，因而，
其文也不遺餘力地進行鋪陳排比，但要以經為範式，要樹立規範，要
有「則」。至於為什麼連「頌」也一併刪除，筆者還沒有找到確切的
原因，可能是因為，既然為文要「則」，頌乃純粹的詩體，而全文是
散文體的，既然以封禪為題材，歷史上有純粹的詩體，那麼，為了保
證文體的純正，要麼採取散體形式，要麼採取頌體形式，二體相雜，
似乎不夠典正，所以，就棄相如文中詩體之頌。

　　揚雄文前面有小序，相如文中沒有。揚雄之前的賦家，就現在看
到的賦作來看，也沒有小序，賦前小序，實始自揚雄，其〈甘泉

---

48 《史記》（北京市：人民文學出版社，1958年），〈司馬相如列傳〉，頁3073。

49 《法言》，見《諸子集成》（北京市：中華書局，1954年），冊7，頁4。

50 《漢書》（北京市：中華書局，1962年），卷87下，頁3575。

51 《漢書》〈揚雄傳〉：「先是時，蜀有司馬相如，作賦甚弘麗溫雅，雄心壯之，每作
　　賦，常擬之以為式。」（《漢書》〔北京市：中華書局，1962年〕，卷87上，頁3515）

賦〉、〈河東賦〉、〈羽獵賦〉、〈長楊賦〉、〈酒賦〉、〈解嘲〉、〈解難〉諸篇，都有小序說明創作緣起。小序的增加，應當說是對文章重視程度提高的一個表現。揚雄有許多倣古之作，如《太玄》《法言》，同時，揚雄又是一位具有自覺的文體創新意識的作家，他的〈甘泉賦〉、〈羽獵賦〉、〈河東賦〉、〈長楊賦〉四賦雖然是受司馬相如大賦的影響，但在體制上絕不與司馬相如的〈子虛賦〉和〈上林賦〉雷同。即使是這四篇賦本身，也是體制各異，不相重複。〈劇秦美新〉一文無頌，大概也是他在文體上刻意求新所致。

班固〈典引〉基本思路借鑒了司馬相如〈封禪文〉，結構體制沿用了揚雄〈劇秦美新〉，其取之於人，都與他對「典」的認識有關。在結構上，班固也沒有結尾部分的諷。但是原因與揚雄可能不太一樣。〈典引〉序中，班固稱讚司馬相如而對司馬遷頗有微詞。他說：「司馬遷著書成一家之言，揚名後世，至以身陷刑之故，反微文刺譏，貶損當世，非誼士也。司馬相如洿行無節，但有浮華之辭，不周於用，至於疾病而遺忠，主上求取其書，竟得頌述功德，言封禪事，忠臣效也。至是賢遷遠矣。」[52]我們可以非常清楚地看到，班固贊成與否定的標準是：對帝王是頌述功德，還是微文刺譏。前者，賢；後者，不賢。換言之，為文當以頌述功德為宗旨。更何況封禪這種典儀本身的意義就是要光揚帝王之德，所以，班固的〈典引〉也沒有結尾的諷。

《後漢書》〈班彪傳〉載：「（班）固又作〈典引〉篇，述敘漢德，以為相如〈封禪〉，靡而不典，揚雄〈美新〉，典而不實，蓋自謂得其致焉。」注曰：「文雖靡麗，而體無古典。」「體雖典則，而其事虛偽。」[53]班固對前面的兩位大師都不滿意，其評價的一個中心是為

52 《文選》（上海市：上海古籍出版社，1986年），卷48，頁2158。
53 《後漢書》（北京市：中華書局，1965年），卷40下，頁1375。

文要「典」。所謂「典」，一方面，思想要中正；另一方面，結構、語言要規則，排斥靡麗。於是，班固取司馬相如頌漢德的中正思想，取揚雄文體上的純正及語體上的引經據典傾向並發揚光大，並強調了漢受命的正統性，從而樹立起自己心目中的典範之作。班固的擬作得到了他所期待的評價，劉勰《文心雕龍》〈封禪〉論曰：「〈典引〉所敘，雅有懿乎（宜作「採」），歷鑒前作，能執厥中。」[54]

大體說來，司馬相如文體不「典」，而揚、班二人則中規中矩，具有「典」的特徵。這與三人的個性氣質有關：司馬相如是才子型文人，自然不願受典章的約束；揚雄、班固是學者型文人，免不了以經典為準則。

司馬相如的〈封禪文〉前散後頌的結構體制，吸納了碑銘體：一方面，體現出賦這種文體巨大的相容性；另一方面，也與漢武帝時代大一統的氣魄相映成趣。揚、班二人對規範的追求，也帶有各自時代文化的印跡。

---

54 范文瀾：《文心雕龍注》（北京市：人民文學出版社，1958年），頁394。

第五章
《尚書》訓體與《史》、《漢》書志及〈七發〉

　　偽孔安國《尚書序》以典謨誥誓命訓六體概指《尚書》的文類，此後，書分六體的說法為學人所公認。其中，對於訓的含義，前人的理解不夠全面，也沒有給予足夠的重視。本章從辨析訓的含義入手，著重探討《尚書》中訓這種文體的類型、特徵，訓與《史記》、《漢書》書志的關聯，以及它與〈七發〉潛存的源流關係。

第一節　訓的內涵及體類特徵

　　最早確切地將《尚書》篇章劃歸於不同文本體類的，是唐代孔穎達。他將《尚書》分為十類：典、謨、訓、誥、誓、命、貢、範、歌、徵。從對屬於訓類篇章的劃分中，能夠推斷出他對訓的理解。《尚書正義》：「〈伊訓〉一篇，訓也。」「其〈太甲〉、〈咸有一德〉，伊尹訓道王，亦訓之類。」「〈高宗肜曰〉與訓序連文，亦訓辭可知也。」「〈旅獒〉戒王，亦訓也。」「〈無逸〉戒王，亦訓也。」[1]比較明確的是，凡內容屬於臣下規戒、引導君主的，稱為訓。也就是說，在孔穎達的觀念裏，《尚書》中的訓體，指的是臣下規戒、勸導君主的文獻。這種理解並不錯，但是不夠全面。

---

[1] 《尚書正義》，見〔清〕阮元校刻：《十三經注疏》（北京市：中華書局，1980年），頁117。

　　訓除了有規戒、勸導的意思外，還有一個很重要的含義——對知識的傳授和解說。《說文解字》云：「訓，說教也。」段注：「說教者，說釋而教之。必順其理，引伸之，凡順皆曰訓。」[2]訓有解釋傳授知識的意思，這在《尚書》中就有例證。〈伊訓〉：「具訓於蒙士。」孔穎達疏：「蒙，謂蒙稚，卑小之稱，故蒙士例謂下士也。」[3]訓於蒙士，意思是詳細地教導下級小官吏。蒙字還有不開化、無知的意思。因此，這句話還隱含著一層意思：讓沒有知識的人得到啟蒙。《尚書》還有「訓人」一詞。〈康誥〉：「不率大戛，矧惟外庶子、訓人。」孔穎達疏：「以致教諸子，故為訓人……惟舉庶子之官者，以其教訓公卿子弟最為急故也。鄭玄以訓人為師長，亦各一家之道也。」[4]訓人，指教導公卿子弟的師長。師長的職責非常明確：傳授知識，為各種疑難問題提供答案。孔穎達雖然正確地解釋了訓人一詞的職責和意思，然而，遺憾的是他沒有重視訓的這個意思，沒有把訓的這個義項跟訓體篇章歸屬聯繫起來。

　　先秦典籍中還提到「訓辭」，指的也是解說之義。《國語》〈楚語下〉：「楚之所寶者，曰觀射父，能作訓辭，以行事於諸侯，使無以寡君為口實。又有左史倚相，能道訓典，以敘百物，以朝夕獻善敗於寡君，使寡君無忘先王之業；又能上下說於鬼神，順道其欲惡，使神無有怨痛於楚國。……若諸侯之好幣具，而導之以訓辭，有不虞之備，而皇神相之，寡君其可以免罪於諸侯，而國民保焉。此楚國之寶

2　〔漢〕許慎撰，〔清〕段玉裁注：《說文解字》（上海市：上海古籍出版社，1981年），頁91。

3　《尚書正義》，見〔清〕阮元校刻：《十三經注疏》（北京市：中華書局，1980年），頁163。

4　《尚書正義》，見〔清〕阮元校刻：《十三經注疏》（北京市：中華書局，1980年），頁204、頁205。

也。」[5]觀射父和左史倚相「能作訓辭」「能道訓典」，被視為一國之寶。這段話提供了一個重要信息，作訓者的知識和技能結構有兩大方面：一是熟知歷史文獻；二是能知鬼神之事並與之溝通。具有了這樣的本領，就能解說、傳授、勸導諸侯。《尚書》中的訓體文，就體現出以上特點。

　　僅就以訓命名的篇章而言，也不只《尚書》一部。《逸周書》中有〈度訓解〉〈命訓解〉〈常訓解〉和〈時訓解〉四篇以訓解命名。漢代《淮南子》二十篇都以訓題名，它們都是取訓有解說這項含義的明證。

　　訓既然有傳授知識、解答疑難這個義項，因此，《尚書》中歸屬於訓體的篇章，就不僅是孔穎達劃定的幾篇。從所傳授知識的內容上看，可分為兩類。一是對自然地理知識的解說、傳授，如〈禹貢〉；二是對社會政治及神異現象的解說。〈高宗肜日〉記祖己為高宗解釋雉鳴於鼎耳的現象[6]，當為訓體。不過，這種劃分只是相對而言的，不能絕對化。有些文本綜合了兩方面的內容，〈洪範〉就是如此，不僅有知識的講解，還含有政教方面的勸導之義。這類以傳授、解說知識為主的訓體文在《逸周書》中有很多，〈度訓解〉〈命訓解〉〈常訓解〉〈明堂解〉〈王會解〉〈諡法解〉〈職方解〉諸篇都屬此類。

　　訓還含有政治方面教誨、引導、勸諫的意思。由這個義項而來，除孔穎達劃歸的〈無逸〉〈旅獒〉等篇之外，〈西伯戡黎〉和〈立政〉也當歸入訓體。

5　上海師範大學古籍研究所校點：《國語》（上海市：上海古籍出版社，1988年），頁580。

6　〈高宗肜日〉所祭為誰，有兩種說法。〈書序〉和《史記》〈殷本紀〉認為是高宗武丁祭成湯，王國維認為是祖庚祭高宗廟，不是高宗祭成湯。（王國維：〈高宗肜日說〉，見《觀堂集林》〔北京市：中華書局，1959年〕，卷1，頁30）依王說，則是祖己訓教武丁的兒子祖庚。

訓所含有的解說與政治教導兩方面的意思並不是孤立的，二者有連帶關係。訓有解說的意思，而解說的基礎是熟習自然地理或人文歷史、社會政治等各種知識，勸導君主時，往往需要以豐富的知識作為背景，所以訓體文側重於政教勸導的，多數會含有較多的自然或歷史掌故。有時臣子又會借對某種自然現象的解說來勸導君主。而且，解說、傳授知識本身也含有教導的成分。所以，重解說與重教導二者有時很難截然分開。

從內容角度劃分，《尚書》中的訓體文大體可分為三種類型。

第一類，側重於自然地理知識或社會政治知識的解說和傳授。〈禹貢〉和〈洪範〉最為典型。

〈禹貢〉是一篇以記敘為總體框架，而內部說明性文字占很大比重的訓體文。記述禹分別九州疆界，疏通河道，考察各地交通物產、貢賦的功業。這篇鴻文的開頭與結尾屬於敘述：「禹敷土，隨山刊木，奠高山大川。」[7]「東漸於海，西被於流沙，朔南暨聲教訖於四海。禹錫玄圭，告厥成功。」[8]中間的部分，敘述性文字與說明性文字夾雜交替。全文分為三部分，介紹九州、九川及領地周邊政治區劃情況。九州部分，每段以某州的疆域開頭，而不是以禹至某州的形式開頭，這就首先給人以鮮明的關於某地的印象，而不是關於禹的行動，總體上看更接近說明文，對禹蹤跡、舉措的記敘是在說明性質文字包裹之中的，如開頭兩段：

冀州：既載壺口，治梁及岐。既修太原，至於岳陽。覃懷底

7　《尚書正義》，見〔清〕阮元校刻：《十三經注疏》（北京市：中華書局，1980年），頁146。

8　《尚書正義》，見〔清〕阮元校刻：《十三經注疏》（北京市：中華書局，1980年），頁153。

　　績，至於衡漳。厥土惟白壤，厥賦惟上上，錯，厥田惟中中。
恒、衛既從，大陸既作。島夷皮服，夾右碣石，入於河。

　　濟、河惟兗州：九河既道，雷夏既澤，雍、沮會同。桑土既
蠶，是降丘宅土。厥土黑墳，厥草惟繇，厥木惟條。厥土惟中
下，厥賦貞，作十有三載乃同。厥貢漆絲，厥篚織文。浮於
濟、漯，達於河。[9]

　　其它仿此，不贅述。

　　第二部分用「導」「過」等動詞敘述禹治河的方式及行程，同時
也說明了各水系的地理位置、走向及入海處，如曰：「導弱水至於合
黎，餘波入於流沙。」[10]「岷山導江，東別為沱；又東至於澧；過九
江，至於東陵；東迆北，會於匯；東為中江，入於海。」[11]

　　第三部分是完全屬於說明性質的文字。如首段：「五百里甸服。
百里賦納總，二百里納銍，三百里納秸服，四百里粟，五百里米。」
[12]這裏看不到禹的行動，看到的是對行政區屬及納賦物產的說明和規
定。其它以五百里為一區劃單位，由近及遠向外延展的侯服、綏服、
要服、荒服，全部依照五百里甸服的說明方式，順次排列。

　　〈禹貢〉文本沒有對話或某人言說的字樣，完全是記敘和說明相
結合的形式。語言簡潔質直，平鋪直敘，不帶有任何感情色彩。

9　《尚書正義》，見〔清〕阮元校刻：《十三經注疏》（北京市：中華書局，1980年），
　　頁146-147。

10　《尚書正義》，見〔清〕阮元校刻：《十三經注疏》（北京市：中華書局，1980年），
　　頁151。

11　《尚書正義》，見〔清〕阮元校刻：《十三經注疏》（北京市：中華書局，1980年），
　　頁152。

12　《尚書正義》，見〔清〕阮元校刻：《十三經注疏》（北京市：中華書局，1980年），
　　頁153。

這類重解說知識的篇章在《逸周書》中有很多。[13]〈度訓解〉〈命訓解〉〈常訓解〉分別講述制度、命、民性之常,〈周月解〉和〈時訓解〉講曆法、〈諡法解〉講諡法、〈職方解〉講各地區劃、山川物產,〈王會解〉敘述並說明周王大會諸侯、諸侯獻貢的場景,其它如〈王佩解〉〈武紀解〉〈銓法解〉和〈器服解〉等都屬此類。其中〈職方解〉的內容、寫法與〈禹貢〉十分相似。

〈洪範〉闡述的內容既包括自然科學,也包括政治哲學。全文由兩部分組成。第一部分寫周武王詢問箕子曰:「惟天陰騭下民,相協厥居,我不知其彝倫攸敘。」[14]上帝的常理是依照什麼安排的。箕子為武王講述了洪範九疇的神聖來歷及傳授過程,鯀治水無功,上帝不傳給鯀大法,禹興起,上帝將大法傳給禹。第二部分是篇章的主體,箕子講述洪範九疇的具體內容,採用了總分方式加以說明。九疇包括:一、五行;二、五事;三、八政;四、五紀;五、皇極;六、三德;七、稽疑;八、庶徵;九、五福、六極。進而一項項詳加解說,如對五行的闡釋。

　　一、五行:一曰水,二曰火,三曰木,四曰金,五曰土。水曰

---

13 《尚書》和《逸周書》中有的篇章所涉內容也是有關政教知識的,如〈呂刑〉,但言說者為君王,從形式上看屬於君對臣,即上對下,筆者把這類劃入誥體。以君王的講話為誥,臣子對君王的講話為訓。清代王聘珍《大戴禮記解詁》〈目錄〉:「文王官人第七十二」注云:「文與《周書》〈官人解〉第五十八,大同小異。〈周書序〉云:『成王訪周公以民事,周公陳六徵以觀察之,作〈官人〉。』據此,則事屬成王信矣。《大戴禮記》作文王者,記者所聞異辭也。但如《周書》作『周公曰亦有六徵』云云,訓體也。《大戴》作『王曰嗚呼』云云,誥體也。誥當為文王。」(王聘珍:《大戴禮記解詁》〔北京市:中華書局,1983年〕,頁7)可見,王聘珍也以這一標準區分訓與誥。

14 《尚書正義》,見〔清〕阮元校刻:《十三經注疏》(北京市:中華書局,1980年),頁187。

潤下，火曰炎上，木曰曲直，金曰從革，土爰稼穡。潤下作鹹，炎上作苦，曲直作酸，從革作辛，稼穡作甘。[15]

首先說明五行的內涵，其次說明每一物質的性質，再次說明由物質的性質產生的味覺結果。九疇之五紀講的是五種紀時曆算之術，與五行都屬自然科學方面的內容。

還有政教方面的言說，如對五事的闡述。

二、五事：一曰貌，二曰言，三曰視，四曰聽，五曰思，貌曰恭，言曰從，視曰明，聽曰聰，思曰睿。恭作肅，從作乂，明作晰，聰作謀，睿作聖。[16]

五事講的是對君主自身五種行為的要求以及由此產生的良好效果。闡述的順序是遞進式的。九疇之八政（八項政務）、皇極（君主的統治準則）、三德（三種統治方式），都屬於政治方面的內容；稽疑（運用卜筮）、庶徵（五種由君主行為引起的自然界徵兆）、五福（五種福運）、六極（六種責罰），內容有關天人互動，屬自然與人事結合類。

自然科學與人文政治融合在同一文本中，這種情形的出現與祭祀和政權合一的社會組織有關。因此，政權和祭祀、天文、卜筮等內容都成為治國大法。

《逸周書》的〈成開解〉記周公向成王講授政教之五典、九功、

15　《尚書正義》，見〔清〕阮元校刻：《十三經注疏》（北京市：中華書局，1980年），
　　頁188。

16　《尚書正義》，見〔清〕阮元校刻：《十三經注疏》（北京市：中華書局，1980年），
　　頁188。

六則、四守、五示、三極；其它如〈大開武解〉〈小開武解〉和〈大
聚解〉寫的是周公為武王講述為政之道，〈官人解〉寫的是周公為成
王講述察人之道，都屬於此類。這些篇章同〈洪範〉一樣，都是君王
問疑、臣子答難的結構，大多運用了總分式說明方法。

第二類，側重對君主進行人文政教方面的規諫。古文〈伊訓〉
〈太甲〉〈咸有一德〉和今文〈西伯勘黎〉〈無逸〉可劃歸此類。

古文三篇是伊尹分別在太甲即位之初、即位之後、放於桐宮又還
政以後的訓辭。即位之初，伊尹的語辭更多的是對國事的憂患，以此
引起太甲的重視，讓他明白治國不易。伊尹從前代正反兩方面的歷史
說起：夏禹有德，山川鬼神皆安寧，其子孫無德而失國；商湯以寬政
代虐政，獲得民心。進而特別強調立國之初要樹立良好的風氣，以先
王成湯為榜樣。借引述商湯的「三風十愆」說，以不行德政的危害告
誡太甲，提出警示，使其有所畏懼。太甲昏庸無道時，伊尹以自身的
所見所聞要求太甲講求忠信、恭敬其事，言辭懇切；太甲改過之後，
伊尹重在勸導其居安思危。伊尹的訓辭突出了兩個思想：一是天命將
罰惡德，因此要自始至終德行純一；二是以先王為榜樣，不要辱沒
祖先。

伊尹訓辭意旨明確，語氣比較和緩，〈西伯勘黎〉中的祖伊則不
然。周文王戰勝商的屬國黎，祖伊奔告紂王。祖伊對紂王的無道直言
不諱，當面指斥，把國家的行將滅亡歸罪於紂王。他說：「非先王不
相我後人，惟王淫戲用自絕」，「不虞天性，不迪率典」。隨後，他急
切地質問紂王：「大命不摯，今王其如台？」在行將滅亡之際，要有
何舉措？紂王漫不經心、有恃無恐地回答：「我生不有命在天？」他
認為有天命保祐自己，國家命運由「天」掌控，沒有任何省悟、悔
改、焦急的意思。這時，祖伊嚴辭訓責紂王：「乃罪多，參在上，乃

能責命於天？」[17]祖伊對國家的命運十分擔憂，對紂王的做法、糊塗十分氣憤和痛心。

〈無逸〉寫周公告誡成王不要貪圖逸樂。全文以七個「周公曰」開頭，結構非常嚴整。首段提出談話的中心是君子不要貪圖逸樂，無逸的根本是要先知稼穡之艱難，知小人之勞；第二段以幾位正反兩面的商王為例；第三段引幾位周代先王，正面舉例，講述恭謹勤政者保國日久、逸者亡國的道理；第四段告誡新繼位的成王不要貪戀遊逸、畋獵之樂；第五段講述先王之正刑不可改變，成王需要教誨；第六段勸告成王要心胸寬廣，聽得進勸諫批評，敬德從事，不亂罰無辜；第七段總結，申明要以先人為鑒。

與商代的幾篇訓辭比較，周公的訓辭表達了新思想。他在談到商周兩代四位先哲時，都特別突出君主的敬畏心理：殷中宗「嚴恭寅畏，天命自度，治民祇懼，不敢荒寧」；高宗也是「不敢荒寧」；祖甲「能保惠於庶民，不敢侮鰥寡」；文王「懷保小民，惠鮮鰥寡」，「不敢盤於游田」。他們都能夠嚴於律己，不游逸玩樂，勤政愛民。商代「不知稼穡之艱難，不聞小人之勞，惟耽樂之從」[18]的君主，則很快會身亡國滅。從文章學的角度看，〈無逸〉各段之間有比較嚴密的邏輯關係，並成為一個有機的整體，雖然形式上仍然是記言，但不是一段段結構鬆散的語錄，它實際上是由記言到成熟政論文的過渡形式。

《逸周書》中的〈大戒解〉寫周公以「九備」勸誡成王，包括不要出觀好怪，好威等。〈芮良夫解〉寫芮伯勸誡周厲王不要專利作威，以貪諫為事，不勤政以備難，也屬此類。

---

17 本段引文均出自《尚書正義》，見〔清〕阮元校刻：《十三經注疏》（北京市：中華書局，1980年），頁177。

18 本段引文均出自《尚書正義》，見〔清〕阮元校刻：《十三經注疏》（北京市：中華書局，1980年），頁221、頁222。

　　這類訓體文，與重傳授知識類型的訓辭不同，帶有或強或弱的感情色彩。規諫者針對的對象不同，訓辭的語言風格也不相同。當君主尚無過失時，為防患於未然，語言比較和緩，語重心長。而當君主的無道已經造成嚴重危害時，臣下諫靜於已然，語言則嚴厲直急。

　　第三類，具有綜合性，解說現象或傳授知識與對君主的政治教導結合在一起。〈高宗肜日〉和〈立政〉屬於此類。

　　〈高宗肜日〉云：「高宗肜日越有雊雉。祖己曰：『惟先格王，正厥事。』乃訓於王。」[19]高宗祭祀之日，有飛雉升鼎鳴於耳，這是個異常的現象，引起高宗的恐慌。[20]祖己先要寬解君主之心，然後再糾正其祭祀中不合禮儀的地方。祖己說：「惟天監下民，典厥義。降年有永有不永，非天夭民，民中絕命。民有不若德，不聽罪。天既孚命正厥德，乃曰：『其如台？』」[21]即，一個人的壽命長短，取決於是否所行合乎天道。其潛臺詞是，異常現象對君主的壽夭、國家的命運並沒有什麼影響，只要君主行事合乎義，異常現象就不會對人造成危害。祖己的說法雖然不是直接解釋雉鳴現象，但是仍然沒有脫離對異常現象的態度；而且，他言說的實質是提出一個立身處事和治國的標準：依天義而行。言辭中含有教誨成分是不言而喻的。最後，祖己非常明確地表達了規勸的意思，指出高宗祭祀中的不當之處是「典祀無

19　《尚書正義》，見〔清〕阮元校刻：《十三經注疏》（北京市：中華書局，1980年），頁176。

20　至於為什麼有雉鳴會引起恐慌，學者有幾種說法，可參見劉起釪《《商書》〈高宗肜日〉所反映的歷史事實》「關於雉災異的問題」一節。（劉起釪：《古史續辨》〔北京市：中國社會科學出版社，1991年〕，頁254-257）因與本章關係不大，這裏不作討論。

21　《尚書正義》，見〔清〕阮元校刻：《十三經注疏》（北京市：中華書局，1980年），頁176。

豐於昵」[22]，祭祀有常制，不應當對於已關係近者特別豐厚。[23]這篇
訓辭，起因是有異常現象，引起君主不安，需要解釋。祖己在為高宗
解釋現象的同時，又以正確之道教誨、規勸高宗。

〈立政〉是周公向成王講述官制的一篇訓辭，是研究周代官制的
重要文獻。周公總結夏商兩代選用官員的歷史經驗和教訓，講述文王
和武王時的官制及任用官員的法則[24]，並告誡成王立官設制的準則。
官職中以立事（治事官）、準人（執法官）、牧夫（治民官）為主，尤
其強調刑獄職官。周公訓辭以官制為中心，還多有對成王語重心長的
告誡之語。每層意思的言說總要以一番告誡語開頭，如講夏商兩代官
制事，先說：「嗚呼！休茲知恤，鮮哉！」他感歎在美好安寧的時候
就知道謹慎的人，很少啊。意在提醒成王要居安思危。而且再三講
「孺子王矣」，提醒成王如今乃一國之君，有重任在肩，不可兒戲，
並說：「嗚呼！予旦已受人之徽言咸告孺子王矣。繼自今文子文孫，
其勿誤於庶獄庶慎，惟正是乂之。」「今文子文孫，孺子王矣，其勿
誤於庶獄，惟有司之牧夫。」「嗚呼！繼自今後王立政，其惟克用常
人。」[25]反覆申說自己已經將前人的美言全都講述給君王，請成王千
萬不要在獄訟上犯錯誤，讓主管官員去治理。周公一方面以講述政治
知識為目的，另一方面也對成王進行思想上的教導。老臣赤誠之心，
溢於言表。

---

22 《尚書正義》，見〔清〕阮元校刻：《十三經注疏》（北京市：中華書局，1980年），
　　頁176。

23 對「典祀無豐於昵」的解釋，詳參臧克和：《尚書文字校詁》（上海市：上海教育出
　　版社，1999年），頁195-197。

24 劉起釪認為包括：機要樞密之臣；宮中之官；府職中之官；侯國之官；封疆之官。
　　（劉起釪：《古史續辨》〔北京市：中國社會科學出版社，1991年〕，頁391）

25 本段引文均出自《尚書正義》，見〔清〕阮元校刻：《十三經注疏》（北京市：中華書
　　局，1980年），頁230、頁232。

綜觀三種類型的訓體文，有以下幾個特點。

一、文本的外在結構形態由有記言標誌發展為脫離記言標誌。[26]〈西伯勘黎〉〈洪範〉是以一個人言說為主的君問臣答式，〈高宗肜曰〉〈立政〉和〈無逸〉幾篇完全是一個人的言說，〈禹貢〉完全脫離了記言方式。

二、文本的內在結構形態大致有兩種：總體記敘框架中包含說明（〈禹貢〉）；議論的框架中包含說明及對歷史事件的敘述。

三、某些涉及社會政治制度的篇章如〈立政〉，文本雖然具有某種專史的特徵，但是史的追述是為了以史為鑒戒，本來的目的並不是寫作某種制度史。

第二節　訓與《史》、《漢》書志體

《尚書》訓體文與後代史傳文學體例和其它文體之間具有不同形式的聯繫。第一類和第三類訓體文與《史記》《漢書》的書志體例存在一定的承傳關係。它們涉及的內容範圍：對自然科學或社會政治生活諸層面的解說、記述，也正是書志體的內容。從言說或寫作的目的上看，〈無逸〉和〈立政〉篇中對於史的追述，目的是要以史為鑒，更著重於其現實意義，並不是要敘述治國史、官制史及刑法史。書志體的部分篇章對史的記述也具有同樣的目的。這在《史記》〈太史公自序〉對創作八書的宗旨及《漢書》〈敘傳〉對十志宗旨的解說中可

---

26 《大戴禮記》〈夏小正〉以自問自答方式解說，省略具體的人物，也是訓體的一種。如「正月必雷，雷不必聞，惟雄為必聞。何以謂之？雷則雄雉震呴，相識以雷。魚陟負冰。陟，升也。負冰云者，言解蟄也。」「鷹則為鳩。鷹也者，其殺之時也。鳩也者，非其殺之時也。善變而之仁也，故其言之也曰『則』，盡其辭也。鳩為鷹，變而之不仁也，故不盡其辭也。」（王聘珍撰、王文錦點校：《大戴禮記解詁》〔北京市：中華書局，1983年〕，頁25-26、頁28）

以清晰地看出來。可以說，這兩類訓體，是漢代書志體的雛形，是書志體的源頭之一。[27]第二類則是後代政論文的源頭之一。此外，〈無逸〉與七體辭賦存在一定關聯。

　　訓是書志體的源頭，還可以從思想觀念和文本結構形態兩方面尋找出書志體與訓的承傳關係。

---

27 關於書志體例的淵源，前人有多種說法。將書志體例溯源於古代典志及《尚書》的有如下幾家。呂思勉：「八書之作，則出於古之典志」（呂思勉：《史通評》〔北京市：商務印書館，1934年〕，〈內篇六家第一〉，頁3）「凡一官署，必有記其職掌之書，……大約屬於何官之守者，則何官之史所記耳，此即後世之典志，八書之所本也。」（《史通評》〔北京市：商務印書館，1934年〕，頁4）梁啟超：「紀傳體中有書志一門，蓋導源於《尚書》，而旨趣在專紀文物制度，此又與吾儕所要求之新史較為接近者也。然茲事所貴在會通古今，觀其沿革。」（梁啟超：《中國歷史研究法》〔上海市：華東師範大學出版社，1995年〕，頁27-28）范文瀾《正史考略》「史記」條：「八《書》之作，則取《尚書》之〈堯典〉〈禹貢〉。」（范文瀾：《正史考略》〔北平市，文化學社印行，1931年〕，頁11）又《文心雕龍注》卷四〈史傳〉注：「《史記》八書，實取則《尚書》，故名曰『書』。《尚書》〈堯典〉、〈禹貢〉，後世史官所記，略去小事，綜括大典，追述而成。故如『乃命羲和，欽若昊天，曆象日月星辰，敬授人時。……以閏月定四時成歲。』即〈律書〉、〈曆書〉、〈天官書〉所由昉也。『帝曰，夔，命汝典樂。……百獸率舞。』〈樂書〉所由昉也。『帝曰，棄，黎民阻飢，汝后稷，播時百穀。』〈平準書〉所由昉也。〈禹貢〉一篇，〈河渠書〉所由昉也。」（范文瀾：《文心雕龍注》〔北京市：人民文學出版社，1958年〕，頁293）尚鎔《史記辯證》卷三：「〈天官書〉，源出〈堯典〉。」（轉引自聶石樵：《司馬遷論稿》〔北京市：人民教育出版社，2001年〕，頁112）聶石樵先生觀點與范文瀾相同。聶先生認為：「『書』之體例，當源於《尚書》。」（聶石樵：《先秦兩漢文學史稿》〔北京市：北京師範大學出版社，1994年〕，〈兩漢卷〉，頁95）聶先生詳細論述了「〈堯典〉、〈舜典〉所記述之律曆、柴祀、巡狩、刑律、谷殖之事，皆《史記》諸『書』所從出。」「〈河渠書〉所記大禹治水，迄於戰國、秦、漢水利渠田諸事，固當採自〈禹貢〉。」「《史記》之『書』體，是將《尚書》之內容分類專論，溯其所本，蓋源於《尚書》。」（聶石樵：《先秦兩漢文學史稿》〔北京市：北京師範大學出版社，1994年〕，〈兩漢卷〉，頁95-96）陳桐生認為，《尚書》只是提供了《史記》的原型，對八書創制有決定影響的是改制學說。詳見陳桐生：《中國史官文化與《史記》》（汕頭市：汕頭大學出版社，1993年）一書「《史記》『八書』的通變論」一節，頁165-167。陳桐生還詳細論述了〈堯典〉與戰國秦漢之際受命改制學說的關係，見陳桐生：〈《史記》八書考源〉，載《學術研究》，2000年第9期。

　　一、思想觀念。前賢所論〈堯典〉〈舜典〉所記律曆、祭祀、巡狩、刑律、谷殖等事，是書志體資料的來源，並不錯。但這只是就內容而言，只是內容方面的一一對應。從思想觀念角度考察，就不免會產生疑問。以志書中的律曆和封禪（郊祀）為例，〈堯典〉中雖有堯命官制定四時曆法節令之事，但並沒有任何星相律曆與人事相對應，無法使之成為一個相互作用、相互影響的整體系統的觀念。而《史記》的〈律書〉〈曆書〉和〈天官書〉，《漢書》的〈律曆志〉和〈天文志〉，除了對律、歷、星辰、風等自然現象進行平實的解說外，還把它們與人事現象密切地聯繫起來，〈天官書〉和〈天文書〉更是具有濃重的占星術色彩。司馬遷和班固並沒有把這些本來純屬於自然科學的專題，完全寫成自然科學文章的樣子，它們不僅是關於律曆和天文的自然科學文本，還滲透著明顯而濃厚的人文思想，充分體現出天人感應和陰陽五行的哲學觀念。〈堯典〉雖然有舜祭四嶽之事，但並沒有提及符瑞之事，而《史記》〈封禪書〉和《漢書》〈郊祀志〉則多講符瑞。所謂符瑞，實是天對人間政治的鑒定，體現的仍然是重視天人關係的思想及天人合一的哲學觀念。

　　既然重視天人關係的思想不是來自〈堯典〉，那麼，它是從哪裏來的？從這個角度研究，〈洪範〉對書志體的重要影響就顯現出來了。對此，前人沒有給予重視，甚至未曾提及。〈洪範〉所言有自然科學也有人文科學，還蘊涵著哲學思想，出現了「五行」[28]這個概念。王國維還把五行、五事、庶徵、六極畫成關係對應表。[29]其中

---

28 劉起釪〈〈洪範〉這篇統治大法的形成過程〉一文引述梁啟超的看法，認為〈洪範〉五行不過是將物質分為五類。「可見當〈洪範〉採用水、火、木、金、土作為『五行』時，還處在此五者結合於五行的早期階段。」（劉起釪：《古史續辨》〔北京市：中國社會科學出版社，1991年〕，頁323）

29 王國維：《古史新證》（北京市：清華大學出版社，1994年），頁270。

「庶徵」部分講述的是天人相應的各種徵兆，充分體現了天人合一、天人互動的思想。〈洪範〉文曰：

> 曰休徵：曰肅，時寒若；曰乂，時暘若，曰晰，時燠若；曰
> 謀，時寒若；曰聖，時風若。曰咎徵：曰狂，恒雨若；曰僭，
> 恒暘若；曰豫，恒燠若；曰急，恒寒若；曰蒙，恒風若。[30]

好徵兆：君王恭敬，天就及時降雨；君王政治清明，就會氣候晴明；君王明察，及時溫暖；君王有謀略，及時寒冷；君王聖智，及時有風。壞徵兆：君王狂妄，則大雨不止；君王行事錯亂，經常乾旱；君王行動遲緩，經常悶熱；君王峻急，經常寒冷；君王昏瞶不明，經常大風。[31]《漢書》〈五行志〉對君王行為與氣候的關係有這樣一番解釋：「肅，敬也。內曰恭，外曰敬。人君行己，體貌不恭，怠慢驕蹇，則不能敬萬事，失在狂易，故其咎狂也。上嫚下暴，則陰氣勝，故其罰常雨也。」[32]君王不恭，導致天災。天災是作為對君王的懲罰而出現的。很明顯，這種解說體現的是天人感應的觀念。這種重天人關係的觀念又見於《史記》〈太史公自序〉，文曰：「禮樂損益，律曆改易，兵權山川鬼神，天人之際，承敝通變，作八書。」[33]司馬遷自

---

30 《尚書正義》，見〔清〕阮元校刻：《十三經注疏》（北京市：中華書局，1980年），頁192。

31 對於這段話有兩種不同的理解。一種認為是君主的行為導致天象的變化，另一種認為是用天象來形容、比喻君主的行為。歧義的關鍵在於對「若」的理解不同。第二種解釋將「若」理解成「好像」。筆者認為，這裏的「若」，其實是個語助詞。《周易》〈乾〉九三爻辭曰：「君子終日乾乾，夕惕若。屬，無咎。」其中的「若」也是用在句尾，沒有實在的意思。而且，如果將「若」理解成「好像」的意思，所謂的「休徵」「咎徵」的「徵」就沒有什麼特別的意義了。

32 《漢書》（北京市：中華書局，1962年），卷27中，頁1353。

33 《史記》（北京市：人民文學出版社，1958年），卷130，頁3319。

云作八書的宗旨是關係「天人之際」的。《漢書》〈敘傳〉也有類似表述，如「炫炫上天，縣象著明，日月周輝，星辰垂精。百官立法，宮室混成，降應王政，景以燭形。三季之後，厥事放紛，舉其占應，覽故考新。述〈天文志〉第六」。[34]就是說，人事是依仿天相而確立的。

　　《尚書》〈洪範〉將自然科學與人文哲學糾結在一起，重視天人關係這一思想。不僅書志體，《淮南子》的〈天文訓〉〈地形訓〉〈時則訓〉也具有這個特點。《淮南子》〈要略〉對此解說得十分明確：「〈天文〉者，所以和陰陽之氣，理日月之光，節開塞之時，列星辰之行，知逆順之變，避忌諱之殃，順時運之應，法五神之常，使人有以仰天承順，而不亂其常者也。〈地形〉者，所以窮南北之修，極東西之廣，經山陵之形，區川谷之居，明萬物之主，知生類之眾，列山淵之數，規遠近之路，使人通回周備，不可動以物，不可驚以怪者也。〈時則〉者，所以上因天時，下盡地力，據度行當，合諸人則，形十二節，以為法式，終而復始，轉於無極，因循仿依，以知禍福，操舍開塞，各有龍忌，發號施令，以時教期，使君人者知所以從事。」[35]雖然有自然科學方面的解說，然而歸宿卻落實到人事，要為人提供趨利避害的依據，天文、地理、時令都成為人行為的規範，與人的行為息息相關。

　　二、文本結構形態。論理、述史和說明相結合的結構形態在《尚書》中比較多見，如〈立政〉中周公追溯了夏、商兩代選官的事情和周代文王、武王時的官制，強調刑獄職官的重要性，篇章中的史事起到使君王瞭解歷史以及勸誡君王兩個作用。〈立政〉具有關於政治制度某一方面或以一個觀念為中心組織起一系列史事的特點，而不只是

34　《漢書》（北京市：中華書局，1962年），卷100下，頁4243。

35　〔漢〕高誘注：《淮南子》，見《諸子集成》（北京市：中華書局，1954年），冊7，頁370。

史事的羅列。這種結構形態，在《史記》和《漢書》的書志中不乏
其例。

　　〈律書〉雖然有對於史事的敘述，但這些史事是作者組織在某個
觀點之下的，如首先論「兵者，聖人所以討強暴，平亂世，夷險阻，
救危殆」[36]，再述史事，述史事中又多夾議論，史事只是作為表達作
者意見的論據。〈律書〉的主體是用陰陽觀念對風的種類、方位、意
義及律數算法進行說明。〈五行志〉解說各種自然災異現象，全文依
照〈洪範〉所云五行五事為骨架。首先提出九法的神聖來歷、九法的
總綱及傳承。隨後，對〈洪範〉的五行、五事、休徵和咎徵進行充分
闡釋。五行部分運用「經曰」「傳曰」「說曰」三種形式，「經曰」引
述〈洪範〉原文，「傳曰」對原文進行理論闡發，「說曰」再對傳文進
行解說，然後記歷代與此相應的諸多事件。對於五事、休徵和咎徵的
闡釋也採用了同樣的方式，只不過字面上省去了「說曰」，把「說
曰」部分的內容都納入「傳曰」而已。儘管〈五行志〉對歷史事件的
記敘佔了全文絕大部分的篇幅，可是這些歷史事件卻統納在一個五行
五事天人相應的總體框架之中，而不是在觀念之外獨立存在。〈禮樂
志〉〈刑法志〉〈食貨志〉〈郊祀志〉和〈天文志〉都以議論開篇，論
禮樂、刑法等的意義功用，隨後述及歷史上的各種有關情況，最後大
多以簡論結束。〈曆書〉是對關於時歷之史的敘述及對漢歷的具體說
明。〈封禪書〉先以議論開篇，隨後展開對自往古至武帝以來，諸帝
王封禪事的敘述，間或雜有作者的評論。〈律曆志〉、〈地理志〉、〈溝
洫志〉則是以說明性文字及史事記述為主。

　　《史》、《漢》書志論理與述史及說明並重，這種情形與論和說二
者意思上天然的接近，論本身的含義以及人們的論說觀念有關。

---

36 《史記》（北京市：人民文學出版社，1958年），卷22，頁1240。

《淮南子》〈要略〉：「夫作為書論者，所以紀綱道德，經緯人事，上考之天，下揆之地，中通諸理。雖未能抽引玄妙之中才，繁然足以觀終始矣。總要舉凡，而語不剖判純樸，靡散大宗，懼為人之昏昏然弗能知也；故多為之辭，博為之說，又恐人之離本就末也。」[37]前面「作為書論者」云云，「論」指的是闡明道理。後面「故多為之辭，博為之說」，則說是論的一種手段，論與說各有側重，但實在如影隨形，難以區分。

司馬遷和班固二位史家在行文中，有時所用「論」字，其實包含著集聚並序次的含義，如〈太史公自序〉云：「星氣之書，多雜磯祥，不經；推其文，考其應，不殊。比集論其行事，驗於軌度以次，作〈天官書〉第五。」[38]《漢書》〈禮樂志〉云：「周道始缺，怨刺之詩起。王澤既竭，而詩不能作。王官失業，〈雅〉〈頌〉相錯，孔子論而定之」[39]，「其餘巡狩福應之事，不序郊廟，故弗論。」[40]〈地理志（下）〉：「漢承百王之末，國土變改，民人遷徙，成帝時劉向略言其地分，丞相張禹使屬潁川朱贛條其風俗，猶未宣究，故輯而論之，終其本末著於篇。」[41]〈溝洫志〉：「中國川原以百數，莫著於四瀆，而河為宗。孔子曰：『多聞而志之，知之次也。』國之利害，故備論共事。」[42]〈藝文志〉：「丘明恐弟子各安其意，以失其真，故論本事而作傳，明夫子不以空言說經也。」[43]這些語段中的「論」字，就不僅是議論這一層意思，還有整理、使散亂的材料有序、記敘等意思。

37 《淮南子》，見《諸子集成》（北京市：中華書局，1954年），冊7，頁369。

38 《史記》（北京市：人民文學出版社，1958年），卷130，頁3306。

39 《漢書》（北京市：中華書局，1962年），卷22，頁1042。

40 《漢書》（北京市：中華書局，1962年），卷22，頁1070。

41 《漢書》（北京市：中華書局，1962年），卷28下，頁1640。

42 《漢書》（北京市：中華書局，1962年），卷29，頁1698。

43 《漢書》（北京市：中華書局，1962年），卷30，頁1715。

論，從言，侖聲。侖，甲骨文作龠，在冊之上增亼（jí），有聚義，從亼從冊，猶言整理簡冊，其本義就是編纂。[44]侖雖為論的聲旁，實際上也有表意功能。論有聚集、編纂言論、文字及事件的意思。《論語》中的「論」就是在這個意義上使用的。從司馬遷和班固用「論」字的情形看，不限於論理一點。因此，文本以觀點組織起眾多本來雜亂無章的史事，有說明有議論，并然有序，就很自然了。

　　還有一個有意思的現象，《漢書》十志中，不僅有史家的論、述和說，還錄有君臣的歌詩和奏章，如〈溝洫志〉載漢武帝悼治河之功不成的歌詩；漢哀帝時待詔賈讓關於治理黃河的奏言，即那篇十分著名的〈治河三策〉。如此一來，就使文本具有檔案性質，這與《尚書》相近。彷彿史學家走了一段路，回過頭來又自覺或不自覺地向屬於史書簡樸形式的《尚書》靠攏。

　　當然，《史記》、《漢書》的書志體例除與《尚書》有一脈相承的一面，司馬遷和班固兩位史家也多有自己的創新。內容上多有拓展，像禮、平準、食貨、藝文等專題，在《尚書》中都沒有專門論述的篇章，有的甚至連提都未曾提及。即便有些專題承自《尚書》，內容也有拓展，如〈地理志〉與〈禹貢〉相近，〈禹貢〉並未寫某地區民眾之性情、風習，而〈地理志〉中則有此內容。還形成專史性質的文本，如〈河渠書〉述治河、漕運和水利之史事，由禹至武帝，〈地理志〉和〈溝洫志〉重在漢代，時間上也向前延伸。它們的內容源於〈禹貢〉，但是遠遠超出了〈禹貢〉「斷代」式的思路和視野。《漢書》〈藝文志〉中，班固分門別類地載錄典籍，共計有六藝九種、諸子十家、歌賦、兵、數術和方技數項，並且進行了辨章學術、考鏡源流的工作，尤其是了不起的創舉。這些不是本章論述的重點，不再詳加討論。

---

44 對「侖」的解釋，詳見尹黎雲：《漢字字源系統研究》（北京市：中國人民大學出版社，1998年），頁188。

第三節　訓與諫誡文及〈七發〉

　　《尚書》訓體文中重以政治勸導一類的如〈伊訓〉〈西伯勘黎〉〈無逸〉等，與後代以諫誡為主的部分政論文聯繫起來看，可以說前者奠定了一種勸諫的論說方式。這種言說方式主要有三方面的特徵。

　　一、以歷史事件作為論據。〈無逸〉中周公正反兩方面舉證，歷史上的殷周幾位帝王因為能做到知稼穡之艱難，保民勤政，不貪圖安樂，所以享國日久；相反，貪圖安樂的帝王則很快亡國。周公以此說明不當貪圖享樂遊觀的道理。李斯〈諫逐客書〉和賈誼〈過秦論（上）〉也都採取了這種論說方式。李斯舉秦國歷史上的繆公、孝公、惠王、昭王四位君主，因用客卿而強國稱霸，以證客之不當逐。賈誼〈過秦論（上）〉沒有將筆墨放在秦如何倒行逆施上，而是歷舉秦孝公、惠王、昭王兼取天下的心志及當時天下大勢，秦始皇威加四海及其種種政治作為，通過大量歷史事件的對比，得出結論：由於始皇「仁義不施」而導致「攻守之勢異也」，強大的秦帝國最終卻亡於陳勝等小民之手。劉向〈諫外家封事〉也運用了同樣的論說方式，在鮮明地闡明觀點後，劉向舉出春秋戰國時代諸多臣勢過強終亂國政的歷史事實，如秦二世專信趙高亡國，漢室初興時諸呂擅權危亂劉氏，再舉昭帝、宣帝不與外戚權柄以求安之事，論說應當「黜遠外戚，毋授以政」的道理。全篇幾乎全用歷史材料作為立論的依據、勸諫的理由。揚雄的〈諫不許單于朝書〉認為單于上書求朝，而漢室不許，將造成兩家從此有隙。他引秦始皇、漢高祖、文帝、武帝時事以論說匈奴為中國大敵，不易臣服。這類論說方式，《尚書》〈無逸〉實肇其端，開其源。

　　二、濃重的憂患意識及較強的感情色彩。〈伊訓〉中伊尹引述成湯告誡百官的「三風十愆」說，並指出它們的嚴重危害，只要行為沾

染上其中一種，卿士必喪家，邦君必亡國。之後，伊尹對太甲再次進
行告誡，曰：「嗚呼！嗣王祗厥身，念哉！……爾惟德罔小，萬邦惟
慶；爾惟不德罔大，墜厥宗。」[45]言辭中充滿對君王能否敬從先王之
命，嚴於律己，恭行正道的擔憂和對國家命運的憂患。〈無逸〉中周
公對成王的言辭也是如此，講述每層意思都以「嗚呼」發端，最後
曰：「嗚呼！嗣王其監於茲」[46]，也表現出對君王能否承擔起治國的重
任及對國家興亡的憂患。伊尹和周公都以老臣的身份講話，語重心
長，希望能夠引起君王的重視和警惕，喚起君王的憂患意識，充分認
識治國不易，當謹慎從事，防患於未然。強烈的憂患意識牽引出較強
的感情色彩，二者之間存在由此而彼的關係。〈西伯勘黎〉有所不
同，祖伊從周文王打敗黎國這件事上，看到了文王勢力的擴張以及對
殷商的威脅，因而他質問紂王「大命不摯，今王其如台」，「殷之即
喪，指乃功，不無戮於爾邦」[47]，就不僅僅是憂患國運，簡直是焦急
和氣憤。不管怎麼說，這些篇章都有較強的感情色彩。

　　漢代某些諫詞同樣也具有憂患意識及較強的感情色彩。賈誼〈陳
政事疏〉那段著名的開頭充滿了強烈的感情：「臣竊惟事勢，可為痛
哭者一，可為流涕者二，可為長太息者六，若其它背理而傷道者，難
遍以疏舉。」[48]漢文帝治淮南王悖逆之罪而立其諸子為王，賈誼作
〈諫立淮南諸子疏〉，對這一行為將造成的後果痛加陳述，辭氣頗急

45　《尚書正義》，見〔清〕阮元校刻：《十三經注疏》（北京市：中華書局，1980年），
　　頁163。

46　《尚書正義》，見〔清〕阮元校刻：《十三經注疏》（北京市：中華書局，1980年），
　　頁223。

47　《尚書正義》，見〔清〕阮元校刻：《十三經注疏》（北京市：中華書局，1980年），
　　頁177。

48　〔西漢〕賈誼著，王洲明、徐超校注：《賈誼集校注》（北京市：人民文學出版社，
　　1996年），頁427。

切。他指出此舉是「擅仇人足以危漢之資」,「假賊兵為虎翼者也」,
必然危及君王性命及國家安全。最後,賈誼曰:「願陛下少留計!」[49]
簡直是在懇求,恨不能拽住君王以阻止他。其憂患意識表達得十分直
切。賈誼的〈諫鑄錢疏〉論當時朝廷鑄錢法令的弊端致使當時違禁之
民眾多,曰:「夫縣法以誘民,使入陷阱,孰積於此!曩禁鑄錢,死
罪積下;今公鑄錢,黥罪及下。為法若此,上何賴焉?」論百姓鑄錢
導致農事荒棄,曰:「善人怵而為姦邪,願民陷而之刑戮,刑戮將甚
不詳,奈何而忽!」論朝廷收銅布、民不鑄錢將有七福,曰:「今久
退七福而行博禍,臣誠傷之。」[50]作者的痛心及對官府的指責一泄無
遺。言辭間作者灌注的情感是不難體會的。司馬相如的〈諫獵書〉也
體現出憂患意識:「蓋明者遠見於未萌,而智者避危於無形」。[51]揚雄
〈上書諫哀帝勿許匈奴朝〉亦云:「夫明者視於無形,聰者聽於無
聲,誠先於未然」,「唯陛下少留意於未亂未戰,以遏邊萌之禍」。[52]他
們都以防患於未然為宗旨勸阻帝王。

　　三、語言多鋪陳排比。這種語言風格,〈無逸〉已見端倪。文章
講殷王中宗、高宗和祖甲三人,每段都以「其在某某」開頭,以「肆
某某之享國某某年」結尾,顯示出對整齊和排比的有意追求。李斯和
賈誼的文章這方面更加突出。雖然李斯和賈誼這種文風與戰國說辭有
著更切近的關係,溯其源,卻不能不至於〈無逸〉。

49 王洲明、徐超校注:《賈誼集校注》(北京市:人民文學出版社,1996年),頁445。

50 本段所引〈諫鑄錢疏〉分別出自王洲明、徐超校注:《賈誼集校注》(北京市:人民
　　文學出版社,1996年),頁443、頁444。

51 〔漢〕司馬相如著,朱一清、孫以昭校注:《司馬相如集校注》(北京市:人民文學
　　出版社,1996年),頁96。

52 〔漢〕揚雄著、張震澤校注:《揚雄集校注》(上海市:上海古籍出版社,1993
　　年),頁288。

　　此外，〈伊訓〉和〈無逸〉與枚乘〈七發〉還有思想上的源流關係。[53]

　　〈七發〉寫吳太子病，客陳七事以啟發太子。其中音樂、美味、騎馬、遊觀、射獵、觀濤六事都屬於感官享受，而最後令太子病癒的，是請有資略的方術之士，「使之論天下之釋微，理萬物之是非」。[54]枚乘寫出了物質享樂與精神追求、耳目世俗之欲與要言妙道之間的矛盾及選擇。此後，多有作品模仿〈七發〉，形成七體。[55]

　　從內容看，〈七發〉實是一篇訓辭。客指出吳太子的病因是「久耽安樂，日夜無極」。[56]吳太子因為追求感觀享樂而生病，再以致病之因去治病，自然不可能奏效。客對吳太子進行了一番開導，談到有害健康的生活方式：「縱耳目之欲，恣支體之安者，傷血脈之和。且夫出輿入輦，命曰蹶痿之機；洞房清宮，命曰寒熱之媒；皓齒娥眉，命曰伐性之斧；甘脆肥膿，命曰腐腸之藥。」[57]《文選》注意到這一段

53　前賢對於〈七發〉淵源所自多有議論。章學誠《文史通義》〈詩教上〉：「孟子問齊王之大欲，歷舉輕暖肥甘，聲音彩色，《七林》之所啟也；而或以為創之枚乘，忘其祖矣。」（章學誠：《文史通義》〔北京市：中華書局，1994年〕，頁62）范文瀾認為：「詳觀〈七發〉體構，實與〈大招〉符合，與其謂為學《孟子》，無寧謂其變〈大招〉而成也。」（范文瀾：《文心雕龍注》〔北京市：人民文學出版社，1958年〕，頁258）李炳海先生認為：「〈七發〉在體制上沿襲《楚辭》的〈招魂〉和〈大招〉，都是大肆鋪排飲食之盛、歌舞之樂、女色之美、以及宮室遊觀鳥獸之事。」（聶石樵、李炳海主編：《中國文學史》〔北京市：高等教育出版社，1999年〕，卷1，頁187）

54　《文選》（上海市：上海古籍出版社，1986年），卷34，頁1573。

55　後來的模仿之作，按照內容可以分成兩種類型：一是如〈七發〉，借問疾而諷勸；一是如張衡〈七辯〉，討論的是對於仕隱的選擇。後者與《尚書》無關。關於七體辭賦的特點，可參見王連儒〈枚乘〈七發〉與「七辭」文體的運用〉一文，載《中國典籍與文化》，2000年第4期。

56　《文選》（上海市：上海古籍出版社，1986年），卷34，頁1559、頁1560。

57　《文選》（上海市：上海古籍出版社，1986年），頁1560-1561。

與《呂氏春秋》〈本生〉文辭上的類同。《呂氏春秋》〈本生〉文曰：「出則以車，入則以輦，務以自佚，命之曰招蹶之機。肥肉厚酒，務以自強，命之曰爛腸之食。靡曼皓齒，鄭、衛之音，務以自樂，命之曰伐性之斧。」[58]它們講的都是過度貪求安樂，就會走向反面，不僅無益健康，反而將戕害生命。

其實，不僅《呂氏春秋》有這種思想的表述，《老子》、《莊子》、《文子》、《淮南子》都講述了同樣的道理，只是具體的說法不同而已。[59]從文章辭句的表述方面考察，〈七發〉這段話的確源於《呂氏春秋》，可是，如果從〈七發〉全文表達的思想方面考察，將會上溯得更遠。〈七發〉中客之所言雖然只是針對個人的身體健康，與國家大事無關，但所勸內容卻可以在《尚書》中找到表述。〈伊訓〉和〈無

---

58 《呂氏春秋》，見《諸子集成》（北京市：中華書局，1954年），冊6，頁5。

59 《老子》第十二章云：「五色令人目盲，五音令人耳聾，五味令人口爽，馳騁畋獵令人心發狂。難得之貨令人行妨。是以聖人為腹不為目，故去彼取此。」第五十章：「人之生動之死地亦十有三。夫何故？以其生生之厚。」（王弼：《老子注》，見《諸子集成》〔北京市：中華書局，1954年〕，冊3，頁6、頁30）《莊子》〈天地〉：「且夫失性有五：一曰五色亂目，使目不明；二曰五聲亂耳，使耳不聰；三曰五臭薰鼻，困惾中顙；四曰五味濁口，使口厲爽；五曰趣舍滑心，使性飛揚。此五者，皆生之害也。」（王先謙：《莊子集解》，見《諸子集成》〔北京市：中華書局，1954年〕，冊3，頁79）《文子》〈九守〉：「故其出彌遠者其知彌少，以言精神不可使外淫也。故五色亂目，使目不明。五音入耳，使耳不聰。五味亂口，使口生創。趣舍滑心，使行飛揚。故嗜欲使人氣淫，好憎使人精勞，不疾去之，則志氣日耗。夫人所以不能終其天年者，以生生之厚。」（王利器：《文子疏義》〔北京市：中華書局，2000年〕，頁117）《淮南子》〈精神訓〉：「故曰：其出彌遠者其知彌少，以言夫精神之不可使外淫也。是故五色亂目，使目不明。五音嘩耳，使耳不聰。五味亂口，使口爽傷。趣舍滑心，使行飛揚。此四者，天下之所養性也，然皆人累也。故曰：嗜欲者使人之氣越，而好憎者使人之心勞，弗疾去，則志氣日☐。夫人之所以不能終其壽命而中道夭於刑戮者，何也？以其生生之厚。」（《淮南子》，見《諸子集成》〔北京市：中華書局，1954年〕，冊7，頁101）這些講的都是耽迷於享樂則將走向毀滅的道理。

逸〉都表達了要求君主不要沉溺於享樂的思想。〈伊訓〉寫伊尹以商湯所云「三風十愆」告誡太甲:「敢有恆舞於宮,酣歌於室,時謂巫風。敢有殉於貨色,恒於游畋,時謂淫風。敢有侮聖言,逆忠直,遠耆德,比頑童,時謂亂風。惟茲三風十愆,卿士有一於身,家必喪,邦君有一於身,國必亡。」[60]〈無逸〉云:「無淫於觀、於逸、於游、於田」,「無若殷王受之迷亂,酗於酒德哉!」[61]如果說〈伊訓〉是古文,有偽造之嫌,那麼〈無逸〉的真實性當無疑問。伊尹、周公告誡君王的幾項內容,也正是〈七發〉所否定的。只不過在寫法上,〈無逸〉重正面引導,〈七發〉恰恰相反,枚乘以文學的方式進行勸導,對那些加以否定的對象極力渲染、誇張和鋪排,對於所要肯定的「要言妙道」卻是點到為止,再加上〈七發〉辭采飛揚,與〈伊訓〉和《尚書》的古樸質直大異其趣,所以,〈七發〉思想上與《尚書》潛存的聯繫,一直為人們所忽略。此外,〈無逸〉以「周公曰」為標誌共分七段,而客說吳太子也以七事,數目上竟有一個巧合。當然這並不意味著枚乘一定是受《尚書》影響寫成,這裏只想說明〈七發〉與〈無逸〉在思想主導方面的一致,〈七發〉的精神早在周代就已有明確表述。

綜觀《尚書》《逸周書》《周禮》《淮南子》與《史》《漢》書志,訓體文經歷了一個由說明到議論的轉變過程。這個轉變在《尚書》中已經基本完成。訓的基本義是解說,由此而來,〈高宗肜曰〉〈洪範〉〈禹貢〉重在解說,當是訓體文的初始形態。然而,由於論與說本身十分接近,不同處在於論側重闡明較抽象的理,主觀色彩濃些;而說

---

60 《尚書正義》,見〔清〕阮元校刻:《十三經注疏》(北京市:中華書局,1980年),頁163。

61 《尚書正義》,見〔清〕阮元校刻:《十三經注疏》(北京市:中華書局,1980年),頁222。

往往側重說明事物的性質、情況、功用等，客觀色彩較濃。[62]但是，
當說的題目是人文範疇的事物時，它與論的差別實在微乎其微。如
《史記》的《禮書》、《樂書》，《漢書》的〈禮樂志〉對於禮樂性質功
能的闡述，既是論，也是說。〈伊訓〉和〈無逸〉等重在論理，這類
政論文，應當是晚於重解說的訓體文的。儘管考其源，當是說明文在
前，論理文在後，可是後來文體的發展呈現出說明和論述並存的情
形。《周禮》是典型的說明文體例，《淮南子》是說明與論理並存，
《史》、《漢》書志則是說明與論述大多融合在同一個文本之中，有時
說明占主體，有時論述占主體，形態多樣。由於說與論的相近，所以
後來人們往往合稱為論說文，可以說，訓是論說文文體的早期形態。

---

62 論與說在晉和南北朝時被視為兩種文體。但是當時所說的「說」，指的是遊說之
辭，與本章所指的說明文不同。如陸機〈文賦〉：「論精微而朗暢，說煒曄而譎
誑。」(《文選》〔上海市：上海古籍出版社，1986年〕，卷17，頁766)《文心雕龍·論
說》：「述經敘理曰論。」「詳觀論體，條流多品：陳政，則與議說合契；釋經，則
與傳注參體；辨史，則與贊評齊行；銓文，則與敘引共紀。」「論也者，彌綸群
言，而研精一理者也。」「說者，悅也，兌為口舌，故言資悅懌。」「凡說之樞要，
必使時利而義貞；進有契於成務，退無阻於榮身。自非譎敵，則唯忠與信。披肝膽
以獻主，飛文敏以濟辭，此說之本也。」(范文瀾：《文心雕龍注》〔北京市：人民
文學出版社，1958年〕，頁326、頁327、頁328、頁329。)

第六章
文學觀念與文體的生成
—— 以春秋辭令為例

　　春秋辭令歷來為人激賞。春秋辭令包含大量的文學因素，前人對此所論甚多。本章要討論的不是春秋辭令本身的文學特徵，而是試圖從文學觀念與文體生成的角度探析春秋時代何以產生那麼豐富、卓絕的辭令。春秋時期的言辭觀念，可以從當時對「言」「辭」「文」的論說當中知其大概。《左傳》和《國語》載錄了一些春秋時代人們對「言」「辭」和「文」三者的談論，筆者想透過這些論說，考察當時有關言說藝術的觀念以及這些觀念與辭令之間的關係。

第一節　引「言」與「立言」：重「言」觀念

　　《左傳》中多有引用古人之言以加強說服力的例子。引用《詩》、《書》之類，已有大量論說，茲不贅述。這裏僅專指引用時確稱古人之言之例。有三種情況：第一，泛稱「古人之言」、「先民有言」，計有八例[1]；第二，引具體古人之言，計有引湯時左相仲虺之言

---

[1] 子文聞其死也，曰：「古人有言曰：『知臣莫若君』，弗可改也已。」（〈僖公七年〉）

　（趙宣子）曰：「……古人有言曰：『畏首畏尾，身其餘幾？』又曰：『鹿死不擇音。』……」（〈文公十七年〉）

　傳十五年，伯宗曰：「不可。古人有言曰：『雖鞭之長，不及馬腹。』……」（〈宣公十五年〉）

　韓厥辭，曰：「……古人有言曰：『殺老牛，莫之敢屍。』而況君乎……」（〈成公十七年〉）

三條、周大夫周任之言兩條、周武王時大史史佚之言六條[2]；第三，引用時代相近賢哲之言，計有引魯臧文仲之言兩條、魯臧武仲之言一條、晉子犯之言一條、晉叔嚮之言一條。[3]

　　無論是引古人之言，還是引前賢或時賢之言，目的大體相同，都是要加強言說的說服力，都表現出對「言」的重視。

　　一方面，引他人之「言」以證實己說，勸說別人，這本身即是一種言說藝術。這比簡單地陳述個人觀點的言說方式，已經有很大的進步。另一方面，從所引之「言」本身的特點看，這些引「言」在語言形式上也有共同點，即大多為格言警句，舉數例臚列如下。

　　　　君子曰：「……周任有言曰：『為國家者，見惡如農夫之務去草焉，芟夷蘊崇之，絕其本根，勿使能殖，則善者信矣。』」[4]
　　　　（《左傳》〈隱公六年〉）
　　　　仲尼曰：「……周任有言曰：『為政者，不賞私勞，不罰私

范宣子逆之，問焉，曰：「古人有言曰：『死而不朽』，何謂也？」穆叔未對。（〈襄公二十四年〉）

公至，使讓大叔文子曰：「……古人有言曰：『非所怨，勿怨。』……」（〈襄公二十六年〉）

子產曰：「古人有言曰：『其父析薪，其子弗克負荷。……」（〈昭公七年〉）

上介芋尹蓋對曰：「……先民有言曰：『無穢虐士。』……」（〈哀公十五年〉）

2　除下頁正文引述的幾例，其它有：

　　子桑曰：「……史佚有言曰：『無始禍，無怙亂，無重怒。』……」（〈僖公十五年〉）

　　惠伯曰：「……史佚有言曰：『兄弟致美。』……」（〈文公十五年〉）

　　君子曰：「史佚所謂『毋怙亂』者，謂是也。」（〈宣公十二年〉）

　　晉季文子曰：「……史佚之志有之曰：『非我族類，其心必異。』……」（〈成公四年〉）

　　（後子）辭曰：「……史佚有言曰：『非羈，何忌？』……（〈昭公元年〉）

3　詳見下頁正文。

4　楊伯峻：《春秋左傳注》（北京市：中華書局，1990年，修訂本），冊1，頁50。

怨。』……」[5]（《左傳》〈昭公六年〉）

隨會曰：「……仲虺有言曰：『取亂、侮亡、兼弱也。』……」[6]
（《左傳》〈宣公十二年〉）

（中行獻子）對曰：「……史佚有言曰：『因重而撫之』，仲虺
有言曰：『亡者侮之，亂者取之。推亡、固存，國之道
也。』……」[7]（《左傳》〈襄公十四年〉）

子皮曰：「《仲虺之志》云：『亂者取之，亡者侮之。推亡、固
存，國之利也。……」[8]（《左傳》〈襄公三十年〉）

（襄仲）曰：「……臧文仲有言曰：『民主偷必死。』」[9]（《左
傳》〈文公十七年〉）

欒武子曰：「……先大夫子犯有言曰：『師直為壯，曲為
老。』……」[10]（《左傳》〈宣公十二年〉）

（孟僖子）曰：「臧孫紇有言曰：『聖人有明德者，若不當世，
其後必有達人。』」[11]（《左傳》〈昭公七年〉）

簡子曰：「止。叔向有言曰：『怙亂滅國者無後。』」[12]（《左
傳》〈哀公十七年〉）

以上數例所引言論，都是隻言片語，均非長篇大論，非常警策。這意
味著引用他人之言，隱含著對「言」的語言形式的選擇。他人之

5　楊伯峻：《春秋左傳注》（北京市：中華書局，1990年，修訂本），冊4，頁126。

6　楊伯峻：《春秋左傳注》（北京市：中華書局，1990年，修訂本），冊2，頁725。

7　楊伯峻：《春秋左傳注》（北京市：中華書局，1990年，修訂本），冊3，頁1019。

8　楊伯峻：《春秋左傳注》（北京市：中華書局，1990年，修訂本），冊3，頁1175。

9　楊伯峻：《春秋左傳注》（北京市：中華書局，1990年，修訂本），冊2，頁627。

10　楊伯峻：《春秋左傳注》（北京市：中華書局，1990年，修訂本），冊2，頁731。

11　楊伯峻：《春秋左傳注》（北京市：中華書局，1990年，修訂本），冊4，頁1296。

12　楊伯峻：《春秋左傳注》（北京市：中華書局，1990年，修訂本），冊4，頁1710。

「言」，可能是口頭流傳下來的，也可能是載於典籍，言說者通過閱讀得來。無論哪種形式，這種無意識的對語言形式的選擇，意味著對言說藝術的選擇。那些缺乏警策性的語言，被排除在外。

對「言」的重視，由來甚早。《詩》、《書》都有相關語句，《左傳》中也有引用。僖公九年，晉國因立君主而發生內亂，荀息死之。君子曰：「《詩》所謂『白圭之玷，尚可磨也；斯言之玷，不可為也。』荀息有焉。」[13]晉獻公病重時曾把兒子奚齊託付給荀息，荀息曾言：將竭力盡忠，「不濟，則以死繼之」。里克殺了奚齊，荀息未能死之，里克立卓子，復殺之，荀息死。因此，君子評論荀息並沒有踐行他先前之言。僖公二十七年，晉國選三軍元帥，趙衰推薦郤穀，曰：「郤穀可。臣亟聞其言矣，說《禮》、《樂》而敦《詩》、《書》。……《夏書》曰：『賦納以言，明試以功，車服以庸。』君其試之！」[14]趙衰說他聽過郤穀之言，因其言而可斷定郤穀足堪大任。荀息因沒有踐言而遭批評，郤穀因其言而得到推薦並得任三軍元帥。通過這些引用經典中的有關「言」的論說，足見引用者對「言」的態度。

這些對「言」的崇尚，引發出引他人之「言」的言說方式；還引發出對「立言」、立一己之言的追求。叔孫豹的「立言」之論廣為人知。《左傳》〈襄公二十四年〉載：

> 穆叔如晉，范宣子逆之，問焉，曰：「古人有言曰：『死而不朽』，何謂也？」穆叔未對。宣子曰：「昔丐之祖，自虞以上為陶唐氏，在夏為御龍氏，在商為豕韋氏，在周為唐杜氏，晉主夏盟為范氏，其是之謂乎！」穆叔曰：「以豹所聞，此之謂世

---

13 楊伯峻：《春秋左傳注》（北京市：中華書局，1990年，修訂本），冊1，頁330。
14 楊伯峻：《春秋左傳注》（北京市：中華書局，1990年，修訂本），冊1，頁445-446。

祿，非不朽也。魯有先大夫曰臧文仲，既沒，其言立，其是之
謂乎！豹聞之：『大上有立德，其次有立功，其次有立言。』
雖久不廢，此之謂不朽。若夫保姓受氏，以守宗祊，世不絕
祀，無國無之。祿之大者，不可謂不朽。」[15]

「豹聞之」表明「立言」之說並非始自叔孫豹，後來的人們往往忽視
了這一點，把三不朽之說歸之於叔孫豹。這意味著以「立言」為人生
追求在春秋早期已經存在。唐劉知幾評《左傳》辭令云：「斯蓋當時
發言，形於翰墨，立名不朽，播於他邦。而丘明仍本其語，就加編
次。」[16]（《史通》〈申左〉）劉知幾所說，正是立言以不朽之說源起甚
早的一個佐證。成功地樹立立言典範的，是魯國的臧文仲，其言不僅
大量見載於《左傳》和《國語》，而且也被後人所傳述。

由追求「立言」引申出來的問題是，如何使言得以立，從而「不
朽」？這就不僅導向對言之內容的重視，也將引起對言之形式的重
視。這也預示著人們還將對言說本身的藝術將有更主動、更自覺的認
知和探索。

第二節　「辭不可以已」與「辭其何益」：兩種相反的言辭觀

關於春秋辭令之種種筆法，前人之述備矣。但對於當時人是如何
看待辭令的，辭令觀念與辭令之間是否有聯繫，還有討論的必要和
餘地。

---

15 楊伯峻：《春秋左傳注》（北京市：中華書局，1990年，修訂本），冊3，頁1087-1088。
16 〔唐〕劉知幾撰，〔清〕浦起龍通釋、呂思勉評、李永圻與張耕華導讀整理：《史通》
　　（上海市：上海古籍出版社，2008年），卷14，頁303。

　　《左傳》中關於辭令功能的論述並不鮮見。人們認為辭令具有強大的外交及政治功能。辭是正當的理由。辭令在很大程度上是為自己找尋正當的理由，由此便派生種種曲說修飾的言說手段。

　　辭，可以奉之以伐罪，辭之用大矣！《左傳》〈哀公二十三年〉載：晉荀瑤伐齊，將戰，長武子請卜。知伯曰：「君告於天子，而卜之以守龜於宗祧，吉矣，吾又何卜焉？且齊人取我英丘，君命瑤，非敢耀武也，治英丘也。以辭伐罪足矣，何必卜？」[17]知伯的意思是，我們有正當的理由，憑藉正當的理由討伐齊，必勝，不需要占卜。《國語》〈鄭語〉記周太史史伯對周桓公問，也有類似表述。史伯曰：「虢叔恃勢，鄶仲恃險，是皆有驕侈怠慢之心而加之以貪冒。君若以周難之故，寄孥與賄焉，不敢不許。周亂而弊，是驕而貪，必將背君。君若以成周之眾，奉辭伐罪，無不克矣。」[18]史伯建議桓公奉辭討伐虢叔與鄶仲。韋昭注曰：「桓公甚得周眾，奉直辭，伐有罪，故必勝也。」[19]

　　奉辭伐罪，最初的意思是出師者有正義的理由去討伐有罪者。後來則指出師者的宣戰辭極力表明自己是正義的一方，對方有罪。因為要極力證明自己的正義，於是有些辭令甚至歪曲事實，曲為己說。內容可取與否且不去管，但在語言表現方面，具有很高的藝術性。《左傳》中不乏這樣的例證。最著名的如成公十三年的呂相絕秦長篇辭令。晉屬公聯合齊、宋、魯、衛、鄭等多個國家，要討伐秦國。晉大夫呂相奉屬公之命在出師前寫作討伐秦國的辭令，宣稱一切罪責皆在

---

17 楊伯峻：《春秋左傳注》（北京市：中華書局，1990年，修訂本），冊4，頁1721。

18 上海師範大學古籍研究所校點：《國語》（上海市：上海古籍出版社，1988年），頁507。

19 上海師範大學古籍研究所校點：《國語》（上海市：上海古籍出版社，1988年），頁509。

秦。如果僅看呂相的辭令，讀者會真的以為秦國應當被討伐，但若認真考察呂相言辭的真實性，就會發現很多與事實相違，為辭而辭的內容。再如《國語》〈吳語〉：「吳王夫差既勝齊人於艾陵，乃使行人奚斯釋言於齊。」[20]韋昭注云：「奚斯，吳大夫。釋，解也。以言辭自解，歸非於齊。」[21]歸罪於對方的目的導引出對事實的修飾，對語言的反覆修飾。

不查明言辭之意，則將招致大禍。《左傳》〈隱公十一年〉載：「鄭息有違言，息侯伐鄭。鄭伯與戰於竟，息師大敗而還。君子是以知息之將亡也。不度德，不量力，不親親，不徵辭，不察有罪。犯五不韙，而以伐人，其喪師也，不亦宜乎？」[22]不徵辭，謂不審明鄭國與息國言語失和之實，這是息國將亡的五條過錯之一。能查明兩國辭令往來的本意，辨明是非，關乎國家興亡。可不慎辭歟！

對辭直、辭順之人，不得冒犯。《左傳》〈昭公九年〉載，周甘人與晉閻嘉爭閻田。晉梁丙、張趯率陰戎伐潁。王使詹桓伯辭於晉。叔向謂宣子曰：「文之伯也，豈能改物？翼戴天子，而加之以共。自文以來，世有衰德，而暴滅宗周，以宣示其侈；諸侯之貳，不亦宜乎？且王辭直，子其圖之。」[23]叔向評論周史詹桓伯對晉的辭令，認為「辭直」，即有理。對於有理之辭，不可違背。趙宣子採納了叔向的意見，主動向周天子修好。《左傳》〈文公十四年〉載，晉趙盾以諸侯之師八百乘納捷菑於邾。邾人辭曰：「齊出貜且長。」宣子曰：「辭

---

20 上海師範大學古籍研究所校點：《國語》（上海市：上海古籍出版社，1988年），頁600。

21 上海師範大學古籍研究所校點：《國語》（上海市：上海古籍出版社，1988年），頁600。

22 楊伯峻：《春秋左傳注》（北京市：中華書局，1990年，修訂本），冊1，頁78。

23 楊伯峻：《春秋左傳注》（北京市：中華書局，1990年，修訂本），冊4，頁1309-1310。

順,而弗從,不祥。」[24]乃還。邾是小國,因為言辭得當而得到大國晉的尊重,得立齊女所生之子為國君。辭之功用,不可小覷。叔向和趙盾的行動,源於對對方言辭的判斷,對方辭直、辭順,就不可輕舉妄動。

言辭可以知物。《左傳》還有對辭令的風格進行較全面把握及評論的談說。昭公元年,楚、晉、齊、宋、陳、蔡、鄭等國卿大夫在虢地會見,結盟。晉國的叔孫豹、鄭國的子皮、蔡國的子家、楚國的伯州犁、鄭國的子羽、齊國的國子、陳國的公子招、衛國的齊子、宋國的合左師向戌、晉國的樂王鮒等人,在盟會儀式上,針對楚國公子圍用國君的服飾和儀仗,有一番言辭議論。[25]議論之後,鄭國的子羽又對子皮評議眾人的言辭。

> 子羽謂子皮曰:「叔孫絞而婉,宋左師簡而禮,樂王鮒字而敬,子皮與子家持之,皆保世之主也。齊、衛、陳大夫其不免乎!國子代人憂,子招樂憂,齊子雖憂弗害,夫弗及而憂,與可憂而樂,與憂而弗害,皆取憂之道也,憂必及之。〈大誓〉曰:『民之所欲,天必從之。』三大夫兆憂,憂能無至乎?言以知物,其是之謂矣。」[26]

---

24 楊伯峻:《春秋左傳注》(北京市:中華書局,1990年,修訂本),冊2,頁604。

25 昭公元年。三月甲辰,盟。楚公子圍設服離衛。叔孫穆子曰:「楚公子美矣,君哉!」鄭子皮曰:「二執戈者前矣。」蔡子家曰:「蒲宮有前,不亦可乎?」楚伯州犁曰:「此行也,辭而假之寡君。」鄭行人揮曰:「假不反矣。」伯州犁曰:「子姑憂子皙之欲背誕也。」子羽曰:「當璧猶在,假而不反,子其無憂乎?」齊國子曰:「吾代二子愍矣。」陳公子招曰:「不憂何成?二子樂矣。」衛齊子曰:「苟或知之,雖憂何害?」宋合左師曰:「大國令,小國共,吾知共而已。」晉樂王鮒曰:「〈小旻〉之卒章善矣,吾從之。」(楊伯峻:《春秋左傳注》〔北京市:中華書局,1990年,修訂本〕,冊4,頁1202-1204)

26 楊伯峻:《春秋左傳注》(北京市:中華書局,1990年,修訂本),冊4,頁1204。

　　鄭國的行人子羽評論魯國的叔孫豹言辭恰切而委婉，宋國的合左師言辭簡明而合於禮儀，晉國的樂王鮒自愛而恭敬，鄭國的子皮和蔡國的子家，言辭沒有譏切之意，是持中之論。這些言辭得當者，都可以保持幾代爵祿。齊國、衛國和陳國的大夫，言辭中替人擔憂，卻不為自己憂慮，這樣會招來憂患。可見，通過分析言辭可以瞭解事情，可以預見事情的發展。言辭得體，可以保持爵祿，否則將不免於禍難。

　　對辭令重要性的論述，最經典的是叔向的幾句話。《左傳》〈襄公三十一年〉載，鄭子產陪鄭簡公往晉國，晉國不肯接見，子產令人毀壞晉國賓館的圍牆，車馬停駐在院內。晉方指責子產，子產陳辭，講述毀壞圍牆的理由，之後，晉侯見鄭伯，有加禮，厚其宴好而歸之。乃築諸侯之館。

> 　　叔向曰：「辭之不可以已也如是夫！子產有辭，諸侯賴之，若之何其釋辭也？《詩》曰：『辭之輯矣，民之協矣；辭之繹矣，民之莫矣。』其知之矣。」[27]

　　叔向稱讚子產辭令得當，取得很好的效果，不僅為鄭簡公贏得大國晉的尊重，其它諸侯也因素產之辭而受益。辭令是如此重要，絕對不可以放棄。

　　春秋時期還存在與「辭之不可以已」這類辭令觀不同的聲音。魯國的展禽就不認為辭令有多麼大的功用。魯僖公二十六年，齊孝公伐魯，魯展喜受命於展禽去犒師，展喜的犒師辭是《左傳》中很著名的一段辭令。《左傳》簡單地敘述事件，然後就進入對辭令的載錄。《國語》〈魯語上〉也載錄了這件事及展喜的辭令。下面將二者分段列表比較如下。

---

27 楊伯峻：《春秋左傳注》（北京市：中華書局，1990年，修訂本），冊3，頁1189。

《左傳》〈僖公二十六年〉	《國語》〈魯語上〉
夏，齊孝公伐我北鄙，衛人伐齊，洮之盟故也。公使展喜犒師，使受命於展禽。	齊孝公來伐魯，臧文仲欲以辭告病焉，問於展禽。對曰：「獲聞之，處大教小，處小事大，所以御亂也，不聞以辭。若為小而崇，以怒大國，使加己亂，亂在前矣，辭其何益？」文仲曰：「國急矣！百物唯其可者，將無不趨也。願以子之辭行賂焉，共可賂乎？」
齊侯未入竟，展喜從之，曰：「寡君聞君親舉玉趾，將辱於敝邑，使下臣犒執事。」	展禽使展喜以膏沐犒師，曰：「寡君不佞，不能事疆場之司，使君盛怒，以暴露於敝邑之野，敢犒輿師。」
齊侯曰：「魯人恐乎？」對曰：「小人恐矣，君子則否。」齊侯曰：「室如縣罄，野無青草，何恃而不恐？」對曰：「恃先王之命。昔周公、大公股肱周室，夾輔成王。成王勞之，而賜之盟，曰：『世世子孫無相害也！』載在盟府，大師職之。	齊侯見使者曰：「魯國恐乎？」對曰：「小人恐矣，君子則不。」公曰：「室如縣罄，野無青草，何恃而不恐？」對曰：「恃二先君之所職業。昔者成王命我先君周文公及齊先君大公曰：『女股肱周室，以夾輔先王。賜女土地，質之以犧牲，世世子孫無相害也。』
桓公是以糾合諸侯而謀其不協，彌縫其闕而匡救其災，昭舊職也。及君即位，諸侯之望曰：『其率桓之功！』我敝邑用不敢保聚，曰：『豈其嗣世九年，而棄命廢職？其若先君何？君必不然。』恃此以不恐。」[28]	君今來討敝邑之罪，其亦使聽從而釋之，必不泯其社稷；豈其貪壤地，而棄先王之命？其何以鎮撫諸侯？恃此以不恐。」[29]

28 楊伯峻：《春秋左傳注》（北京市：中華書局，1990年，修訂本），冊1，頁439-440。

29 上海師範大學古籍研究所校點：《國語》（上海市：上海古籍出版社，1988年），頁159-160。

　　與《左傳》相比，《國語》多出一段臧文仲與展禽的對話。臧文仲打算以外交辭令應對齊孝公的來伐。但展禽回答：「處大教小，處小事大，所以御亂也，不聞以辭。若為小而崇，以怒大國，使加己亂，亂在前矣，辭其何益？」展禽認為辭令的作用是有限的，辭令不能承擔起抵禦齊國的任務。如果作為小國行為有問題，辭令是無濟於事的。即他認為關鍵在於國家的行為，而不在於外交辭令。而臧文仲的意見剛好相反，臧文仲認為可以通過外交辭令解決國家危難。最後，展禽派展喜去犒勞齊師。那麼展禽的辭令觀念，對展喜的辭令有無影響？

　　通過上表的對照，可以看出，《左傳》所錄辭令，要比《國語》所錄婉轉、綿密，《國語》所錄的辭令則質直、強硬得多。《左傳》中的展喜，語有敬詞，用代稱，把齊人的來伐說成是「君親舉玉趾」。《國語》則云：「寡君不佞，不能事疆場之司，使君盛怒，以暴露於敝邑之野」，說法直白多了，氣也更盛。《左傳》中展喜最後大講齊桓公當初如何施惠於諸侯，以此推斷，齊孝公怎麼可能廢棄其霸主應負的職責，去攻伐魯國呢？《國語》則直言齊人來討罪，想必不會因貪圖土地而廢棄王之舊命，若如此又怎麼可以鎮撫諸侯？《左傳》從正面說，語氣舒緩，綿裏藏針。《國語》則直接從反面說，簡直是當面質問。

　　《國語》載辭直白強硬，恰恰所載錄展禽的辭令觀是辭令無益於制亂。可否這樣說，因為展禽並不特別推重辭令的功能，受命於他的展喜也就沒有採取比較迂迴的言說方式，而是直截了當，與《左傳》辭令的委婉大異其趣。換言之，對辭令功用的看法影響了辭令的語言風格，影響了辭令的藝術表現。

第三節 以「文」論辭令：對辭令文學性的重視

　　春秋時期人們用「順」「直」「絞而婉」「簡而禮」「字而敬」之類的概念來評論辭令，但這些都是針對具體言辭而發，並不具備普泛意義。通讀《左傳》，會發現在春秋中後期，出現了一個新的談說辭令的概念──「文」。這個新的論辭概念的出現，具有普泛性、標誌性的意義，它標誌著人們對語言藝術的實際創造和運用達到了一個新的階段，也標誌著人們對語言藝術的認識有了進一步的發展。

　　《左傳》談論言辭，言、文並稱，或文、辭並稱的有如下幾處。

> 仲尼曰：「志有之：『言以足志，文以足言。』不言，誰知其志？言之無文，行而不遠。晉為伯，鄭入陳，非文辭不為功，慎辭哉！」[30]（〈襄公二十五年〉）
>
> 趙文子為政，令薄諸侯之幣，而重其禮。穆叔見之，謂穆叔曰：「自今以往，兵其少弭矣。齊崔、慶新得政，將求善於諸侯。武也知楚令尹。若敬行其禮，道之以文辭，以靖諸侯，兵可以弭。」[31]（〈襄公二十五年〉）
>
> 晉趙武至於宋，丙午，鄭良霄至。六月丁未朔，宋人享趙文子，叔向為介。司馬置折俎，禮也。仲尼使舉是禮也，以為多文辭。[32]（〈襄公二十七年〉）
>
> 北宮文子見令尹圍之威儀，言於衛侯曰：「……故君子在位可畏，施捨可愛，進退可度，周旋可則，容止可觀，作事可法，

---

30 楊伯峻：《春秋左傳注》（北京市：中華書局，1990年，修訂本），冊3，1106頁。

31 楊伯峻：《春秋左傳注》（北京市：中華書局，1990年，修訂本），冊3，頁1103。

32 楊伯峻：《春秋左傳注》（北京市：中華書局，1990年，修訂本），冊3，頁1129-1130。

德行可象，聲氣可樂；動作有文，言語有章，以臨其下，謂之
有威儀也。」[33]（〈襄公三十一年〉）
閔馬父聞子朝之辭，曰：「文辭以行禮也。子朝干景之命，遠
晉之大，以專其志，無禮甚矣，文辭何為？」[34]（〈昭公二十
六年〉）

　　數量不多，但值得重視。這些言論涉及兩個問題。
　　「文」與「言」的關係。孔子所引之《志》，有「文以足言」之
說，意謂文采可以完成言辭。換句話說，文采可以完成言辭本來要達
到的目的，文采對於言辭來說很重要。孔子又進一步論說，強調了
「文」對於「言」的重要性，尤其是對於言能否流傳久遠，能否不朽
的重要性。既然「文」對於「言」如此重要，那麼「慎辭」，就包含
應當特別重視「文」這方面的內容。也就是說，要特別重視語言的藝
術表現形式。如果說叔孫豹發揚的「立言」以不朽，更多還是側重於
內容，對藝術表現形式的重視還只是處於隱含狀態，孔子之說就把這
層意思凸顯出來了。「文」這個概念，在孔子那裏被發揚光大。《論
語》中有三十多處相關言論。舉其著者，如，子曰：「質勝文則野；
文勝質則史。文質彬彬，然後君子。」（《論語》〈雍也〉）要求「言
語」有章法、有文采，主此論者，不只孔子。衛國的北宮文子論威
儀，談到「動作有文，言語有章」，這兩句含有互文之意，包含「動
作有章，言語有文」的意思。「文」與「章」既可限定「動作」，也可
限定「言語」。對一個君子而言，對其言語的要求是要有章法、有條
理、有文采。這也清晰地表現出人們對言語修飾性的明確認識。

33　楊伯峻：《春秋左傳注》（北京市：中華書局，1990年，修訂本），冊3，頁1193-1195。
34　楊伯峻：《春秋左傳注》（北京市：中華書局，1990年，修訂本），冊4，頁1479。

「文」與「辭」的關係。第一,「文」是修飾「辭」的。「文辭」,意思是過分修飾、曲說之辭。襄公二十七年,宋國向戌主持諸侯弭兵大會,宋人享宴晉趙文子和叔向,記載當時言語的史料在孔子看來是「多文辭」。這類華而不實之辭,是不足取的。第二,「文」在「辭」前,有正面強調「文」的意思。襄公二十五年,趙文子所言「道之以文辭」,本來「辭」已含有講究語言藝術的言語這層意思,又特別加一「文」,在趙文子那裏,「文」並不是用來否定「辭」的,而是與楚國來往的外交辭令必須加以修飾。以辭相導,這辭,需要特別修飾、潤色,需要特別講究語言藝術。第三,「文」與「辭」並列,無限定關係。昭公二十六年,王子朝想做周王,使告於諸侯,有一篇較長的書面言辭。閔馬父聽說王子朝的告諸侯書,認為「文辭以行禮」,無禮,則「文辭」無益。閔馬父用「文辭」而不是「辭」,反映出對「辭」含有「文」特性的接受。

第四節 「擇言以教」與「能辭為寶」:言辭能力 的培養

春秋時期辭令的高度發達,除去當時政治上外交頻繁、有專門從業的行人之官外[35],在當時的教育中,有十分明確的言語能力的訓練。國子所學,除傳統六藝外,還包含具體的言語方面的內容。

---

35 《周禮》〈秋官〉〈司寇〉〈大行人〉:「大行人,掌大賓之禮,及大客之儀,以親諸侯。春朝諸侯而圖天下之事,秋覲以比邦國之功,夏宗以陳天下之謨,冬遇以協諸侯之慮,時會以發四方之禁,殷同以施天下之政。」(鄭玄注、賈公彥疏:《周禮注疏》,見〔清〕阮元校刻:《十三經注疏》〔北京市:中華書局,1980年〕,頁890)《周禮》〈秋官〉〈司寇〉〈小行人〉:「小行人,掌邦國賓客之禮籍,以待四方之使者。……凡四方之使者,大客則擯,小客則受其幣而聽其辭。」(《周禮注疏》,見〔清〕阮元校刻:《十三經注疏》〔北京市:中華書局,1980年〕,頁893)

　　建嘉言以教民。《左傳》〈文公六年〉載，秦伯任好卒，以子車氏之三子為殉。君子曰：「古之王者知命之不長，是以並建聖哲，樹之風聲，分之采物，著之話言，為之律度，陳之藝極，引之表儀，予之法制，告之訓典，教之防利，委之常秩，道之禮則，使毋失其土宜，眾隸賴之，而後即命。聖王同之。」[36] 這段君子評述中，「著之話言」，即作善言，這一行為與分采物、樹風聲、為律度、告訓典等教民的舉措並列，同為教化要道。

　　以嘉言教帝子。《左傳》〈文公十八年〉記魯季文子使大史克對昭公問，其中有一段曰：「顓頊氏有不才子，不可教訓，不知話言。告之則頑，舍之則嚚，傲很明德，以亂天常，天下之民謂之檮杌。」[37]「不可教訓，不知話言」的說法，反映出人們觀念中，當以善言教訓帝之子，而不能瞭解善言的，被視為不才之人，是有很大缺陷的。

　　國子所學，有專門的言語類教材及內容。《國語》〈楚語上〉記楚申叔時論教育國子，其中有「教之《語》，使明其德而知先王之務，用明德於民也。」[38]《語》，是嘉言的彙編，教材中有專門的善言集。國子學「言」，除了內容，是否還有對具體言說藝術的學習呢？《周禮》〈春官〉〈宗伯〉〈大司樂〉：「大司樂掌成均之法，以治建國之學政，而合國之子弟焉。……以樂語教國子，興、道、諷、誦、言、語。」[39] 以樂語教國子，鄭玄注云：「興者，以善物喻善事。道，讀曰導，導者，言古以剴今也。倍文曰諷，以聲節之曰誦。發端曰言，答

36　楊伯峻：《春秋左傳注》（北京市：中華書局，1990年，修訂本），冊2，頁547-549。

37　楊伯峻：《春秋左傳注》（北京市：中華書局，1990年，修訂本），冊2，頁639-640。

38　上海師範大學古籍研究所校點：《國語》（上海市：上海古籍出版社，1988年），頁528。

39　《周禮注疏》，見〔清〕阮元校刻：《十三經注疏》（北京市：中華書局，1980年），頁787。

述曰語。」[40]可以說，樂語，更多的是具體的言說方式和言說藝術。也就是說，諸侯、卿大夫之子，受到了比較系統的言說訓練。《國語》〈晉語九〉載，晉國大夫郵無恤勸趙簡子不要殺尹鐸，曰：「及景子長於公宮，未及教訓而嗣立矣，亦能纂修其身以受先業，無謗於國，順德以學子，擇言以教子，擇師保以相子。」[41]這幾句話談到了對卿大夫之子的教育。

從上述文獻看，卿大夫之子，熟習《詩》、《書》，嫻於《禮》、《樂》，受到言說藝術方面的訓練，這樣一些人物活躍在政治舞臺上，產生那麼多精美的辭令也就不足為怪了。

不僅卿大夫學習辭令藝術，在具體外交活動中，還對辭令反覆研究、潤色，辭令不僅是個人才智的顯現，有時還是集體智慧的結晶。《左傳》〈襄公三十一年〉記子產從政，擇能而使，「公孫揮能知四國之為，而辨於其大夫之族姓、班位、貴賤、能否，而又善為辭令。裨諶能謀，謀於野則獲，謀於邑則否。鄭國將有諸侯之事，子產乃問四國之為於子羽，且使多為辭令；與裨諶乘以適野，使謀可否；而告馮簡子使斷之。事成，乃授子大叔使行之，以應對賓客，是以鮮有敗事」。[42]《論語》〈憲問〉也有類似載錄。子曰：「為命，裨諶草創之，世叔討論之，行人子羽修飾之，東里子產潤色之。」[43]諸大夫行人精益求精地探討辭令藝術，試想這一場景，這種切磋商量，不僅是政治上的，更多是語言藝術方面的。

---

40 《周禮注疏》，見〔清〕阮元校刻：《十三經注疏》（北京市：中華書局，1980年），頁787。

41 上海師範大學古籍研究所校點：《國語》（上海市：上海古籍出版社，1988年），頁491。

42 楊伯峻：《春秋左傳注》（北京市：中華書局，1990年，修訂本），冊3，頁1191。

43 〔魏〕何晏集解、〔宋〕邢昺疏：《論語注疏》，見〔清〕阮元校刻：《十三經注疏》（北京市：中華書局，1980年），頁2510。

　　春秋中後期，對言語藝術的教育不止於卿大夫階層，孔子教育弟子的內容中，也包含談說之「文」。孔子教學有四科。子曰：「德行：顏淵、閔子騫、冉伯牛、仲弓；言語：宰我、子貢；政事：冉有、季路；文學：子游、子夏。」[44]（《論語》〈先進〉）子以四教：「文、行、忠、信。」[45]（《論語》〈述而〉）孔子非常重視言語的藝術，其弟子子貢就確實長於辭令，並在外交實踐中有出色表現。春秋辭令的豐富、卓異，不僅是實際政治需求的結果，也是重言、尚辭觀念的結果。

　　與重言、尚辭觀念及擇言以教的教育方式相關，產生了一大批能「辭」之人。《國語・楚語下》曰：「楚之所寶者，曰觀射父，能作訓辭，以行事於諸侯，使無以寡君為口實。」[46]觀射父因為長於辭令，能奔走於諸侯之間，被楚君視為國家之寶。這樣的能「辭」之寶，各國均有。著名者如周之王孫滿、魯之臧文仲、展喜、齊之國佐、晏嬰、宋之解揚、子魚、公子御說、晉之呂甥、呂相、鄭之燭之武、子羽、子產、公子騑、陳之芋蓋尹、衛之祝佗、楚之椒舉、屈完、秦之西乞術、吳之王孫苟、越之文種等。其中，鄭、魯、晉三國，尤重文教，從數量上看，能辭之人也遠遠多於他國。僅以魯國為例，舉其著者，就有眾仲、羽父、臧文仲、申需、曹劌、御孫、叔仲惠伯、仲孫、展喜、襄仲、臧宣叔、季文子、孔子、臧武仲、孟獻子、穆叔、厚成叔、臧紇、季武子、子叔聲伯、子服惠伯、申豐、杜泄、叔孫昭子、梓慎、子服景伯、子貢等人，蔚為大觀。

44　《論語注疏》，見〔清〕阮元校刻：《十三經注疏》（北京市：中華書局，1980年），頁2498。

45　《論語注疏》，見〔清〕阮元校刻：《十三經注疏》（北京市：中華書局，1980年），頁2483。

46　上海師範大學古籍研究所校點：《國語》（上海市：上海古籍出版社，1988年），頁580。

春秋時期人們重「言」崇「辭」，推重辭令的文學性，並且擇
「言」以教世子，以能「辭」為寶，這些觀念，極大地促進了辭令的
豐富多樣，促進了辭令文學色彩的發展。

第七章
經學闡釋與文體的生成
──以《春秋公羊傳》和《春秋繁露》為例

對於解經著作，人們通常從著述形式和思想史角度進行研究，從文體角度進行研究的極少。[1]對經典的解說，先秦已有口說流傳，至漢而極盛。漢代大量對經典的闡釋文本，其文體有著特殊性。其中，對《春秋》經的兩部公羊派早期闡釋著作《春秋公羊傳》和董仲舒的《春秋繁露》（前十七篇），文體迥異，其文體的生成與其經學闡釋方式直接相關。本章以這兩部經典闡釋著作為例探討經學闡釋與文體的生成之間的關係。

第一節　「辯而裁」與「博而切」：兩種相異的闡釋文體

晉范甯在〈春秋穀梁傳集解序〉中評三傳文風，稱「《公羊》辯而裁」[2]，這一評語，非常恰切地指出了《公羊傳》的文體特徵，即長於論理、體制嚴整。

《文心雕龍‧宗經》曰：「《春秋》辨理，一字見義。五石六鷁，

1　劉勰《文心雕龍》〈論說〉曰：「詳觀論體，條流多品。……釋經，則與傳注參體。」吳訥〈文章辨體序說〉和徐師曾〈文體明辨序說〉「說」條下也論及，文極簡單。

2　〔晉〕范甯注、〔唐〕楊士勳疏：《春秋穀梁傳注疏》，見〔清〕阮元校刻：《十三經注疏》（北京市：中華書局，1980年），頁2361。

以詳略成文；雉門兩觀，以先後顯旨。其婉章志晦，諒以邃矣。」[3]
說的其實就是《公羊傳》的文體風格。「五石六鷁」指的是僖公十六
年，《春秋》經曰：「春王正月戊申朔，隕石於宋五。是月，六鷁退飛
過宋都。」《公羊傳》解曰：「曷為先言隕而後言石？隕石記聞，聞其
磌然，視之則石，察之則五。是月者何？僅逮是月也。何以不日？晦
日也。晦則何以不言晦？《春秋》不書晦也。朔有事則書，晦雖有事
不書。曷為先言六而後言鷁？六鷁退飛，記見也，視之則六，察之則
鷁，徐而察之則退飛。五石六鷁何以書？記異也。外異不書，此何以
書？為王者之後記異也。」[4]

「雉門兩觀」事見於定公二年，《春秋》經曰：「春王正月。夏五
月壬辰，雉門及兩觀災。」《公羊傳》解曰：「其言雉門及兩觀災何？
兩觀微也。然則曷為不言雉門災及兩觀，主災者兩觀也。時災者兩
觀，則曷為後言之？不以微及大也。何以書？記災也。」[5]

《公羊傳》的闡釋體例都是如此。再引一例加以說明。《春秋》
經曰：「元年春王正月。」《公羊傳》解曰：「元年者何？君之始年
也。春者何？歲之始也。王者孰謂？謂文王也。曷為先言王而後言正
月？王正月也。何言乎王正月？大一統也。公何以不言即位？成公意
也。何成乎公之意？公將平國而反之桓。曷為反之桓？桓幼而貴，隱
長而卑，其為尊卑也微，國人莫知。隱長又賢，諸大夫扳隱而立之。
隱於是焉而辭立，則未知桓之將必得立也。且如桓立，則恐諸大夫之
不能相幼君也，故凡隱之立為桓立也。隱長又賢，何以不宜立？立嫡

---

3 范文瀾：《文心雕龍注》（北京市：人民文學出版社，1958年），頁22。

4 〔漢〕何休注、〔唐〕徐彥疏：《春秋公羊傳注疏》，見〔清〕阮元校刻：《十三經注
疏》（北京市：中華書局，1980年），頁2254-2255。

5 《春秋公羊傳注疏》，見〔清〕阮元校刻：《十三經注疏》（北京市：中華書局，1980
年），頁2335。

以長不以賢，立子以貴不以長。桓何以貴？母貴也。母貴則子何以貴？子以母貴，母以子貴。」[6]

很明顯，《公羊傳》的闡釋方式亦即文體形式是自問自答。問的特點有二：一、針對經文每一字、每一詞，逐字逐詞地提出問題；二、用引申法，由此問之答而及彼問，層層推演，逐漸由微言落實到大義。

《公羊傳》旨在解說經義，偶有對歷史事件的補充敘述，其敘事部分，體例也統一。多是採用「奈何」這樣的問句，然後領起下文的敘事。[7]從文體形式上看，《公羊傳》非常嚴整；其說理，簡而明晰。

董仲舒的《春秋繁露》共八十二篇，解說《春秋》經的集中在前十七篇。這十七篇文體有兩類。一類是包括問難形式的，有〈楚莊王〉〈玉杯〉〈竹林〉〈玉英〉〈精華〉五篇。其餘十二篇即另一類，不包括問難形式。第一類篇章的文體，表面看與《公羊傳》的問而後答似乎相近，實際上有很大區別。《公羊傳》的問答，帶有口頭傳授的特徵。據《春秋公羊傳注疏》徐彥疏引戴宏序：「子夏傳與公羊高，高傳與其子平，平傳與其子地，地傳與其子敢，敢傳與其子壽。至漢景帝時，壽乃其弟子齊人胡毋子都著於竹帛。」[8]這意味著《公羊

6　《春秋公羊傳注疏》，見〔清〕阮元校刻：《十三經注疏》（北京市：中華書局，1980年），頁2196-2197。

7　如桓公十一年《春秋》經曰：「秋七月，葬鄭莊公。九月，宋人執鄭祭仲。」《公羊傳》解曰：「祭仲者何？鄭相也。何以不名？賢也。何賢乎祭仲？以為知權也。其為知權奈何？古者鄭國處於留。先鄭伯有善於鄶公者，通乎夫人以取其國，而遷鄭焉，而野留。莊公死已葬，祭仲將往省於留，塗出於宋，宋人執之。謂之曰：『為我出忽而立突。』祭仲不從其言，則君必死，國必亡。從其言，則君可以生易死，國可以存易亡。少遼緩之，則突可故出，而忽可故反，是不可得則病，然後有鄭國。古人之有權者，祭仲之權是也。」（《春秋公羊傳注疏》，見〔清〕阮元校刻：《十三經注疏》〔北京市：中華書局，1980年〕，頁2220）

8　《春秋公羊傳注疏》，見〔清〕阮元校刻：《十三經注疏》（北京市：中華書局，1980年），頁2190。

傳》在先秦是以口頭傳授的方式而代代相傳的,至漢景帝時才錄為一書,成為書面文獻。這種從經的文辭出發自問自答、層層推演的形式,當是講解經書的初始形態,這種方式便於記誦與傳授,會起到良好的教學效果。董仲舒《春秋繁露》的創作宗旨不為施教,本為立說,施教之書與著述自然文體有別。

董仲舒之問,不同於公羊。董仲舒之問的背景,不是出於口頭傳授,而是出於諸家就經書大義相互問難的學術背景。[9]除論難的背景外,董仲舒解經之文出現的問難還與朝廷的策問取士制有相當的關聯。董仲舒自己有天人三策,乃對漢武帝之問而成。除對策,還有射策取士。《漢書》〈蕭望之傳〉載,師古曰:「射策者,謂為難問疑義書之於策,量其大小署為甲乙之科,列而置之,不使彰顯。有欲射者,隨其所取得而釋之,以知優劣。射之,言投射也。對策者,顯問以政事經義,令各對之,而觀其文辭定高下也。」[10]射策考察的是對答疑難的能力。據史載以射策而入仕途的也大有人在。

綜觀《春秋繁露》包含問難形式的五篇解經之文,其文體可謂駁雜。所謂駁雜,一是為體不純,無一定之例。其文體遠不及《公羊

9　在董仲舒之前,有齊詩學者轅固與黃生論難事。《史記》〈儒林傳〉稱「以治《詩》孝景時為博士,與黃生爭論景帝前。」二人爭論的問題是湯武是受命還是弒。董仲舒所當之世,有論難之事。《漢書》〈儒林傳〉:「瑕丘江公,受《穀梁春秋》及《詩》於魯申公,傳子至孫為博士。武帝時,江公與董仲舒並。仲舒通《五經》,能持論,善屬文。江公吶於口,上使與仲舒議,不如仲舒。而丞相公孫弘本為《公羊》學,比輯其議,卒用董生。於是上因尊《公羊》家,詔太子受《公羊春秋》,由是《公羊》大興。太子既通,復私問《穀梁》而善之。其後浸微,唯魯榮廣王孫、皓星公二人受焉。廣盡能傳其《詩》、《春秋》,高材捷敏,與《公羊》大師眭孟等論,數困之,故好學者頗復受《穀梁》。」公羊之立為官學,仰仗董仲舒一人「能持論」之力不少,穀梁之受學者重視,與榮廣之善論也有相當大的關係。董仲舒之後,圍繞經學的著名論難有宣帝時的石渠之議,元帝時五鹿充宗與朱雲就《易》學的論難,東漢明帝時的白虎觀之會。

10　《漢書》(北京市:中華書局,1962年),卷78,頁3272。

傳》謹嚴，以問難形式出現的解經散見於諸篇，換句話說，一篇之中並不是完全以同一體例寫成，僅舉〈楚莊王〉為例。此篇大體可分為四個部分。第一部分就《春秋》對楚莊王和楚靈王二人的稱謂所蘊涵的褒貶之義展開辯難。第二部分圍繞《春秋》所記晉伐鮮虞之事所體現的《春秋》大義展開。第三部分拋開了問難形式，徑論《春秋》分十二世為三等（有見、有聞、有傳聞）及《春秋》於三等之世所用之異辭。第四部分首先抬出「《春秋》之道，奉天而法古」[11]的論點，繼而圍繞這個大義展開問難。文章分四部分，有三部分用問難形式，一部分完全沒有問難形式。其它幾篇也是如此，問難形式沒有一以貫之，何種情況下用，也無規律可循。

二是文章幾部分之間很難找出邏輯聯繫，結構鬆散。仍以〈楚莊王〉為例。第一部分論的是「《春秋》之用辭，已明者去之，未明者著之。」[12]第二部分論的是「《春秋》尊禮而重信」。[13]第三部分論的是「《春秋》於所見之世微其辭」。第四部分論的是「《春秋》之道，奉天而法古」和「王者必改制」兩個問題。這四個部分之間是平行關係，各自獨立，互不相干。其它幾篇也基本都是這種論難相雜、題旨不一的拼盤式結構。

董仲舒解《春秋》，另一類不包括問難形式的十二篇，文體可謂博明而深切。每篇各有一中心論題，圍繞這個中心論題，有的多方論說，委曲詳盡，如〈王道〉之論《春秋》所記種種君之「細惡」，意在「反之王道」，洋洋灑灑，大量徵引了《春秋》所記之事，有九十餘條，最終表述崇君權、別貴賤的觀點。大多數篇章則圍繞論題，條分縷析，如〈二端〉論《春秋》至意——王者受命改正朔與災異說，

---

11 蘇輿撰、鍾哲點校：《春秋繁露義證》（北京市：中華書局，1992年），頁14。

12 蘇輿撰、鍾哲點校：《春秋繁露義證》（北京市：中華書局，1992年），頁4。

13 蘇輿撰、鍾哲點校：《春秋繁露義證》（北京市：中華書局，1992年），頁6。

〈十指〉論《春秋》為文的十個原則,〈正貫〉論《春秋》大義之六科,〈符瑞〉論受命改制之符。這些篇章結構都是開宗明義,提出命題,解說概念,不枝不蔓,深切明白,意達而辭止。

第二節 「依經以辨理」與「合經以立義」:先秦與漢初兩種經學闡釋方式

　　《公羊傳》與董仲舒《春秋繁露》兩種不同的文體,實則反映了先秦與漢初兩種不同的經學闡釋方式,反映了先秦經學與漢初經學的兩種學風。《公羊傳》自先秦即口口相傳,至漢初方著之竹帛,因此,它對經的解說,更多地保留了先秦經說的特點。《公羊傳》文體之嚴謹,簡而有法,應當也是尊崇經典意識的一種表現。

　　經學的發展,至董仲舒可謂一變,即脫離了依經以辨理的闡釋方式,一變而為合經以立義。董仲舒的《春秋》學一言以蔽之曰博貫之學。所謂博貫之學,董仲舒自己有明確的闡述。〈玉杯〉分析《春秋》對趙盾弑君之事的記載,曰:「故貫比而論是非,雖難悉得,其義一也。」「《春秋》赴問數百,應問數千,同留經中。翻援比類,以發其端。」[14] 意即比列同類相近之事,從中抽繹出道德、價值評判及書寫的各種原則。〈玉杯〉還有言曰:「是故論《春秋》者,合而通之,緣而求之,五其比,偶其類,覽其緒,屠其贅,是以人道浹而王法立。」[15] 〈精華〉曰:「今《春秋》之為學也,道往而明來者也。然而其辭體天之微,故難知也。弗能察,寂若無;能察之,無物不在。是故為《春秋》者,得一端而多連之,見一空而博貫之,則天下盡

---

14 蘇輿撰、鍾哲點校:《春秋繁露義證》(北京市:中華書局,1992年),頁40。
15 蘇輿撰、鍾哲點校:《春秋繁露義證》(北京市:中華書局,1992年),頁33。

矣。」[16]董仲舒在闡釋《春秋》時，多用「合而通之，緣而求之，五其比，偶其類」及「得一端而多連之，見一空而博貫之」的方法。他的闡釋方式與《公羊傳》最大的區別就在於，他是先總括所謂《春秋》之義、《春秋》之道、《春秋》用辭序辭之法，然後再舉《春秋》事例詳加闡發。他對《春秋》的特徵先下一個論斷，然後再根據這個論斷闡釋《春秋》大義之所在。至於他所說的《春秋》之義、《春秋》之道是如何得出的，我們看不到論證過程。即以上舉的這段話為例，董仲舒先說《春秋》之學的特徵是「道往而明來」，《春秋》之辭的特徵是「體天之微」。由這一《春秋》的總體特徵出發，所以治《春秋》者，要「得一端而多連之，見一空而博貫之」。由他所設定的前提推導出他的結論，這兩個步驟之間沒有問題。問題是，《春秋》之學「道往而明來」「體天之微」，董仲舒對《春秋》這一特徵的概括是從何得來的呢？《春秋繁露》這種合經以立義式的論斷隨處可見。下舉數例，以窺其學。

> 《春秋》之於世事也，善復古，譏易常，欲其法先王也。然而介以一言曰：「王者必改制。」（〈楚莊王〉）
>
> 《春秋》之法，以人隨君，以君隨天。……故屈民而伸君，屈君而伸天，《春秋》之大義也。（〈玉杯〉）
>
> 《春秋》之好微與？其貴志也。《春秋》修本末之義，達變故之應，通生死之志，遂人道之極者也。（〈玉杯〉）
>
> 《春秋》無通辭，從變而移。（〈竹林〉）
>
> 《春秋》之道，固有常有變，變用於變，常用於常，各止其科，非相妨也。（〈竹林〉）

---

16 蘇輿撰、鍾哲點校：《春秋繁露義證》（北京市：中華書局，1992年），頁96-97。

故說《春秋》者，無以平定之常義，疑變故之大則，義幾可論矣。(〈竹林〉)

《春秋》之序辭也，置王於春正之間，非曰上奉天施而下正人，然後可以為王也云爾。(〈竹林〉)

《春秋》有經禮，有變禮。(〈玉英〉)

《春秋》理百物，辨品類，別嫌微，修本末者也。(〈玉英〉)

故《春秋》之道，博而要，詳而反一也。(〈玉英〉)

《春秋》之書事也，詭其實以有避也。其書人時，易其名以有諱也。……然則說《春秋》者，入則詭辭，隨其委曲而後得之。(〈玉英〉)

《春秋》慎辭，謹於名倫等物者也。(〈精華〉)

《春秋》之聽獄也，必本其事而原其志。(〈精華〉)

《春秋》無達辭，從變從義而一以奉人。(〈精華〉)

《春秋》之義，臣不討賊，非臣也。子不復仇，非子也。(〈王道〉)

《春秋》至意有二端，不本二端之所從起，亦未可與論災異也，小大微著之分也。(〈二端〉)

仲尼之作《春秋》也，上探正天端王公之位，萬民之所欲，下明得失，起賢才，以待後聖。(〈俞序〉)[17]

　　董仲舒所論舉《春秋》大義、《春秋》序辭、孔子作《春秋》之宗旨等，多是從整部書著眼，而不是像《公羊傳》那樣就《春秋》所記每件事逐一闡釋，闡釋的順序是從字到句到事到義。董仲舒對《春

---

17 以上所引《春秋繁露》原文，均出自蘇輿撰、鍾哲點校：《春秋繁露義證》(北京市：中華書局，1992年)，頁15、頁31-32、頁39、頁46、頁53、頁55、頁62、頁74、頁76、頁80、頁82-83、頁85、頁92、頁95、頁117、頁155、頁159。

秋》進行整體觀照,《公羊傳》所做的是具體觀照。這一經學闡釋視角的根本區別,意味著董仲舒變「依經以辨理」為「合經以立義」。

　　《公羊傳》與《春秋繁露》對具體文辭的闡釋,也可以明顯看出二者闡釋思路的不同。以同是對《春秋》經隱公「元年春王正月」一句中「元」的解釋為例。《公羊傳》曰:「元年者何?君之始年也。」《公羊傳》的闡釋很簡單,沒有賦予「元」以任何深意。董仲舒的解說則大不然,詳見下面三篇。

　　〈王道〉曰:「《春秋》何貴乎元而言之?元者,始也,言本正也。道,王道也。王者,人之始也。王正則元氣和順、風雨時、景星見、黃龍下。王不正,則上變天,賊氣並見。」[18]

　　〈重政〉曰:「惟聖人能屬萬物於一而係之元也,終不及本所從來而承之,不能遂其功。是以《春秋》變一謂之元,元,猶原也。其義以隨天地終始也,故人惟有終始也而生,不必應四時之變,故元者,為萬物之本,而人之元在焉。安在乎?乃在乎天地之前。故人雖生天氣及奉天氣者,不得與天元本、天元命,而共違其所為也。故春正月者,承天地之所為也,繼天之所為而終之也,其道相與共功持業,安容言乃天地之元。天地之元,奚為於此,惡施於人,大其貫承意之理矣。」[19]

　　《春秋繁露》〈二端〉曰:「是故《春秋》之道,以元之深,正天之端,以天之端,正王之政,以王之政,正諸侯之即位,以諸侯之即位,正竟內之治,五者俱正,而化大行。」[20]

　　董仲舒賦予「元」以深意,斷下命題曰《春秋》貴乎元」,「惟聖人能屬萬物於一而係之元」,「《春秋》之道,以元之深,正天之

18　蘇輿撰、鍾哲點校:《春秋繁露義證》(北京市:中華書局,1992年),頁100-101。

19　蘇輿撰、鍾哲點校:《春秋繁露義證》(北京市:中華書局,1992年),頁147。

20　蘇輿撰、鍾哲點校:《春秋繁露義證》(北京市:中華書局,1992年),頁155-156。

端」，從這些已經與《春秋》脫節的前命題出發，再繼續引申出其它命題：正名，本正、王與上天元氣正變的關係，等等。《春秋繁露》之刻意求深與《公羊傳》之篤實簡明大相徑庭。

再以災異為例。《公羊傳》記異共有三十二條，言災共有二十條。綜觀這五十餘條有關災異的闡釋，基本上都是從書寫原則角度加以簡論，並無思想深意的引申。如隱公三年《春秋》經曰：「三年春王二月巳巳日有食之。」《公羊傳》解曰：「何以書？記異也。」[21]再無深意。記災如襄公《春秋》經曰：「九年春，宋火。」《公羊傳》解曰：「曷為或言災，或言火？大者曰災，小者曰火。然則內何以不言火？內不言火者，甚之也。何以書？記災也。外災不書，此何以書？為王者之後記災也。」[22]災與異的區別在《公羊》中表述得很清楚。定公元年《春秋》經曰：「冬十月，隕霜殺菽。」《公羊傳》解曰：「何以書？記異也。此災菽也。曷為以異書？異大乎災也。」[23]災小而異大。只有一條有些特別。宣公十五年《春秋》經曰：「冬，蝝生。」《公羊傳》解曰：「未有言蝝生者。此其言蝝生何？蝝生不書，此何以書？幸之也。幸之者何？猶曰受之云爾？受之云爾者何？上變古易常，應是而有天災，其諸則宜於此焉變矣。」[24]所謂「上變古易常，應是而有天災」，看上去與董仲舒的災異說相近，其實不然。《公羊傳》所說也不過是平實之理，所謂天災，自然災害也。天，不是有意志的人格神。

21　《春秋公羊傳注疏》，見〔清〕阮元校刻：《十三經注疏》（北京市：中華書局，1980年），頁2203。

22　《春秋公羊傳注疏》，見〔清〕阮元校刻：《十三經注疏》（北京市：中華書局，1980年），頁2303。

23　《春秋公羊傳注疏》，見〔清〕阮元校刻：《十三經注疏》（北京市：中華書局，1980年），頁2335。

24　《春秋公羊傳注疏》，見〔清〕阮元校刻：《十三經注疏》（北京市：中華書局，1980年），頁2287。

　　董仲舒對經有關災異的解說，將無深意的自然界之種種異相與人事的行為聯繫起來。〈王道〉：「周衰，天子微弱，……日為之食，星霣如雨，雨螽，沙鹿崩。夏大雨水，冬大雨雪，霣石於宋五，六鶂退飛。霣霜不殺草，李梅實。正月不雨，至於秋七月。地震，梁山崩，壅河，三日不流。晝晦。彗星見於東方，孛於大辰。鸜鵒來巢，《春秋》異之。以此見悖亂之征。」[25]《春秋》於日食、地震等現象只是記異爾，董仲舒一句「以此見悖亂之征」則把天象與人事緊密地聯繫在一起。不僅如此，在〈二端〉篇中他還進一步提出異像是天對人君的譴告，具有警示意義。其文曰：「故書日蝕、星隕、有蜮、……《春秋》異之，以此見悖亂之征……然而《春秋》舉之以為一端者，亦欲其省天譴，而畏天威，內動於心志，外見於事情，修身審己，明善心以反道者也。豈非貴微重始，慎終推效者哉！」[26]《春秋》本身並無天的概念，《公羊傳》解經也沒有提出天的概念，只有董仲舒才引進了天，把天作為人格神。《春秋繁露》解經從某種意義上說，並非意在發掘經典本身包含的意義，而是將其對政治宇宙的思考借助解經的方式傳達出來。

　　〈四庫全書總目〉評論宋代章沖撰《春秋左氏傳事類始末五卷》著作，曰：「《春秋》一書，經則比事屬辭，義多互發。傳文則或先經以始事，或後經以終義，或依經以辨理，或錯經以合異，絲牽繩貫，脈絡潛通。」[27]《公羊傳》對《春秋》的闡釋方式，正所謂「依經以辨理」，由《春秋繁露》觀董仲舒之春秋學，則或先經以始事，或後經以終義，或錯經以合異，而這些總括為「合經以立義」的特徵。

25 蘇輿撰、鍾哲點校：《春秋繁露義證》（北京市：中華書局，1992年），頁108。
26 蘇輿撰、鍾哲點校：《春秋繁露義證》（北京市：中華書局，1992年），頁156。
27 四庫全書研究所整理：《欽定四庫全書總目》（北京市：中華書局，1997年，整理本），卷49，頁675。

第三節 「義由例出」與「體由義出」：闡釋法引出 觀念與觀念生成闡釋法

《公羊傳》與《春秋繁露》兩部解經著作，其文體特點的生成與闡釋方式密不可分。分而言之，《公羊傳》的闡釋方式，也是其文體形式，在某種程度上引導出其經學思想。《春秋繁露》正相反，在某種意義上可以說，是其對經典的理解生成了其獨特的闡釋方法及文體。

《公羊傳》的闡釋方式對《春秋》所記史事逐條解釋，具體方式是逐字逐句地分析經文，注重同義字的辨析、注重辭序的安排，並往往由前一句的答引發出下一句的問。這種闡釋方式也即文體形式，有時會自然地引導出並非由主觀預設的思想。換言之，《公羊傳》的一些思想是如何匯出的？

按照《公羊傳》的闡釋體例，「大一統」思想是如何匯出的？隱公元年《春秋》經曰：「元年春王正月。」《公羊傳》解曰：「春者何？歲之始也。王者孰謂？謂文王也。曷為先言王而後言正月？王正月也。何言乎王正月？大一統也。」[28]《公羊傳》的解說順序是春天是什麼，王是誰。就詞序而言，為什麼王在前，正月在後。這個問題會引發出幾種回答，會引出幾種思想，有哪些解答的思路？第一種是純粹語法學的解釋。第二種是體例學的解釋，即以《春秋》全書記時體例進行解說。《春秋》記時體例是：紀年，別四時，有的事記月份，有的事用干支記日。所謂王，指的是周曆。第三種是政治學的解釋。為什麼王在前？引出的答案會是什麼呢？周代的政治體制是周天子在上，其下分封各諸侯國。王在前，幾乎沒有別的解答途徑，唯有

---

28 《春秋公羊傳注疏》，見〔清〕阮元校刻：《十三經注疏》（北京市：中華書局，1980年），頁2196。

尊崇周天子這一項意思可答。至於如何表述這層意思，《公羊傳》採用了「大一統」這樣的概念。

再如莊公四年《春秋》經曰：「紀侯大去其國。」《公羊傳》解曰：「大去者何？滅也。孰滅之？齊滅之。曷為不言齊滅之？為襄公諱也。《春秋》為賢者諱。何賢乎襄公？復讎也。何讎爾？遠祖也。哀公亨乎周，紀侯譖之。以襄公之為於此焉者，事祖禰之心盡矣。盡者何？襄公將復讎乎紀，卜之曰：『師喪分焉。寡人死之，不為不吉也。』遠祖者，幾世乎？九世矣。九世猶可以復讎乎？雖百世可也。」[29]

這段著名的復仇說是如何由文體形式被引導出來的呢？是由前面的幾問推演出來的。齊襄公不僅不是一代賢君，而且還有與其妹文姜私通並害死妹夫魯桓公的惡行。按照公羊傳的解釋體例，要找出他的「賢」，實在不易。剩下的只有將其滅紀國的行為與其九世祖與紀國先君的瓜葛聯繫起來，才能看出來。很可能由此產生了因為他要為九世祖復仇，所以《春秋》賢之並為之諱的解釋。其它如僖公十七年對《春秋》經曰「夏，滅項」的解說，引出善善惡惡之說[30]；成公十五年對「冬，十有一月，叔孫僑如會晉士燮、齊高無咎、宋華元、衛孫林父、鄭公子鰍、邾婁人會吳於鍾離」的解說，引出「《春秋》內其國而外諸夏，內諸夏而外夷狄」[31]的學說。

---

29 《春秋公羊傳注疏》，見〔清〕阮元校刻：《十三經注疏》（北京市：中華書局，1980年），頁2226。

30 僖公十七年《公羊傳》曰：「孰滅之？齊滅之。曷為不言齊滅之？為桓公諱也。《春秋》為賢者諱。此滅人之國，何賢爾？君子之惡惡也疾始，善善也樂終。桓公嘗有繼絕、存亡之功，故君子為之諱也。」（《春秋公羊傳注疏》，見〔清〕阮元校刻：《十三經注疏》〔北京市：中華書局，1980年〕，頁2255）。

31 （傳）曷為殊會吳？外吳也。曷為外也？《春秋》內其國而外諸夏，內諸夏而外夷狄。王者欲一乎天下，曷為以外內之辭言之？言自近者始也。（《春秋公羊傳注疏》，見〔清〕阮元校刻：《十三經注疏》〔北京市：中華書局，1980年〕，頁2297）。

　　《春秋繁露》解經，其文體之博與駁及切而明，實出自其知識背景與思想的兼通融匯。董仲舒的思想背景有儒、道、法、名、陰陽各家，其治經也兼通《詩》《易》。《春秋繁露》解經，多是從一個對《春秋》總括而出的命題出發，而不是從《春秋》經文本出發引導出命題。在本章的第二部分，已舉多例，茲不復贅。董仲舒常先言「《春秋》如何」，這個「《春秋》如何」有的是出自《公羊傳》，但大多數是董仲舒主觀預設的觀念。所舉經傳事例，只是為了說明其命題。董仲舒重在立一己之論，其意本不重析《春秋》之理。因此，由其思想觀念生成其闡釋方式，由其闡釋方式也就生成了其特殊的文體。

第八章
經學師受與文體的生成
——以西漢詔策為例

　　詔策，是西漢的一種重要文體。西漢二百餘年，保留下來的詔策文章數量頗豐。西漢帝王十分重視詔書的寫作，詔策多為自擬[1]，漢武帝還曾請司馬相如等文士為其潤飾給淮南王劉安的草稿。[2]對帝王的經學師受情況，史書多有記載。西漢詔策的內容、體制及風格，與帝王所受的經學教育有關。那麼，西漢帝王從師問學的具體情形如何？帝王接受經學教育的情況與詔策的內容體制有哪些關聯？這些是本章探討的問題。

第一節　帝王之師及其所受之學

　　西漢一代，自高祖至平帝，除呂后專政與王莽新朝外，共十一帝。西漢諸位帝王從師問學的情況，僅高祖和文帝二人之所學無所記載，其它皆於史有徵。西漢帝王所學見於史載的，是《詩》《書》《論語》《春秋》《禮》和《孝經》。詳見下表。

1　漢高祖要求太子自撰上疏，其〈手敕太子〉曰：「汝可勤學習，每上疏宜自書，勿使人也。」(《古文苑》，卷10) 某些詔策，古人即確認為帝王所自作。如《史記》〈三王世家〉載武帝策封齊王文，司馬貞《索隱》曰：「此封齊王策文也。又按《武帝集》，此三王策皆武帝手製。」

2　《漢書》〈淮南王傳〉：「武帝方好藝文，以安屬為諸父，辯博善為文辭，甚尊重之。每為報書及賜，常召司馬相如等，視草乃遣。」

帝王	從師問學	出處
惠帝	叔孫通	《漢書》〈百官公卿表〉:「博士叔孫通為奉常,三年徙為太子太傅。」[3]
	張良	《漢書》〈張良傳〉:「上謂:『子房雖疾,強臥傅太子』。是時叔孫通已為太傅,良行少傅事。」[4]
景帝	張相如、石奮	《漢書》〈萬石衛直周張傳〉:「(石)奮積功勞,孝文時官至太中大夫。無文學,恭謹,舉無與比。東陽侯張相如為太子太傅,免。選可為傅者,皆推奮為太子太傅。」[5]
	讀《老子》	《史記》〈外戚世家〉:「竇太后好黃帝、老子言,帝及太子諸竇不得不讀《黃帝》、《老子》,尊其術。」[6]
	晁錯,學申商刑名	《漢書》〈晁錯傳〉:「學申商刑名於軹張恢生所」,上書文帝:「皇太子所讀書多矣,而未深知術數者,不問書說也。……竊願陛下幸擇聖人之術可用今世者,以賜皇太子」,「上善之,於是拜錯為太子家令。以其辯得倖太子,太子家號曰『智囊』。」[7]
武帝	衛綰,請罷法家、縱橫家之言	《漢書》〈萬石衛直周張傳〉:「上(景帝)立膠東王為太子,召(衛)綰,拜為太子太傅。」[8]
		《漢書》〈武帝紀〉:「丞相(衛)綰奏:『所舉賢良,或治申、商、韓非、蘇秦、張儀之言,亂國政,請皆罷。』奏可。」[9]

3　《漢書》(北京市:中華書局,1962年),卷19下,頁747-748。
4　《漢書》(北京市:中華書局,1962年),卷40,頁2035。
5　《漢書》(北京市:中華書局,1962年),卷46,頁2193。
6　《史記》(北京市:人民文學出版社,1958年),卷49,頁1975。
7　《漢書》(北京市:中華書局,1962年),卷49,頁2276、頁2277-2278。
8　《漢書》(北京市:中華書局,1962年),卷46,頁2201。
9　《漢書》(北京市:中華書局,1962年),卷6,頁156。

（續上表）

帝王	從師問學	出處
武帝	王臧（治《詩》）	《漢書》〈儒林傳〉：「蘭陵王臧既從（申公）受《詩》，已通，事景帝為太子少傅，免去。」[10]
	向倪寬問《尚書》	《漢書》〈儒林傳〉：「歐陽生字和伯，千乘人也。事伏生，授倪寬。寬又受業孔安國，至御史大夫，自有傳。寬有俊材，初見武帝，語經學。上曰：『吾始以《尚書》為樸學，弗好，及聞寬說，可觀。』乃從寬問一篇。」[11]
	好《春秋公羊傳》	《漢書》〈儒林傳〉：「武帝時，江公與董仲舒並。仲舒通五經，能持論，善屬文。江公吶於口。上使與仲舒議，不如仲舒，而丞相公孫弘本為《公羊》學。比輯其議，卒用董生。於是，上因尊《公羊》家。詔（衛）太子受《公羊春秋》，由是《公羊》大興。」[12]
昭帝	蔡義，授《韓詩》	《史記》〈建元以來侯者年表〉：「蔡義，家在溫，故師受《韓詩》，為博士」。「入侍中，授昭帝《韓詩》，為御史大夫。」[13]
	韋賢，通《詩》、《禮》、《尚書》，授《詩》	《漢書》〈韋賢傳〉：「賢為人質樸少欲，篤志於學，兼通《禮》、《尚書》，以《詩》教授，號稱鄒魯大儒。徵為博士，給事中，進授昭帝《詩》，稍遷光祿大夫詹事，至大鴻臚。」[14]
	學《孝經》、《論語》、《尚書》	《漢書》〈昭帝紀〉：「詔曰：『朕以眇身獲保宗廟，戰戰慄栗，夙興夜寐。修古帝王之事，通《保傅

---

10 《漢書》（北京市：中華書局，1962年），卷88，頁3608。
11 《漢書》（北京市：中華書局，1962年），卷88，頁3603。
12 《漢書》（北京市：中華書局，1962年），卷88，頁3617。
13 《史記》（北京市：人民文學出版社，1958年），卷20，頁1062。
14 《漢書》（北京市：中華書局，1962年），卷73，頁3107。

（續上表）

帝王	從師問學	出處
		傳》、《孝經》、《論語》、《尚書》，未雲有明。……』」[15]
宣帝	東海澓中翁，授《詩》	《漢書》〈宣帝紀〉：「受《詩》於東海澓中翁，高材好學，然亦喜游俠，鬥雞走馬，具知閭里姦邪、吏治得失。」[16]
	學《論語》、《孝經》	《漢書》〈宣帝紀〉：「孝武皇帝曾孫病已，有詔掖庭養視，至今年十八，師受《詩》、《論語》、《孝經》……」[17]
	張賀，修文學經術	《漢書》〈宣帝紀〉：「及故掖庭張賀輔導朕躬，修文學經術，恩惠卓異，厥功茂焉。」[18]
	好《穀梁傳》	《漢書》〈儒林傳〉：「時（蔡）千秋為郎，召見，與公羊家並說，上（宣帝）善《穀梁》說。……上愍其學且絕，乃以千秋為郎中戶將，選郎十人從受。……乃召五經名儒太子太傅蕭望之等大議殿中，平《公羊》、《穀梁》同異，各以經處是非。……望之等十一人各以經誼對，多從《穀梁》。由是《穀梁》之學大盛。」[19]
元帝	夏侯勝、夏侯建、孔霸、歐陽地余、林尊、周堪，治《尚書》	《漢書》〈夏侯勝傳〉：「（夏侯）勝少孤，好學，從始昌受《尚書》及《洪範五行傳》，說災異。」「勝復為長信少府，遷太子太傅。受（宣帝）詔撰《尚書》、《論語說》，賜黃金百斤。」[20]

15 《漢書》（北京市：中華書局，1962年），卷7，頁223。

16 《漢書》（北京市：中華書局，1962年），卷8，頁237。

17 《漢書》（北京市：中華書局，1962年），卷8，頁238。

18 《漢書》（北京市：中華書局，1962年），卷8，頁257。

19 《漢書》（北京市：中華書局，1962年），卷88，頁3618。

20 《漢書》（北京市：中華書局，1962年），卷75，頁3155、頁3159。

（續上表）

帝王	從師問學	出處
元帝		《漢書》〈儒林傳〉：「（夏侯）建太子太傅，自有傳。由是《尚書》有大小夏侯之學。」[21] 《漢書》〈孔光傳〉：「（孔）霸亦治《尚書》，事太傅夏侯勝，昭帝末年為博士，宣帝時為太中大夫，以選授皇太子經，遷詹事，高密相。」[22] 《漢書》〈儒林傳〉：「（歐陽）高孫（歐陽）地餘長賓，以太子中庶子授太子，後為博士，論石渠。」[23] 《漢書》〈儒林傳〉：「林尊，字長賓，濟南人也。事歐陽高，為博士，論石渠。後至少府，太子太傅。」[24] 《漢書》〈儒林傳〉：「周堪字少卿，齊人也，與孔霸俱事大夏侯勝。霸為博士。（周）堪譯官令，論於石渠，經為最高，後為太子少傅，而孔霸以太中大夫授太子。」[25]
	丙吉， 治律令	《漢書》〈丙吉傳〉：「吉字少卿，魯國人也，治律令，為魯獄史。」「地節三年，立皇太子，（丙）吉為太子太傅。數月，遷御史大夫。」[26]
	張遊卿， 授《詩》	《漢書》〈儒林傳〉：「張生（張長安，字幼君，事王式，習《詩》）兄子游卿，為諫大夫，以《詩》授元帝。」[27]
	疏廣、疏受， 治《春秋》，	《漢書》〈疏廣傳〉：「疏廣，字仲翁，東海蘭陵人也。少好學，明《春秋》。」「地節三年，立皇太

---

21 《漢書》（北京市：中華書局，1962年），卷88，頁3604。
22 《漢書》（北京市：中華書局，1962年），卷81，頁3352。
23 《漢書》（北京市：中華書局，1962年），卷88，頁3603。
24 《漢書》（北京市：中華書局，1962年），卷88，頁3604。
25 《漢書》（北京市：中華書局，1962年），卷88，頁3604。
26 《漢書》（北京市：中華書局，1962年），卷74，頁3142、頁3144。
27 《漢書》（北京市：中華書局，1962年），卷88，頁3610。

（續上表）

帝王	從師問學	出處
元帝	授《論語》、《孝經》	子，選丙吉為太傅，廣為少傅。數月，吉遷御史大夫，廣徙為太傅。」 「廣兄子受，字公子，亦以賢良舉為太子家令。……頃之，拜受為少傅。」「父子（疏廣、疏受）並為師傅，朝廷以為榮。」「在位五歲，皇太子年十二，通《論語》、《孝經》。」[28]
	嚴彭祖，治《公羊春秋》	《漢書》〈儒林傳〉：「由是《公羊春秋》有顏、嚴之學。彭祖為宣帝博士，至河南、東郡太守。以高第入為左馮翊，遷太子太傅。」[29]
	蕭望之，治《詩》，授《論語》、《禮服》	《漢書》〈蕭望之傳〉：「好學，治《齊詩》，事同縣后倉且十年。以令詣太常受業，復事同學博士白奇，又從夏侯勝問《論語》、《禮服》，京師諸儒稱述焉。」「為太傅，以《論語》、《禮服》授皇太子。」[30]
成帝	韋玄成，治《詩》、《禮》、《論語》	《漢書》〈韋賢傳〉：「及元帝即位，以（韋）玄成為少府，遷太子太傅，至御史大夫。」[31] 《漢書》〈儒林傳〉：「韋賢治《詩》，事大江公及許生，又治《禮》，至丞相。傳子玄成。」[32] 《史記》〈張丞相列傳〉：「韋丞相玄成者，即前韋丞相子也。……其人少時好讀書，明於《詩》、《論語》。為吏至衛尉，徙為太子太傅。」[33]

28　《漢書》（北京市：中華書局，1962年），卷71，頁3039。

29　《漢書》（北京市：中華書局，1962年），卷88，頁3616。

30　《漢書》（北京市：中華書局，1962年），卷78，頁3271、頁3282。

31　《漢書》（北京市：中華書局，1962年），卷43，頁3113。

32　《漢書》（北京市：中華書局，1962年），卷88，頁3609。

33　《史記》（北京市：人民文學出版社，1958年），卷96，頁2688。

（續上表）

帝王	從師問學	出處
成帝	伏理， 習齊《詩》， 授《詩》	《後漢書》〈伏湛傳〉：「父理，為當世名儒，以《詩》授成帝，為高密太傅，別自名學。」[34]
	鄭寬中， 授《尚書》	《漢書》〈儒林傳〉載：張山拊事小夏侯建，為博士，授鄭寬中，「（鄭）寬中有雋材，以博士授太子」。[35] 《漢書》〈張禹傳〉：「初元中，立皇太子，而博士鄭寬中以《尚書》授太子。」[36]
	成帝 張禹， 授《論語》	《漢書》〈張禹傳〉：「初元中，……薦言禹善《論語》。詔令禹授太子《論語》。」「初，禹為（太子）師，以上難數對己問經，為《論語章句》獻之。」[37] 《漢書·敘傳》：「時上方鄉學，鄭寬中、張禹朝夕入說《尚書》、《論語》於金華殿中。」[38]
	匡衡， 治《詩》	《漢書》〈匡衡傳〉：「諸儒為之語曰：『無說《詩》，匡鼎來；匡說《詩》，解人頤。』」「上（元帝）說其言，遷衡為光祿大夫、太子少傅。」[39]
	黃霸， 學律令	《漢書》〈循吏傳〉：「（黃）霸少學律令，喜為吏。」「後數月，徵霸為太子太傅，遷御史大夫。」[40]

34　《後漢書》（北京市：中華書局，1965年），卷26，頁893。

35　《漢書》（北京市：中華書局，1962年），卷88，頁3605。

36　《漢書》（北京市：中華書局，1962年），卷81，頁3347、頁3352。

37　《漢書》（北京市：中華書局，1962年），卷81，頁3347、頁3352。

38　《漢書》（北京市：中華書局，1962年），卷100上，頁4198。

39　《漢書》（北京市：中華書局，1962年），卷81，頁3331、頁3338。

40　《漢書》（北京市：中華書局，1962年），卷89，頁3627、頁3632。

（續上表）

帝王	從師問學	出處
成帝	劉彭祖	《漢書》〈百官公卿表〉：「河南太守劉彭祖為左馮翊，二年遷為太子太傅。」[41]
	張譚	《漢書》〈馮奉世傳〉：「廉潔節儉，太子少傅張譚是也。其以少傅為御史大夫。」[42]
		《漢書》〈百官公卿表〉：「太子少傅張譚為御史大夫，三年坐選舉不實免。」[43]
	夏侯千秋，疑為成帝師，治《書》	《漢書》〈夏侯勝傳〉：「（夏侯）建子千秋，亦為少府、太子少傅。」[44]
哀帝	韋玄成、韋賞，授《詩》	《漢書》〈儒林傳〉：「玄成及兄子賞，以《詩》授哀帝。」[45]
	師丹，治《詩》	《漢書》〈師丹傳〉：「治《詩》，事匡衡。」「成帝末年，立定陶王為皇太子，以丹為太子太傅。」[46]
平帝	孔光（孔霸之子）、王莽	《漢書》〈匡張孔馬傳〉：「莽白太后：『帝幼少，宜置師傅。』徙光為帝太傅，……明年，徙為太師，而莽為太傅。」[47]

注：「治」，指帝師治學情況；「授」，史有明載帝師所傳授之學。

　　需要特別說明的是漢文帝。雖然史無明載其師受情況，但文帝並非如《漢書·儒林傳》所言「孝文本好刑名之言」[48]，他於儒學的傳承起過重要的作用。文帝在學術文化建設方面主要做了三件事：一、派

---

41 《漢書》（北京市：中華書局，1962年），卷19下，頁816。

42 《漢書》（北京市：中華書局，1962年），卷79，頁3302-3303。

43 《漢書》（北京市：中華書局，1962年），卷19下，頁822-823。

44 《漢書》（北京市：中華書局，1962年），卷75，頁3159。

45 《漢書》（北京市：中華書局，1962年），卷88，頁3609。

46 《漢書》（北京市：中華書局，1962年），卷86，頁3503。

47 《漢書》（北京市：中華書局，1962年），卷81，頁3362-3363。

48 《漢書》（北京市：中華書局，1962年），卷88，頁3592。

晁錯向伏生學習《尚書》[49]；二、使博士、諸生從六經中擇文作《王制》[50]；三、設置四經博士。[51]

　　文帝亦頗受儒學浸潤[52]，他非常賞識當時大儒賈誼。[53]文帝也曾熱衷於儒生所言的改曆、服色、巡狩、封禪諸事。[54]在文帝的詔策

---

49 《漢書・晁錯傳》：「孝文時天下亡治《尚書》者，獨聞齊有伏生，故秦博士，治《尚書》，年九十餘，老不可徵。乃詔太常，使人受之。太常遣錯受《尚書》。伏生所還，因上書稱說。詔以為太子舍人。門大夫，遷博士。」《漢書・楚元王傳》：「至孝文皇帝，始使掌故晁錯從伏生受《尚書》，《尚書》初出於屋壁，朽折散絕，今其書見在，時師傳讀而已。」

50 《史記・孝文本紀》：「而使博士諸生剌《六經》中作《王制》。」

51 《史記・儒林傳》：「韓嬰，燕人也，孝文時為博士。」《漢書・儒林傳》：「文帝時，聞申公為《詩》最精，以為博士。」《史記・封禪書》：「文帝乃召公孫臣，拜為博士，與諸生草改曆服色事。」《史記・孝文本紀》：「天子乃復召魯公孫臣，以為博士，申明土德事。」《漢書・楚元王傳》：「至孝文皇帝……《詩》始萌牙。天下眾書往往頗出，皆諸子傳說，猶廣立於學官，為置博士。」趙岐《孟子章句題辭》曰：「孝文皇欲廣遊學之路，《論語》、《孝經》、《孟子》、《爾雅》皆置博士。」

52 牟宗三、徐復觀都曾言文帝踐行儒術。牟宗三說：「若以今日視之，則文帝之玄默盡智，固亦儒者精神也。」（牟宗三：《歷史哲學》〔桂林市：廣西師範大學，2007年〕，頁217，詳見頁215-218所論）徐復觀說：「文帝雖好刑名，但已進一步受到儒家思想的影響。」（徐復觀：《論經學史二種》〔上海市：上海書店，2002年〕，頁177，詳見頁177-178所論）

53 《漢書》〈賈誼傳〉：「文帝召以為博士」，「文帝說之，超遷，歲中至太中大夫」。賈誼通《詩》《書》，還曾作《左氏傳訓故》，並進行傳授。《漢書・賈誼傳》：「年十八，以能誦《詩》、《書》、屬文，稱於郡中。」《漢書》〈儒林傳〉：「漢興，北平侯張蒼及梁太傅賈誼、京兆尹張敞、大中大夫劉公子，皆修《春秋左氏傳》，誼為《左氏傳訓故》，授趙人貫公，為河間獻王博士。」《漢書》〈賈誼傳〉載，賈誼被貶為長沙王太傅一年以後，文帝微賈誼入朝，坐宣室，「上因感鬼神事而問鬼神之本。誼具道所以然之故。至夜半，文帝前席。既罷，曰：『吾久不見賈生，自以為過之，今不及也。』」可見在學問見識方面，文帝是以賈誼為榜樣的。文帝在政事上，也採納賈誼的建議，如分封以削弱諸侯的勢力。《漢書》〈賈誼傳〉：「文帝思賈生之言，乃分齊為六國，盡立悼惠王子六人為王。又遷淮南王喜於城陽，而分淮南為三國，盡立屬王三子以王之。」

54 《史記》〈封禪書〉：「而使博士、諸生剌六經中作〈王制〉，謀議巡狩、封禪事。」《漢書》〈張蒼傳〉：「魯人公孫臣上書，陳終始五德傳，言漢土德。時其符黃龍，

中，我們可以看到他接受經學的明證。

從上面列表，可以看出西漢帝王所受之學的幾個特點。

一、帝王所學，多為儒家經典，以《詩》、《書》和《論語》為主。《論語》雖當時稱為「傳」，但其實際地位已經是「經」。

二、西漢帝王的老師，大多由著名經師擔任，每位經師，都有專門之學，而且，往往一帝多師，一經多師，使帝王能夠博學五經及各家之說。從師最多的是元帝。

三、除太子太傅和少傅傳太子以專門之學外，博士及某些官員也可以傳授太子或帝王以專門之學，如孔霸以太中大夫之職授太子，鄭寬中以博士授太子，張禹以博士授成帝《論語》。

西漢帝王多有所師受，其所學最表面、最直接地反映在詔策中徵引經書及《論語》的情況當中。

總計西漢詔策中徵引最多的是《詩》和《書》，再次是《論語》。漢初幾位帝王徵引較少，自武帝始，徵引漸多，見下表。

	《詩》	《書》	《易》	《春秋》	《論語》
漢高祖	0	0	0	0	0
漢文帝	2	2	0	0	0
漢景帝	0	0	0	0	0
漢武帝	7	7	3	1	2
漢昭帝	1	0	0	0	1
漢宣帝	2	5	0	0	1
漢元帝	6	3	0	0	3

見當改正朔、易服色事。」「其後黃龍見成紀，於是文帝召公孫臣以為博士，草立土德時歷制度，更元年。」文帝後來不再熱心於此是因為新垣平。《史記》〈封禪書〉：「人有上書告新垣平所言氣神事，皆詐也。下平吏治，誅夷新垣平。自是之後，文帝怠於改正朔、服色、神明之事。」

（續上表）

	《詩》	《書》	《易》	《春秋》	《論語》
漢成帝	4	9	1	0	7
漢哀帝	4	4	0	2	5

注：具體徵引的語句，詳見本章附表。

高祖和景帝的詔策，無一言徵引五經及《論語》《孝經》等書。恰恰高祖無學，景帝不好儒術，而以學申商刑名之術、講究術數的晁錯為師。這一情形也從反面說明了所學與詔策大有關係。

第二節 經學師受與帝王人格類型

經學教育對人格有極重要的涵養作用。對此，漢代學者多有議論。對五經，先秦學術重在論其內容特質。[55] 漢代學術則不然，漢代看重的是五經對人性情、氣質的培養化育作用。最典型的論述如：

> 溫惠柔良者，《詩》之風也；淳龐敦厚者，《書》之教也；清明條達者，《易》之義也；恭儉尊讓者，《禮》之為也，寬裕簡易者，《樂》之化也；刺幾辯義者，《春秋》之靡也。（《淮南子》〈泰族訓〉）[56]
>
> 溫柔敦厚，《詩》教也；疏通知遠，《書》教也；廣博易良，樂教也；潔靜精微，《易》教也；恭儉莊敬，禮教也；屬辭比事，《春秋》教也。（《禮記》〈經解〉）[57]

---

55 如《莊子》〈天下〉：「《詩》以道志，《書》以道事，禮以道行，樂以道和，《易》以道陰陽，《春秋》以道名分。」

56 〔漢〕高誘注：《淮南子》，卷20，見《諸子集成》〔北京市：中華書局，1954年〕，冊7，頁353。

57 〔漢〕鄭玄注、〔唐〕孔穎達疏：《禮記正義》，見〔清〕阮元校刻《十三經注疏》〔

人們期待從這些經典中學到的，大多是對性情品格的培育。

那麼，經學教育的精神主旨與帝王人格類型，存在哪些對應關係，這些又是如何呈現在詔策中的呢？

從經學教育與人格形成的角度考察，西漢帝王呈現出的人格類型，大略可以分為三種。一曰理智型。西漢經學的主體精神是「通經致用」，是面向現實。文帝就關注現實問題，尋求解決現實問題的可行之道。二曰理想型。經學多所設擬理想帝國圖景，富於理想性。武宣二帝，即富於理想與氣魄。三曰因循型。西漢經學漸漸講究師法、傳述先師之言，與之相應，漢中期以後的帝王如元帝、成帝至哀帝，便再無高祖之雄、文帝之智、武宣之氣了，顯得很平庸。

三種人格類型，可以從兩類詔書中看得很清楚。一是對賢良文學的問策；二是因為出現災異或祥瑞而發佈的詔書。僅舉數例，以見一斑。

> 文帝十五年〈策賢良文學詔〉曰：「……故詔有司、諸侯王、三公、九卿及主郡吏，各帥其志，以選賢良明於國家之大體，通於人事之終始，及能直言極諫者，各有人數，將以匡朕之不逮。」「大夫其上三道之要，及永惟朕之不德，吏之不平，政之不宣，民之不寧，四者之闕，悉陳其志，毋有所隱。」（《漢書》〈晁錯傳〉）[58]
>
> 武帝元光五年〈策賢良制〉曰：「蓋聞上古至治，畫衣冠，異

北京市：中華書局，1980年〕，頁1609。其它還有，如董仲舒《春秋繁露》〈玉杯〉：「君子知在位者之不能以惡服人也，是故簡六藝以贍養之。《詩》、《書》序其志，禮樂純其美，《易》、《春秋》明其知。六學皆大，而各有所長。《詩》道志，故長於質；禮制節，故長於文；樂詠德，故長於風；《書》著功，故長於事，《易》本天地，故長於數，《春秋》正是非，故長於治人。」

58 《漢書》（北京市：中華書局，1962年），卷49，頁2290。

章服，而民不犯；陰陽和，五穀登，六畜蕃，甘露降，風雨
時，嘉禾興，朱草生，山不童，澤不涸；麟鳳在郊藪，龜龍游
於沼，河洛出圖書；父不喪子，兄不哭弟；北發渠搜，南撫交
阯，舟車所至，人跡所及，跂行喙息，咸得其宜。朕甚嘉之，
今何道而臻乎此？」（《漢書》〈公孫弘傳〉）[59]

成帝建始四年〈白虎殿策方正直言詔〉曰：「天地之道何貴？
王者之法何如？六經之義何上？人之行何先？取人之術何以？
當世之治何務？各以經對。」（《漢書》〈杜欽傳〉）[60]

　　文帝所問，立足於現實，關注國家大體，人事終始，平吏、宣
政、安民之計。武帝所問，是取法經學所樹立的上古至治之世，關注
的是實現充滿虛妄色彩的理想社會的途徑。武帝求賢詔「蓋有非常之
功，必待非常之人」之語更是再明白不過地表達出他對超越現實的嚮
往。成帝所問則毫無新意，因循舊辭耳。

　　面對災異或祥瑞，不同人格類型反應亦不同。

　　理智型人格如文帝，其二年〈日食求言詔〉，逢災異而反思人君
之責，反思自身是否有不德，語意極誠懇，文也較長。理想型人格，
於災異或避而不談，或輕描淡寫，他們看重的是祥瑞吉兆。武帝詔策
文數量很多，但沒有一篇是關於災異的，言祥瑞的有兩篇。宣帝的災
異詔篇篇是官樣文章，敷衍了事[61]，為祥瑞而作的則有多篇。因循型

59　《漢書》（北京市：中華書局，1962年），卷58，頁2613-2614。

60　《漢書》（北京市：中華書局，1962年），卷60，頁2673。

61　〈日食詔〉全文曰：「皇天見異，以戒朕躬，是朕之不逮，吏之不稱也。以前使使
　　者問民所疾苦，復遣丞相、御史掾一十四人，循行天下，舉冤獄，察擅為苛禁深刻
　　不改者。」（《漢書》〈宣帝紀〉）宣帝有兩次〈地震求言詔〉，也極簡，如地節三
　　年：「乃者九月壬申地震，朕甚懼焉。有能箴朕之失，及賢良方正直言極諫之士，
　　以匡朕之不逮，毋諱有司。」（《漢書》〈宣帝紀〉）

人格如元成二帝，多存災異詔，詔中多述經學家之陰陽學說。

第三節　詔策的內容、體制與帝王的經學師受

西漢詔策的內容、體制與帝王所受經學教育亦有相當關係。

（一）由於觀念的灌輸，形成特殊的詔策內容

經學教育的實質是觀念教育。與一些突出的經學觀念相呼應的是，詔策中顯現出特殊的內容。最典型的是災異詔。西漢詔策言災異的很多[62]，計有文帝兩篇，宣帝兩篇，元帝十四篇，成帝十一篇。這些詔書的內容無一例外，都是天現災異，人君則求言、求賢以匡弊救失。

文帝二年的〈日食求言詔〉最為典型，也是這類最早的詔書。文曰：

> 朕聞之，天生民，為之置君以養治之。人主不德，布政不均，則天示之災以戒不治。乃十一月晦，日有食之，適見於天，災孰大焉！朕獲保宗廟，以微眇之身，託於士民君王之上，天下治亂，在予一人，唯二三執政猶吾股肱也。朕下不能治育群生，上以累三光之明，其不德大矣。令至，其悉思朕之過失，

---

62 文帝有二年〈日食求言詔〉，後元年〈求言詔〉。宣帝有本始四年〈地震詔〉，地節三年〈地震詔〉。元帝有初元二年〈災異求言詔〉〈災異求言又詔〉，初元三年〈赦詔〉〈求言詔〉，初元五年〈因災異改行新政詔〉，永光元年〈赦詔〉，永光二年〈大赦詔〉〈日食詔〉和〈赦詔〉，永光四年〈赦詔〉〈日蝕求言詔〉，建昭四年〈遣使循行天下詔〉，建昭五年〈赦詔〉。成帝有建始元年〈大赦詔〉，河平元年〈日食求言大赦詔〉，鴻嘉二年〈選賢詔〉，永始二年〈龍見日蝕詔〉，永始三年〈遣使循行詔〉，永始四年〈詔有司〉，元延元年〈孛星見求直言詔〉，綏和二年〈遣使循行水災詔〉，建平二年〈大赦改元詔〉和〈躅除改元制書詔〉，元壽元年〈日蝕詔〉。

及知見之所不及，匄以啟告朕。及舉賢良方正能直言極諫者，以匡朕之不逮，因各敕以職任，務省繇費以便民。朕既不能遠德，故憪然念外人之有非，是以設備未息。今縱不能罷邊屯戍，又飭兵厚衛，其罷衛將軍。太僕見馬遺財足，餘皆以給傳置。（《漢書》〈文帝紀〉）[63]

這道詔策，有這樣幾層意思：一、人君不德，則天降災以懲戒；二、今有大災；三、人君有過失；四、求賢納言。

文帝這篇詔書，源於天降災異以告人君之失的觀念。由這個觀念出發，推導出後面的幾層意思。

這種內容，這一思維方式、寫作方式，後來成為一種模式。在宣帝和元帝的災異詔中，屢次出現。[64]舉凡日食、地震、火災、旱災、蝗災，帝王都會下罪己詔以求賢良方正之士。

天降災異以昭示人君不德的觀念由來甚早。對此最初的表述當屬《尚書》。〈湯誥〉曰：「天道福善禍淫，降災於夏，以彰厥罪。」[65]這種寫作模式始自文帝，文帝親信曾從伏生傳《尚書》的晁錯。文帝這一觀念的來源，或與《尚書》有關。元帝、成帝兩朝這類詔書最多，而元帝和成帝多有儒師，其中專門為元帝講授《尚書》的經師，前後就多達六人，且其師多言陰陽災異。西漢詔策內容上的這個突出特點，與帝王所受之學大有關係。

---

63 《漢書》（北京市：中華書局，1962年），卷4，頁116。

64 宣帝和元帝除求賢納言外，還多了一層大赦天下的內容。如元帝初元三年《赦詔》：「乃者火災降於孝武廟園館，朕戰慄恐懼，不燭變異，咎在朕躬。群司又未肯極言朕過，以至於斯，將何以寤焉？百姓仍遭凶厄，無以相振，加以煩擾乎苛吏，拘牽乎微文，不得永終性命，朕甚閔焉，其赦天下。」（《漢書》〈元帝紀〉）

65 〔漢〕孔安國傳、〔唐〕孔穎達疏：《尚書正義》，見〔清〕阮元校刻：《十三經注疏》（北京市：中華書局，1980年），頁162。

其它如「親親尊尊」觀念，亦廣為西漢帝王接受。武帝、昭帝、元帝和成帝都有以這一觀念為論說基礎的詔書。[66]

（二）帝王接受不同的觀念，詔策內容亦發生變化

西漢二百餘年，經學的話題、主旨發生很大變化，帝王接受的教育也相應有所改易。帝王所處的實際政治環境，面臨的問題也不同。排除帝王個性的主觀因素，他們接受的觀念隨著客觀話語環境的改變而表現出顯著的差異。大體說來，文帝、武帝及元成二帝可以作為三個階段的代表。

1 文帝與明德慎罰觀念

尚德敬德、不亂施刑罰的明德慎罰思想，是西周初年就確立的，它是《尚書》中很重要的觀念。《尚書》〈康誥〉云：「惟乃丕顯考文王，克明德慎罰。」[67]文帝的詔書多次表達這一觀念。文帝本是代王，偏居一隅。他雖然成為天子，但是開國的一幫老臣的勢力尚強，劉姓諸侯的勢力也很大，外還有匈奴的侵擾，政治形勢不容樂觀。文

---

66 武帝徵和二年〈以劉屈氂為左丞相詔〉：「其以涿郡太守屈氂為左丞相，分丞相長史為兩府，以待天下遠方之選。夫親親任賢，周唐之道也。」（《漢書》〈劉屈氂傳〉）昭帝元鳳六年〈封張安世為富平侯詔〉：「右將軍祿勳安世，輔政宿衛，肅敬不怠，十有三年，咸以康寧。夫親親任賢，唐虞之道也。其封安世為富平侯。」（《漢書》〈張安世傳〉）元帝永光四年〈議毀廟詔〉：「蓋聞明王制禮，立親廟四，祖宗之廟，萬世不毀，所以明尊祖敬宗，著親親也。」（《漢書》〈韋玄成傳〉）元帝永光五年〈正毀廟遷主禮儀詔〉：「蓋聞王者祖有功而宗有德，尊尊之大義也；存親廟四，親親之至恩也。」（《漢書》〈韋玄成傳〉）元帝〈敕諭東平王宇璽書〉：「皇帝問東平王，蓋聞親親之恩，莫重於孝；尊尊之義，莫大于忠。」（《漢書》〈宣元六王傳〉）成帝〈詔有司復東平削縣〉：「蓋聞仁以親親，古之道也。前東平王有闕，有司請廢，朕不忍。」（《漢書》〈宣元六王傳〉）

67 《尚書正義》，見〔清〕阮元校刻：《十三經注疏》（北京市：中華書局，1980年），頁203。

帝常存戒慎憂懼之心，其詔書表現的心態與周公諸誥頗類。以下幾例
都很典型。

> 朕即位十三年於今，賴宗廟之靈，社稷之福，方內艾安，民人
> 靡疾。間者比年登，朕之不德，何以饗此？皆上帝諸神之賜
> 也。(〈增神祠制〉，《史記》〈封禪書〉) [68]
> 朕既不德，上帝神明未歆饗也。天下人民未有愜志。今縱不能
> 博求天下賢聖有德之人而嬗天下焉，而曰豫建太子，是重吾不
> 德也。謂天下何？其安之。(〈答有司請建太子詔〉，《漢書》
> 〈文帝紀〉) [69]
> 制詔御史：蓋聞有虞氏之時，畫衣冠異章服以為戮，而民弗
> 犯，何治之至也！今法有肉刑三，而奸不止，其咎安在？非乃
> 朕德之薄，而教不明與！吾甚自愧。故夫訓道不純而愚民陷
> 焉。《詩》曰：「愷弟君子，民之父母。」今人有過，教未施而
> 刑已加焉，或欲改行為善，而道亡繇至，朕甚憐之。夫刑至斷
> 支體，刻肌膚，終身不息，何其刑之痛而不德也！豈稱為民父
> 母之意哉？其除肉刑，有以易之；及今罪人各以輕重，不亡
> 逃，有年而免，具為令。(〈除肉刑詔〉，《漢書》〈刑法志〉) [70]
> 詔丞相、太尉、御史：法者，治之正，所以禁暴而衛善人也。
> 今犯法者已論，而使無罪之父母妻子同產坐之及收，朕甚弗
> 取。其議。(〈議除連坐詔〉，《漢書》〈刑法志〉) [71]

　　文帝的詔書反覆言說「朕之不德」，之所以能享有天下，全仰賴

---

68 《史記》(北京市：人民文學出版社，1958年)，卷28，頁1381。
69 《漢書》(北京市：中華書局，1962年)，卷4，頁111。
70 《漢書》(北京市：中華書局，1962年)，卷23，頁1098。
71 《漢書》(北京市：中華書局，1962年)，卷23，頁1104。

先人及上帝諸神。《漢書》〈刑法志〉載文帝回覆周勃、陳平的上奏，
曰：「朕聞之，法正則民慤，罪當則民從。且夫牧民而道之以善者，
吏也；既不能道，又以不正之法罪之，是法反害於民，為暴者也。朕
未見其便，宜孰計之。」[72]他認為對百姓用刑當「法正」，「罪當」，且
前提是要「道之以善」，如果反其道而行之，則是「害於民而為暴」。
基於這樣的思想觀念，文帝才除肉刑、除連坐。

2 武帝與天人感應說

　　武帝登上帝位時，雖然也面臨著內憂外患的夾擊，但畢竟經過文
景之治，經過漢初六七十年的養息，漢帝國已經積纍了比較雄厚的實
力。這樣的背景培養、激發了武帝的雄才大略。武帝時，董仲舒創立
了系統的天人感應學說，盛行於世。武帝的詔策明顯有異於文帝，他
不再講明德慎罰，而論及天人感應。

> 制曰：蓋聞「善言天者必有徵於人，善言古者必有驗於今」。
> 故朕垂問乎天人之應，上嘉唐虞，下悼桀紂，寖微寖滅寖明寖
> 昌之道，虛心以改。……（〈元光元年策賢良制〉，《漢書》〈董
> 仲舒傳〉）[73]
> 制曰：……子大夫修先聖之術，明君臣之義，講論洽聞，有聲
> 乎當世，敢問子大夫：天人之道，何所本始？吉凶之效，安所
> 期焉？禹湯水旱，厥咎何由？仁義禮知四者之宜，當安設施？
> 屬統垂業，物鬼變化，天命之符，廢興何如？……（〈元光五
> 年策賢良制〉，《漢書》〈公孫弘傳〉）[74]

---

72 《漢書》（北京市：中華書局，1962年），卷23，頁1105。
73 《漢書》（北京市：中華書局，1962年），卷56，頁2513。
74 《漢書》（北京市：中華書局，1962年），卷58，頁2614。

在元光元年和元光五年的兩次〈策賢良制〉中，武帝均問及天人感應之說，與文帝之言明德慎罰大異其趣。

3 元成二帝與陰陽災異說

元帝和成帝年間，學術思潮又有所嬗革，盛行的是陰陽災異之說，其時大臣的奏疏，多言陰陽災異。[75]元成二帝的詔策也隨之遷變。

同樣是面對日食，文帝的〈日食求言詔〉曰：「人主不德，布政不均，則天示之災以戒不治。乃十一月晦，日有食之，適見於天，災孰大焉！」(《漢書》〈文帝紀〉)[76]他只說「災」，並未言陰陽。災出現的原因，是因為人主不德。元成二帝則否。

> 蓋聞安民之道，本繇陰陽。間者陰陽錯謬，風雨不時。……丞相御史舉天下明陰陽災異者各三人。(元帝初元三年〈求言詔〉，《漢書》〈元帝紀〉)[77]
>
> 朕戰戰慄慄，夙夜思過失，不敢荒寧。惟陰陽不調，未燭其咎……是以氛邪歲增，侵犯太陽；正氣湛掩，日久奪光。乃壬戌，日有蝕之。天見大異，以戒朕躬，朕甚悼焉。(元帝永光二年〈日食詔〉，《漢書》〈元帝紀〉)[78]
>
> 朕承先帝聖緒，涉道未深，不明事性，是以陰陽錯繆，日月無光；赤黃之氣，充塞天下，咎在朕躬。……」(成帝初即位

---

75 武帝和宣帝的詔書都提及「陰陽」，但只是自然天象狀況而已，與元成二帝所云不同。如宣帝元康元年〈博舉詔〉曰：「朕不明六藝，鬱於大道，是以陰陽風雨未時。其博舉吏民，厥身修正，通文學，明於先王之術，宣究其意者各二人，中二千石各一人。」(《漢書》〈宣帝紀〉)

76 《漢書》(北京市：中華書局，1962年)，卷4，頁116。

77 《漢書》(北京市：中華書局，1962年)，卷9，頁284。

78 《漢書》(北京市：中華書局，1962年)，卷9，頁289。

〈報王鳳〉,《漢書》〈元后傳〉)[79]

元成二帝把災異都歸因於陰陽不調。[80]他們的思路是:日食出現的原因是陰陽不調,邪氣侵犯陽氣。安民治國的根本之道乃是陰陽。因為我不德,所以造成陰陽不調,產生一系列的反常失序現象。

(三)詔策體制程序化的傾向越來越突出

高祖之詔質直無文,本無定法。自文帝始,隨著經學教育的逐漸加強,詔策的體制亦漸趨類型化。最典型的莫過於災異詔。

1 災異詔的體制

上文已多處論及,災異詔始自文帝,其後元帝成帝所作最多。最典型的言說體制是:(1)朕小心謹慎;(2)然而有災異;(3)因朕不德;(4)請臣下陳奏朕之過失(或大赦天下,或求賢良)。再舉元成二帝詔例。

> ……今朕獲承高祖之洪業,托位公侯之上,夙夜戰慄,永惟百姓之急,未嘗有忘焉。然而陰陽未調,三光晻昧,元元大困,

---

79 《漢書》(北京市:中華書局,1962年),卷98,頁4017。

80 他們的詔策中這類說法很多。如元帝初元二年〈又詔〉:「今秋禾稼頗傷,一年中地再動,北海水溢,流殺人民,陰陽不和,其咎安在?公卿將何以憂之?其悉意陳朕過,靡有所諱。」(《漢書》〈元帝紀〉)建昭四年〈遣使循行天下詔〉:「間者陰陽不調,五行失序,……舉茂材特立之十,相將九卿,其帥意毋怠,使朕獲觀教化之流焉。」(《漢書》〈元帝紀〉)永光元年〈報于定國〉:「方今承周秦之敝,俗化陵夷,民寡禮誼,陰陽不調,災咎之發,不為一端而作,自聖人推類以記,不敢專也。況於非聖者乎?」(《漢書》〈于定國傳〉)人君不德,謫見天地,災異婁發,以告不治。朕涉道日寡,舉錯不中,乃戊申日蝕地震,朕甚懼焉。(成帝建始三年〈舉賢良方正詔〉,《漢書》〈成帝紀〉)

流散道路，盜賊並興。有司又長殘賊，失牧民之術。是皆朕之不明，政有所虧。咎至於此，朕甚自恥。為民父母，若是之薄，謂百姓何！……（元帝永光二年〈大赦詔〉，《漢書》〈元帝紀〉）[81]

朕承天地，獲保宗廟，明有所蔽，德不能綏，刑罰不中，眾冤失職，趨闕告訴者不絕。是以陰陽錯謬，寒暑失序，日月不光，百姓蒙辜，朕甚閔焉。……（成帝鴻嘉元年〈治冤獄詔〉，《漢書》〈成帝紀〉）[82]

還有另外一種體制，言說程序是：（1）古之賢聖如何；（2）我（大臣）當如何（或現實卻出現悖亂情況）。這種體制始自武帝。

朕聞昔在唐虞，畫像而民不犯，日月所燭，莫不率俾。周之成康，刑錯不用，德及鳥獸，教通四海。海外肅眘，北發渠搜，氐羌徠服；星辰不孛，日月不蝕，山陵不崩，川谷不塞；麟鳳在郊藪，河洛出圖書。嗚乎！何施而臻此與！今朕獲奉宗廟，夙興以求，夜寐以思，若涉淵水，未知所濟。猗與偉與！何行而可以章先帝之洪業休德，上參堯舜，下配三王！朕之不敏，不能遠德，此子大夫之所睹聞也。賢良明於古今王事之體，受策察問，咸以書對，著之於篇，朕親覽焉。（武帝元光元年〈詔賢良制〉，《漢書》〈武帝紀〉）[83]

蓋聞賢聖在位，陰陽和，風雨時，日月光，星辰靜，黎庶康寧，考終厥命。今朕恭承天地，託於公侯之上，明不能燭，德

81　《漢書》（北京市：中華書局，1962年），卷9，頁288。

82　《漢書》（北京市：中華書局，1962年），卷10，頁315。

83　《漢書》（北京市：中華書局，1962年），卷6，頁160-161。

不能綏，災異並臻，連年不息。乃二月戊午，地震於隴西郡，
毀落太上皇廟殿壁木飾，壞敗豲道縣城郭官寺及民室屋，壓殺
人眾。山崩地裂，水泉湧出。天惟降災，震驚朕師。治有大
虧，咎至於斯。……（元帝初元二年〈災異求言詔〉，《漢書》
〈元帝紀〉）[84]

昔在帝堯立羲、和之官，命以四時之事，令不失其序。故
《書》云：「黎民於蕃時雍。」明以陰陽為本也。今公卿大夫
或不信陰陽，薄而小之，所奏請多違時政。傳以不知，周行天
下，而欲望陰陽和調，豈不謬哉！其務順四時月令。（成帝陽
朔二年〈順時令詔〉，《漢書》〈成帝紀〉）[85]

不好儒學的諸帝王，如高祖、景帝、宣帝，其詔策則沒有上述言
說程序。

2 首述經典以引起議論的言說方式

隨著對儒家經典學習的加強，詔策中漸漸出現了首述經典以引起
議論的言說方式。具體可以分為以下兩種情況。

（1）直接引經典之語

有些詔書明確地以經典之語起首。這種比較少。如宣帝元康二年
〈赦詔〉：「《書》云：『文王作罰，刑茲無赦。』」（《漢書》〈宣帝
紀〉）[86]成帝陽朔四年〈勸農詔〉：「夫〈洪範〉八政，以食為首。」
（《漢書》〈成帝紀〉）[87]成帝河平年間〈議減省律令詔〉：「〈甫刑〉

---

84 《漢書》（北京市：中華書局，1962年），卷9，頁281。

85 《漢書》（北京市：中華書局，1962年），卷10，頁312。

86 《漢書》（北京市：中華書局，1962年），卷8，頁255。

87 《漢書》（北京市：中華書局，1962年），卷10，頁314。

云：『五刑之屬三千，大辟之罰其屬二百。』」（《漢書》〈刑法志〉）[88]
哀帝綏和二年〈尊定陶傅太后等詔〉：「《春秋》：『母以子貴』。」（《漢
書》〈哀帝紀〉）[89]

（2）以「蓋聞」「朕聞」「昔者」「古者」起首

　　大多數詔書以「蓋聞」、「朕聞」等起首引起經典之文句或經典所
述之義及事，如文帝〈除秘祝詔〉：「蓋聞天道，禍自怨起，而福繇德
興。」（《史記》〈孝文本紀〉）[90]此語是對先秦天道觀相關理性思想的
總結概括。武帝詔策此類引述最多，如〈賜卜式爵詔〉：「朕聞報德以
德，報怨以直。」（《漢書》〈卜式傳〉）[91]「報德以德，報怨以直」，出
自《論語》〈憲問〉。宣帝地節元年〈復宗室屬籍詔〉：「蓋聞堯親九
族，以和萬國。」（《漢書》〈宣帝紀〉）[92]出自《尚書》〈堯典〉。成帝
〈閔楚王被疾詔〉：「蓋聞天地之性人為貴，人之行莫大於孝。」（《漢
書》〈宣元六王傳〉）[93]出自《孝經》〈聖治〉。

第四節　詔策的風格與帝王的經學師受

　　西漢詔策的風格與帝王的行事個性頗相符。從帝王所受經學教育
與其實際的詔策寫作風格之關係這個角度考察，有三種類型：順受
型、逆受型及排斥型。

88　《漢書》（北京市：中華書局，1962年），卷23，頁1103。
89　《漢書》（北京市：中華書局，1962年），卷11，頁335。
90　《史記》（北京市：人民文學出版社，1958年），卷10，頁427。
91　《漢書》（北京市：中華書局，1962年），卷58，頁2627。
92　《漢書》（北京市：中華書局，1962年），卷8，頁246。
93　《漢書》（北京市：中華書局，1962年），卷80，頁3319。

1 順受型

即詔書風格與所受經學教育可能產生的效果一致。文帝、昭帝、元帝、成帝、哀帝、平帝六位帝王，屬於順受型。經學的教材是儒家經典，其特質是詩樂之教，培養的是善於自省、敬德恭慎、溫柔敦厚的人格類型。儒家詩樂之教培養的文學風格當是和平而博大的。前面所舉文帝諸詔，均有此氣象。其它如成帝的鴻嘉二年〈選賢詔〉、永始元年〈罷昌陵詔〉和永始四年〈禁奢侈詔〉，都是和平仁愛之音。

> 古之選賢，傅納以言，明試以功。故官無廢事，下無逸民，教化流行，風雨和時，百穀用成，眾庶樂業，咸以康寧。朕承鴻業十有餘年，數遭水旱疾疫之災，黎民婁困於飢寒，而望禮義之興，豈不難哉！朕既無以率道，帝王之道日以陵夷，意乃招賢選士之路鬱滯而不通與，將舉者未得其人也？其舉敦厚有行義能直言者，冀聞切言嘉謀，匡朕之不逮。（〈選賢詔〉，《漢書》〈成帝紀〉）[94]
>
> 朕執德不固，謀不盡下，過聽將作大匠萬年言昌陵三年可成。作治五年，中陵、司馬殿門內尚未加功。天下虛耗，百姓罷勞，客土疏惡，終不可成。朕惟其難，怛然傷心。夫「過而不改，是謂過矣」。其罷昌陵，及故陵勿徙吏民，令天下毋有動搖之心。（〈罷昌陵詔〉，《漢書》〈成帝紀〉）[95]

詔書中反映出帝王的自省、誠意、剋制、恭儉等儒家宣導的德行，文中無任何激烈之音。

---

94 《漢書》（北京市：中華書局，1962年），卷10，頁317。

95 《漢書》（北京市：中華書局，1962年），卷10，頁320。

2 逆受型

即詔書風格與所受經學教育可能產生的效果相反。武帝和宣帝屬於這種類型。經學教育可能產生的寫作風格是和平而博大，武帝和宣帝都接受了經學教育，有專門的老師。但二人的詔書風格與和平博大完全不相干。武帝雖多引古為例，但務虛而已。其文多質疑之音，多跋扈之音，多激切之音，風格恢宏超奇。宣帝文多簡約、直陳，幾乎不引古為例。

> 蓋聞虞舜之時，游於岩郎之上，垂拱無為，而天下太平。周文王至於日昃不暇食，而宇內亦治。夫帝王之道，豈不同條共貫與？何勞逸之殊也？
>
> 蓋儉者不造玄黃旌旗之飾。及至周室，設兩觀，乘大路，朱干玉戚，八佾陳於庭，而頌聲興。夫帝王之道豈異指哉？……
>
> 今子大夫待詔百有餘人，或道世務而未濟，稽諸上古之不同，考之於今而難行，毋乃牽於文係而不得騁與？將所繇異術，所聞殊方與？各悉對，著於篇，毋諱有司。明其指略，切磋究之，以稱朕意。（武帝〈元光元年策賢良制〉，《漢書》〈董仲舒傳〉）[96]
>
> 制詔御史：蓋受命而王，各有所由興，殊路而同歸，謂因民而作，追俗為制也。議者咸稱太古，百姓何望？漢亦一家之事，典法不傳，謂子孫何？化隆者宏博，治淺者褊狹，可不勉與！（武帝元封七年〈定禮儀詔〉，《史記》〈禮書〉）[97]

96　《漢書》（北京市：中華書局，1962年），卷56，頁2506。
97　《史記》（北京市：人民文學出版社，1958年），卷23，頁1160-1161。

宣帝諸詔，如元康二年〈平法詔〉，元康三年〈禁春夏彈射詔〉，五鳳四年〈日食詔〉，五鳳二年〈嫁娶不禁具酒食詔〉諸詔，語句直指中心，別無旁涉，較有代表性。此外，在順受型帝王那裏極突出的災異詔，在武、宣二帝這裏完全是另外一種寫法。且二人都更重祥瑞，宣帝詔策尤多此類內容。

3 排斥型

西漢帝王中對儒家經典持排斥態度的有兩位，高祖和景帝。高祖無學，景帝之師於史有徵的一是張相如，二是石奮，二人於儒學均無聞焉。景帝曾讀《黃帝》《老子》，寵信習申商刑名之學的晁錯。高祖詔策的風格質直，與其無學正相應，景帝雖未明言不好儒學，但實與儒學關係甚疏，其詔風格刻深。以高祖的求賢詔和文帝的舉賢之道對讀，景帝的勸農詔和文帝的勸農詔對讀，可見高祖和景帝詔策的風格迥異。

> 蓋聞王者莫高於周文，伯者莫高於齊桓，皆待賢人而成名。今天下賢者智慧豈特古之人乎？患在人主不交故也，士奚由進！今吾以天之靈，賢士大夫定有天下，以為一家，欲其長久，世世奉宗廟亡絕也。賢人已與我共平之矣，而不與吾共利之，可乎？賢士大夫有肯從我遊者，吾能尊顯之。布告天下，使明知朕意。……（高祖十一年〈求賢詔〉，《漢書》〈高帝紀〉）[98]
>
> 吾立為天子，帝有天下，十二年於今矣。與天下之豪士賢大夫共定天下，同安輯之。其有功者上致之王，次為列侯，下乃食邑。而重臣之親，或為列侯，皆令自置吏，得賦斂；女子公

---

98 《漢書》（北京市：中華書局，1962年），卷1下，頁71。

主。為列侯食邑者，皆佩之印，賜大第室。吏二千石，徙之長安，受小第室。入蜀漢定三秦者，皆世世復。吾於天下賢士功臣，可謂亡負矣。其有不義背天子擅起兵者，與天下共伐誅之。布告天下，使明知朕意。（高祖十二年〈布告天下詔〉，《漢書》〈高帝紀〉）[99]

孝悌，天下之大順也。力田，為生之本也。三老，眾民之師也。廉吏，民之表也。朕甚嘉此二三大夫之行。今萬家之縣，云無應令，豈實人情？是吏舉賢之道未備也。其遣謁者勞賜三老、孝者帛人五匹，悌者、力田二匹，廉吏二百石以上率百石者三匹。及問民所不便安，而以戶口率置三老孝悌力田常員，令各率其意以道民焉。（文帝十二年〈置三老孝悌力田常員詔〉，《漢書》〈文帝紀〉）[100]

　　高祖所言則不離「利」，文帝之詔則多問句，一片仁厚博愛之心溢於言表。文帝和景帝的勸農詔也大異其趣。景帝後三年〈勸農桑詔〉曰：「農，天下之本也。黃金珠玉，饑不可食，寒不可衣，以為幣用，不識其終始。間歲或不登，意為末者眾，農民寡也。其令郡國務勸農桑，益種樹，可得衣食物。吏發民若取庸採黃金珠玉者，坐臧為盜，二千石聽者，與同罪。」（《漢書》〈景帝紀〉）[101]文帝二年〈勸農詔〉曰：「農，天下之大本也，民所恃以生也。而民或不務本而事末，故生不遂。朕憂其然，故今茲親率群臣農以勸之。其賜天下民今年田租之半。」（《漢書》〈文帝紀〉）[102]

99　《漢書》（北京市：中華書局，1962年），卷1下，頁78。

100　《漢書》（北京市：中華書局，1962年），卷4，頁124。

101　《漢書》（北京市：中華書局，1962年），卷5，頁152-153。

102　《漢書》（北京市：中華書局，1962年），卷4，頁118。文帝十二年〈勸農詔〉文風

景帝的勸農詔句子較整齊，多用否定詞，語氣嚴厲，以罰為戒。文帝之詔，語氣緩和，關注的是民如何可生，親自表率勸勉並免租，以賞為勸。文帝可謂「仁者」，景帝可謂「忍人」。

4 語體模仿《尚書》之作

武帝和宣帝傳有語言風格模仿《尚書》的詔策。武帝有著名的策封齊王、燕王、廣陵王三策，語言極似《尚書》。《文心雕龍》〈詔策〉早已指出：「武帝崇儒，選言弘奧。策封三王，文同訓典；勸誡淵雅，垂範後代。」[103]這裏僅舉其元狩六年〈策封齊王閎〉為例：

> 維六年四月乙巳，皇帝使御史大夫湯廟立子閎為齊王。曰：
> 「於戲，小子閎，受茲青社！朕承祖考，維稽古建爾國家，封
> 於東土，世為漢藩輔。於戲念哉！恭朕之詔，惟命不於常。人
> 之好德，克明顯光。義之不圖，俾君子怠。悉爾心，允執其
> 中，天祿永終。厥有愆不臧，乃凶於而國，害於爾躬。於戲，
> 保國艾民，可不敬與！王其戒之。」（《史記》〈三王世家〉）[104]

此策與《尚書》語言對照見下表。

亦如此。文曰：「道民之路，在於務本。朕親率天下農，十年於今，而野不加闢，歲一不登，民有饑色，是從事焉尚寡，而吏未加務也。吾詔書數下，歲勸民種樹，而功未興，是吏奉吾詔不勤而勸民不明也。且吾農民甚苦，而吏莫之省，將何以勸焉？其賜農民今年租稅之半。」（《漢書》〈文帝紀〉）

103 范文瀾：《文心雕龍注》（北京市：人民文學出版社，1958年），頁359。

104 《史記》（北京市：人民文學出版社，1958年），卷60，頁2111。

武帝	《尚書》
維稽古	曰若稽古（〈堯典〉）
封於東土	肆汝小子，封在茲東土。（〈康誥〉）
人之好德，克明顯光	克明俊德（〈堯典〉）
	惟乃丕顯考文王，克明德慎罰〈康誥〉
允執其中	人心惟危，道心惟微，惟精惟一，允執厥中。（《大禹謨》）
害於爾躬	爾所弗勖，其於爾躬有戮！（〈牧誓〉）
	爾不克敬，爾不啻不有爾土，予亦致天之罰於爾躬。（〈多士〉）
惟命不於常	王曰：「嗚呼！肆汝小子封。惟命不於常。汝念哉！」
於戲念哉	（〈康誥〉）
悉爾心	王曰：「嗚呼！小子封，恫瘝乃身，敬哉！……往盡
可不敬與	乃心，無康好逸豫，乃其乂民。」（〈康誥〉）
保國艾民	往敷求於殷先哲王用保乂民。（〈康誥〉）

　　通過對照，可以說，武帝之策幾乎每句都與《尚書》有著淵源關係，語句、意思、語氣，均與《尚書》無二。

　　宣帝的〈策丙吉為丞相〉和〈策杜延年為御史大夫〉兩文，語詞亦多仿《尚書》[105]，茲不贅。

---

105 見《漢書》〈宣帝紀〉。

附表一

帝王	引《詩》	出處
文帝	《詩》曰:「愷弟君子,民之父母。」(〈除肉刑詔〉)	〈大雅〉〈泂酌〉
	誤居正位,常戰戰慄栗,恐事之不終。(〈答陳武〉)	〈小雅〉〈小旻〉
	夙興夜寐(〈與匈奴和產詔〉)	〈大雅〉〈抑〉
武帝	高山仰之,景行嚮之。(〈封皇子制〉)	〈小雅〉〈車舝〉
	《詩》不云乎:「嗟爾君子,毋常安息,神之聽之,介爾景福。」(〈元光元年策賢良制〉)	〈小雅〉〈小明〉
	《詩》云:「九變復貫,知言之選。」(〈赦詔〉)	逸詩
	《詩》云:「憂心慘慘,念國之為虐。」(〈遣謁者巡行天下詔〉)	〈小雅〉〈正月〉
	《詩》云:「四牡翼翼,以徵不服。」(〈郊祠泰畤詔〉)	〈小雅〉〈采薇〉
	戰戰兢兢(〈郊祠泰畤詔〉)	〈小雅〉〈小宛〉
	《詩》不云乎:「薄伐玁狁,至於太原。出車彭彭,城彼朔方。」(〈益封衛青〉)	〈小雅〉〈出車〉
昭帝	朕以眇身,獲保宗廟,戰戰慄栗,夙興夜寐。(〈舉賢良文學詔〉)	〈小雅〉〈小旻〉 〈小雅〉〈小宛〉
宣帝	《詩》不云乎:「無德不報。」(〈封丙吉等詔〉)	〈大雅〉〈抑〉
	《詩》不云乎:「民之失德,乾餱以愆。」(〈嫁娶不禁具酒食詔〉)	〈小雅〉〈伐木〉
元帝	戰戰兢兢(〈遣使循行天下詔〉)	〈小雅〉〈小宛〉

（續上表）

帝王	引《詩》	出處
元帝	《詩》不云乎：「凡民有喪，匍匐救之。」（〈因災異改行新政詔〉）	〈邶風〉〈谷風〉
	《詩》不云乎：「今此下民，亦孔之哀。」（〈日蝕求言詔〉）	〈小雅〉〈十月之交〉
	《詩》不云乎：「民亦勞止，迄可小康。惠此中國，以綏四方。」（〈初陵勿置縣邑詔〉）	〈大雅〉〈民勞〉
	《詩》不云乎：「靖恭爾位，正直是與。」（〈賜淮陽王欽璽書〉）	逸詩
	《詩》不云乎：「毋念爾祖，述修厥德。永言配命，自求多福。」（〈敕諭東平王宇璽書〉）	〈大雅〉〈文王〉
成帝	《詩》不云乎：「赫赫師尹，民具爾瞻。」（〈禁奢侈詔〉）	〈小雅〉〈節南山〉
	《詩》云：「鼓鐘於宮，聲聞於外。」（〈賜趙婕妤書〉）	〈小雅〉〈白華〉
	《詩》云：「雖無老成人，尚有典刑。曾是莫聽，大命以傾。」（〈報匡衡〉）	〈大雅〉〈蕩〉
	《傳》不云乎：「禮義不愆，何恤人之言。」（〈報匡衡〉）	逸詩，見《左傳》卷四十二
哀帝	戰戰兢兢（〈遣使循行水災詔〉）	〈小雅〉〈小宛〉
	《詩》云：「谷則異室，死則同穴。」（〈葬丁太后〉）	〈王風〉〈大車〉

附表二

帝王	引《書》	出處
文帝	天下治亂，在予一人。（〈日食求言詔〉）	〈湯誥〉：「百姓有過，在予一人。」
	聖者日新，改作更始。（〈遺匈奴和親書〉）	湯之盤銘曰：「苟日新，日日新，又日新。」
	蓋聞有虞氏之時，畫衣冠異章服以為戮，而民弗犯，何治之至也？（〈除肉刑詔〉）	〈舜典〉：「象以典刑。」
武帝	蓋聞上古至治，畫衣冠，異章服而民不犯。（元光五年〈徵賢良文學策〉）	〈舜典〉：「象以典刑」
	朕聞咎繇對禹曰：「在知人，知人則哲。」（〈遣謁者巡行天下詔〉）	〈皋陶謨〉
	《書》曰：「毋偏毋黨，王道蕩蕩。」（〈報車千秋〉）	〈洪範〉
	允執其中（〈策齊王閎文〉）	〈康誥〉：「允執厥中。」
武帝	惟命不於常。（〈策齊王閎文〉）	〈康誥〉
	悉爾心，毋作怨（〈策燕王旦文〉）	〈康誥〉
	《書》云：『臣不作威，不作福』，靡有後羞。（〈策廣陵王胥文〉）	〈洪範〉：「臣無有作福作威玉食。」
宣帝	蓋聞堯親九族，以和萬國。（〈復宗室屬籍詔〉）	〈堯典〉
	《書》不云乎：「鳳皇來儀，庶尹允諧。」（〈鳳皇集甘露降詔〉）	〈益稷〉

（續上表）

帝王	引《書》	出處
	《書》云：「文王作罰，刑茲無赦。」（〈赦詔〉）	〈康誥〉
	《書》不云乎：「股肱良哉。」（〈賜黃霸秩詔〉）	〈益稷〉
	《書》不云乎：「雖休勿休，祗事不怠。」（〈匈奴來降赦詔〉）	〈冏命〉
元帝	不敢荒寧（〈日食詔〉）	〈無逸〉
	《書》不云乎：「股肱良哉！庶事康哉！」（〈遣使循行天下詔〉）	〈益稷〉
	《傳》不云乎：「百姓有過，在予一人。」（〈赦詔〉）	〈泰誓中〉
	昔周公戒伯禽曰：「故舊無大故，則不可棄也。毋求備於一人。」（〈賜東平王太后璽書〉）	〈君陳〉
	《經》曰：「萬方有罪，罪在朕躬。」（〈報于定國〉）	〈湯誥〉
成帝	《書》不云乎：「用德彰厥善。」（《閔楚王被疾詔》）	〈盤庚〉
	《書》云：「黎民於蕃時雍。」（〈順時令詔〉）	逸文
	《書》云：「惟先假（格）王正厥事。」（〈大赦詔〉）	〈高宗肜曰〉
	天著厥異，辜（罪）在朕躬。（〈日蝕求言大赦詔〉）	〈湯誥〉
	〈甫刑〉云：「五刑之屬三千，大辟之罰其屬二百。」（〈議減省律令詔〉）	〈甫刑〉
成帝	《書》不云乎：「惟刑之恤哉。」（〈議減省律令詔〉）	〈舜典〉

（續上表）

帝王	引《書》	出處
	《書》不云乎：「服田力嗇，乃亦有秋。」（〈勸農詔〉）	逸文
	《書》不云乎：「即我御事，罔克耆壽，咎在厥躬。」（〈治冤獄詔〉）	〈文侯之命〉
	古之選賢，傅納以言，明試以功。（〈選賢詔〉）	〈益稷〉
	《書》不云乎：「公無困我。」（〈報王鳳〉）	逸文
	《書》云：「高宗日，有雊雉。祖己曰：『惟先假王正厥事。』又曰：『雖休勿休，惟敬王刑，以成三德。』」（〈報許皇后〉）	〈高宗肜日〉
	女無面從，退有後言。（〈舉賢良方正詔〉）	〈益稷〉
哀帝	蓋聞《尚書》：五曰考終命。（〈大赦改元詔〉）	〈洪範〉
	《書》不云乎：「用德章厥善。」（〈封董賢詔〉）	〈盤庚〉
	厥咎不遠，在予一人。（〈日蝕詔〉）	〈湯誥〉
	《書》不云乎：「毋曠庶官，天工人其代之。」（〈策免孔光〉）	逸文

附表三

	引《論語》	出處
武帝	三人並行，厥有我師。（〈議不舉孝廉者罪詔〉）	〈述而〉
	朕聞以報德以德，報怨以直。（〈賜卜式詔〉）	〈憲問〉
昭帝	以直報怨，不煩師眾。（〈封傅介子為義陽侯詔〉）	〈憲問〉

（續上表）

	引《論語》	出處
宣帝	《傳》曰：「孝悌也者，其為仁之本與？」（〈舉孝悌詔〉）	〈學而〉
元帝	孔子曰：「過而不改，是謂過矣。」（〈敕諭東平王宇璽書〉）	〈衛靈公〉
	《傳》曰：「父為子隱，直在其中矣。」（〈賜東平王太后璽書〉）	〈子路〉
成帝	夫「過而不改是謂過矣。」（〈罷昌陵詔〉）	〈衛靈公〉
	溫故知新（〈舉博士詔〉）	〈為政〉
	工欲善其事，必先利其器。（〈舉博士詔〉）	〈衛靈公〉
	《傳》不云乎：「以約失之者鮮。」（〈報許皇后〉）	〈里仁〉
	夫子所痛，曰：「蔑之，命矣夫。斯人也而有斯疾也。」（〈閔楚王被疾詔〉）	〈雍也〉
哀帝	《傳》不云乎：「惡利口之覆邦家」（〈免孫寶詔〉）	〈陽貨〉
	孔子不云乎：「放鄭聲，鄭聲淫。」（〈罷樂府官詔〉）	〈衛靈公〉
	「鬱鬱乎文哉，吾從周。」（〈葬丁太后〉）	〈八佾〉
	夫過而不改，是為過矣。（〈蠲除改元制書詔〉）	〈衛靈公〉
	允執其中。（〈冊董賢為大司馬大將軍〉）	〈堯曰〉

附表四

帝王	引《易》	出處
武帝	《易》曰：「先甲三日，後甲三日。」(〈郊祠泰疇詔〉)	〈蠱〉卦辭
	《易》曰：「通其變，使民不倦。」(〈赦詔〉)	〈繫辭下〉
	〈幹〉稱：「蜚龍，鴻漸於般。」(〈封欒大為樂通侯詔〉)	〈鴻〉六二
成帝	《易》曰：「鳥焚其巢，旅人先笑後號咷，喪牛於易，凶。」(〈報許皇后〉)	〈旅〉上九
	《傳》曰：「高而不危，所以長守貴也。」(〈賜翟方進冊〉)	《易》〈履〉上九：「視履考祥，其旋元吉。」注：「居極應說，高而不危，是其旋也。」

附表五

帝王	引《春秋公羊傳》	出處
武帝	昔齊襄公復九世之仇，《春秋》大之。(〈擊匈奴詔〉)	莊公十三年
哀帝	《春秋》母以子貴。(〈尊定陶傅太后等詔〉)	隱公元年
	蓋君親無將，將而誅之。是以季友鴆叔牙，《春秋》賢之；趙盾不討賊，謂之弒君。(〈冊免丁明〉)	莊公三十二年

第九章
文體的多源性
── 以《說苑》、《新序》、《列女傳》三書為例

　　劉向《說苑》《新序》和《列女傳》三部書，具有先秦諸子著述的特點以及戰國至漢初解經的特點。它們都近似歷史故事集[1]，但故事不是獨立的，劉向編撰的目的不是記事，而是說理，是「成一家之言」。[2]歷史故事被有組織地編入某種思想框架之中。其體例既有鮮明的記敘特徵，又具有議論的特點。這種以意為主，以事為賓，意在事先的思想表達方式，記論結合的結構形態，早在《周易》中就已形成。它是我國古代一種比較重要的編撰體例。對於研究文體的多源性，《說苑》三書具有典型意義。

第一節　三書體例與先秦諸子

　　《新序》共十卷，前五卷均題名「雜事」，其後三卷題名「刺奢」「節士」「義勇」，卷九和卷十都題名「善謀」，卷九記春秋戰國時事，卷十所記都是漢代事情。《說苑》共二十卷：君道、臣術、建本、立節、貴德、復恩、政理、尊賢、正諫、敬慎、善說、奉使、權

1　《說苑》三書的歷史故事，有些雖然人物是真實的，但事情卻難以考實，帶有寓言性質。《說苑》和《新序》中的故事，大多是對話形式。

2　余嘉錫認為，《說苑》三書「皆非向所創造，特雜採自古書，而能自以義法部勒之，故得為一家之言。」余嘉錫：《古書通例》〔上海市：上海古籍出版社，1985年〕，頁69。

謀、至公、指武、談叢、雜言、辨物、修文、反質。《列女傳》共七卷：母儀傳、賢明傳、仁智傳、貞順傳、節義傳、辯通傳、孽嬖傳。

　　《新序》只有卷五「君子曰」一章是語錄體議論語段，其餘都是歷史軼事。《說苑》以歷史軼事為主體，每卷中有少量議論章節，除〈君道〉卷首章沒有議論外，其餘各卷首章都以議論性文字開篇，大多闡明該卷觀點。《列女傳》在體例上有自己的特點，與其它二書不同。每卷人物傳記前有小序，用四言詩形式解說該卷的宗旨及意義。每則人物故事之後，必以「《詩》云……此之謂也」形式引《詩》為證，最後以四言八句的「頌」詩結尾，多數還在引《詩》前有「君子」的評論。除卷一〈母儀傳〉有十四個人物，十四個故事外，其它各卷均由十五個人物的事蹟組成。形式非常整齊。

　　三書在體例上有共同特點。每卷都集結了春秋戰國至西漢的一些人物對話或軼事，各自成章，每則軼事之間沒有什麼邏輯聯繫，多「依興古事」以陳己意。[3]具體又可以分為三種情況：有主題對話軼事集——同一卷中的每則軼事都圍繞一個中心議題；無主題對話軼事集；無主題談片論叢。三種類型的編撰體例，各有其淵源。

　　主題對話軼事集。《新序》後五卷，《說苑》除〈談叢〉和〈雜言〉兩卷之外的十八卷，《列女傳》十卷，都屬此類，其體例源自《莊子》。《莊子》中多有以一個議題組織起多則寓言故事的形式。內七篇中，以〈齊物論〉和〈大宗師〉兩篇論述文字較多，但每篇也都包含多則寓言。〈齊物論〉有南郭子綦答顏成子游問、狙公賦茅、罔兩問影、莊周夢蝶等七則寓言。〈大宗師〉前半部分議論，後半部分

3　《漢書》〈劉向傳〉：「堪希得見，常因顯白事，事決顯口。會堪疾瘖，不能言而卒。顯誣譖猛，令自殺於公車。更生傷之，乃著〈疾讒〉、〈擿要〉、〈救危〉及〈世頌〉，凡八篇，依興古事，悼己及同類也。遂廢十餘年。」《漢書》〔北京市：中華書局，1962年〕，卷36，頁1948。

由泉涸之魚、南伯子葵問女偊、子祀四人相與語、意而子見許由、顏回坐忘、子桑鼓琴而歌等十則寓言組成。其它五篇都以寓言故事為主，在篇章的開頭、結尾或中間有一部分議論的文字，點明主題。〈逍遙遊〉〈齊物論〉〈人間世〉〈德充符〉〈應帝王〉都以寓言開篇，只有〈養生主〉和〈大宗師〉兩篇以論開篇。

外雜篇中，〈駢拇〉〈馬蹄〉〈胠篋〉〈在宥〉〈刻意〉〈繕性〉〈庚桑楚〉〈寓言〉〈天下〉九篇以論述為主，〈盜跖〉和〈說劍〉兩篇圍繞一件事展開論述，其它十五篇每篇都由大量寓言故事組成，論述極少。《莊子》三十三篇，有二十二篇都由多則寓言故事組成，在這二十二篇中，從題名上看，外雜篇多數取篇首兩字或三字為題，但其中有些題目其實就是論述的中心，如〈天道〉〈天運〉〈至樂〉〈達生〉，不僅具有標示篇章的意義，還標示出篇章論述的中心議題。儘管這些寓言故事人們可以從中發掘出多種寓意，得到不同的啟發，但在最初，這些寓言都是圍繞著一個中心話題而組織在同一篇章中的。

《列子》全書八篇，每篇也是由多則寓言故事組成，因為多數學者認為它是魏晉時偽書，所以這裏不論。[4]

以一個中心組織起眾多故事，這種撰述方式以《莊子》最為突出。先秦其它諸子著作的有些篇章也具有同樣的特點。《管子》的〈大匡〉、〈中匡〉、〈小匡〉、〈霸形〉、〈戒〉諸篇，多記桓公與管仲的對話，《荀子》第二十卷中的五篇〈宥坐〉、〈子道〉、〈法行〉、〈哀公〉、〈堯問〉，多輯錄歷史故事及孔子和曾子語，這些篇章都可視為有主題軼事集。《韓非子》的〈難一〉、〈難二〉、〈難三〉、〈難四〉，由多個歷史故事及對每個歷史故事中人物的觀點重新評論、剖析組成，

4　劉向的《列子敍錄》中提到「定著八篇」，篇數與今傳本相同，並云「且多寓言，與莊周相類」，可以推斷，即使今本《列子》為偽書，非劉向校定本，劉向校定的《列子》在體例上應當與今傳本相似，與《莊子》相似。

這些剖析都是向古人質疑，對古人發難，雖然各個故事的觀點都不一樣，但總體特點是「難」，所以也可以劃入這個類型。

這種體例的作品一直綿延不絕，《呂氏春秋》有些篇章也綴輯幾則歷史故事來闡明道理，只是每篇的篇幅較短，故事數量不那麼多，少則兩個，最多不過五個，雖然不像《莊子》寓言故事那麼密集，但也是承自《莊子》之體而來。漢初賈誼《新語》中的〈春秋〉、〈先醒〉、〈耳痺〉、〈諭誠〉、〈退讓〉等篇也都包含多個歷史故事，每篇有一個中心，也屬此類。

這類有主題對話軼事集，有的篇章以議論開端，定下全文的議論基調。有的只是每個故事後有論，有的則故事後無議論，《說苑》三書各種形態都包括了。

無主題對話軼事集。《新序》前面題名「雜事」的五卷屬於此類，與《韓非子》的〈說林〉（上下）文體相同。〈說林〉（上下）完全是歷史及寓言故事集的形式，沒有統帥全篇的論述話題。《說林》（上）綴輯了三十四個歷史及寓言故事，〈說林〉（下）綴輯了三十七個歷史及寓言故事。各個故事之間沒有聯繫，獨立成章。此外，《晏子春秋》一書以齊景公與晏子的問對式故事及晏子行事為主，內篇、外篇、外篇重而異者和外篇不合經術者，四部分八卷，共二百一十五章，每章都是一則小故事。全書是非常典型的故事集形式。

無主題談片論叢。《說苑》的〈談叢〉屬於此類。這卷只有一則梟鳩對話的寓言，其餘都是片斷的議論或語錄體記言。其體例可以上溯到《老子》和《論語》。《老子》是對於人生各個方面的哲理性論述短章，沒有表面的「某曰」式的記言形式；只分章，標明章數，連標題也沒有。《論語》的體例，記孔子及其弟子的片言隻語，有「某曰」字樣。全書二十篇雖有標題，可是標題只取篇首二字，並不表明一篇的論述中心。劉嚮之前，《淮南子》的〈說山訓〉和〈說林訓〉

兩篇也屬此類。[5]

　　此外，《說苑》的〈雜言〉既有語錄體的記言，又包含片斷的議論和軼事舊聞，兼有無主題對話軼事集和無主題談片論叢兩種形式。

第二節　三書體例與說經方式

　　《說苑》和《新序》二書多取軼聞故事以表達編撰者的思想，這一體例特點不僅與先秦諸子有關，還與戰國至漢初的說經方式具有一致性。

　　《韓詩外傳》是漢代韓嬰解說《詩經》的著作。全書共十卷，三百一十章，其中，有二百餘章記歷史軼聞，其餘百餘章是議論性語段，有的是語錄體記言，結尾都徵引《詩經》中的詩句。這種以歷史軼聞和傳說故事解說《詩經》的成書體例，也是劉向《說苑》三書體例的來源之一。從每一卷的編排上，《韓詩外傳》屬於無主題對話軼事集和談片論叢類。《說苑》《新序》和《列女傳》三書中的材料取自《韓詩外傳》頗多，《說苑》中不僅有故事，也有獨立成章的議論性文字，因此，早有學者將《說苑》三書與《韓詩外傳》聯繫起來，但著眼點在《說苑》和《新序》二書對《韓詩外傳》內容的引用以及《列女傳》內容受《韓詩外傳》的啟發上[6]，並沒有將二書體例與解說經典的方式聯繫起來。其實，《韓詩外傳》之前，已經產生以故事

5　〈說山訓〉首段是魄與魂的對話，是寓言故事。但全篇僅此一例，所以可以將它納入此類。

6　徐復觀：《兩漢思想史》（上海市：華東師範大學出版社，2001年）第三卷有一節「《新序》、《說苑》與《韓詩外傳》」對此做了細緻的研究。魏達純認為劉向撰述《列女傳》全部轉錄了《韓詩外傳》中幾位傑出女性，很可能劉向之書受到韓嬰的啟發。魏達純：《韓詩外傳譯注》（長春市：東北師範大學出版社，1993年），〈自序〉。

解說其它文本的文體形式。韓非推崇老子之說，司馬遷在《史記》中
將道家的老子與法家的韓非合為一傳。《韓非子》中有〈解老〉和
〈喻老〉兩篇闡釋老子之言。〈解老〉篇用論理的方式解說老子，而
〈喻老〉篇共二十二章，只有兩章以論理的方式闡述《老子》，其餘
二十章都引歷史故事為證，並進行剖析，以此解說《老子》、證實
《老子》。《韓非子》中〈內儲說〉〈外儲說〉和〈十過〉三篇，其實
也是這種文本結構方式，只不過它們所解之經及所論之理並非是先人
的言論，而是韓非自己的觀點。〈內儲說〉和〈外儲說〉均由兩部分
構成。第一部分是觀點，論述結束時，特別標出「右經」字樣。第二
部分集結諸多歷史故事印證其觀點，對「經」進行解說。〈十過〉從
結構上也分為兩部分。第一段是總論，提出「十過」這個概念，簡要
說明十過的內容，相當於經。後面的十段是第二部分，相當於傳。每
段都以「奚謂……」問句開頭，自問自答，舉出十個歷史故事分別說
明十種錯誤的治國行為、心理及其危害。它們都是「經（觀點）—傳
（故事）」結構，即以故事解說觀點。《淮南子》〈道應訓〉也用五十
個寓言故事及歷史故事解說《老子》。因為這些篇章只是書的一部
分，《韓非子》和《淮南子》全書並不都是這樣的體例，所以人們沒
有注意到它們。《韓詩外傳》多以故事解說《詩經》的體例，從一部
書的著述體例上看獨樹一幟，但是從解說方式、文本的結構形態上
看，實是其來有自。

　　劉向《列女傳》每個人物故事後都引《詩》中的詩句。格式是
「《詩》云：……此之謂也。」這種引詩方式源自《荀子》。《荀子》
闡明一個觀點後多用《詩》作結，大部分是「《詩》曰（云）：……此
之謂也」的格式。全書引《詩》多達七十七處。從引《詩》的形式上
看，《列女傳》與《荀子》完全相同。《列女傳》結尾嚴整的引《詩》
格式取自《荀子》，但從章節的結構形態上看，《列女傳》是事（史）

與詩相結合，而《荀子》是理與詩相結合。《列女傳》事（史）與詩相結合的方式，則是得益於《韓詩外傳》。而《韓詩外傳》將事（史）與詩結合起來的表達方式[7]，用故事說《詩》的解經方式，對《列女傳》的體例產生了直接的影響。

　　將事（史）與詩結合或論（理）與詩結合包含一個問題，是以事說詩，還是以詩明事（理）。《荀子》表現為引詩明理，意不在說《詩》。對《韓詩外傳》，前人有兩種意見。《漢書》〈儒林傳〉：「嬰推詩人之意，而作〈內外傳〉數萬言。」[8]余嘉錫持相同觀點，認為「韓嬰之傳，本為釋經」。[9]另一種意見認為《韓詩外傳》乃引詩以明事。〈四庫全書總目〉評曰：「其書雜引古事古語，證以詩詞。與經義不相比附，故曰：『外傳』。」[10]〈四庫全書總目〉在《韓詩外傳十卷》所加案語中，還引述明代王世貞的看法，曰：「王世貞稱《外傳》引詩以證事，非引事以明《詩》，其說至確。」[11]筆者贊成前一種觀點。《韓詩外傳》儘管我們現在看起來是「引《詩》以明事」，故事

7　徐復觀認為：「《外傳》中共引用《荀子》凡五十四次，其深受荀子影響，可無疑問。即《外傳》表達的形式，除繼承《春秋》以事明義的傳統外，更將所述之事與《詩》結合起來，而成為事與詩的結合，實即史與詩互相證成的特殊形式，亦由《荀子》發展而來。」徐復觀：《兩漢思想史》（上海市：華東師範大學出版社，2001年），卷3，頁5。

8　《漢書》（北京市：中華書局，1962年），卷88，頁3613。

9　余嘉錫說：「又如《韓詩外傳》、《新序》、《說苑》之類，述多於作，事廣於言，乍觀其體，頗類史書，細按其文，殊乖事實。牴牾莫保，訛謬滋多。良由韓嬰之傳，本為釋經，更生之書，將以進御。故其採傳記也，所以陳古以戒今；其採雜說也，所以斷章而取義。」余嘉錫：《古書通例》（上海市：上海古籍出版社，1985年），頁87。

10　四庫全書研究所整理：《欽定四庫全書總目》（北京市：中華書局，1997年，整理本），卷16，頁214。

11　四庫全書研究所整理：《欽定四庫全書總目》（北京市：中華書局，1997年，整理本），卷16，頁214。

與經義「不相比附」，但撰述之初衷，當是如班固所云「推詩人之意」，是用事說經，這與《韓非子》〈喻老〉是一樣的，用生動形象的故事闡明經義。不過，《列女傳》並不是意在用故事闡明經義。儘管《列女傳》在形式上事與詩的結合繼承了《韓詩外傳》，但《列女傳》之引詩，卻是以《詩》明事，劉向並不是要用眾多賢傑女子的事蹟來闡述《詩》義，只是用《詩》來證事，用《詩》闡明事件蘊涵的意義。這點倒與《荀子》引《詩》說理相近。

《列女傳》具有人物類傳的性質。這種人物類傳的編撰體例，劉向並不是發凡起例者。《史記》的〈游俠列傳〉〈滑稽列傳〉〈日者列傳〉〈龜策列傳〉〈刺客列傳〉〈循吏列傳〉〈酷吏列傳〉諸傳，將同類人合為一傳，而且不像〈老子申韓列傳〉〈屈原賈生列傳〉等以人名命名，而是以某類人的共性（職業特徵、行為特徵、品德特徵）命名。對照《列女傳》以人物品德的題名，母儀傳、賢明傳等，二者之間的源流關係不言而喻。而且，《列女傳》多有在人物故事後加「君子曰（謂）」的評論，這與《左傳》的「君子曰」是一脈相承的。

劉向遍校群書，現存的書錄還有〈戰國策書錄〉〈管子書錄〉〈晏子書錄〉〈孫卿書錄〉〈韓非子書錄〉〈列子書錄〉〈鄧析書錄〉〈關尹子書錄〉〈子華子書錄〉數種。因此，劉向《說苑》三書不僅在取材上廣採諸子史傳雜說，還在體例上因襲、融會諸家特點，從《新序》《說苑》到《列女傳》，清晰地體現出這位大學者在體例上雜取百家而自成一體的發展過程。在劉向三書這裏，文體來源的多源性表現得非常鮮明，記敘與議論的分分合合也頗耐人尋味。《新序》後五卷有主題，但沒有議論框架，《說苑》則不僅有主題，還在每個主題下有明確的議論框架，只有〈君道〉卷除外，《列女傳》形式更加嚴整，每章都由記（故事）、論（君子曰，《詩》云）、頌三部分組成，記傳的特徵更加明確。

　　《漢書》〈藝文志〉《隋書》〈經籍志〉和〈四庫全書總目〉都把《說苑》和《新序》錄入諸子類儒家，只有《宋史》〈藝文志〉將它們列入子部雜家。對《列女傳》〈漢志〉列入諸子儒家，《隋志》〈總目〉和〈宋志〉列入史部雜傳類。對三書的性質歸屬，後代學者也意見不一。[12]這也說明由於文體來源具有多源性，三書文體兼具子部與史部，即論與記雙重特徵，因而側重點不同歸類也就不同。班固看重劉向以意主事，因此將三書都劃歸諸子。《隋志》〈總目〉和〈宋志〉，看重的則是《列女傳》的史部特徵。

第三節　以事言理的思想表達方式考源

　　劉向出於同一原因和目的而編撰《說苑》三書。《漢書》〈楚元王傳附劉向傳〉：「向睹俗彌奢淫，而趙、衛之屬起微賤，逾禮制。向以為王教由內及外，自近者始。故採取《詩》、《書》所載賢妃貞婦，興國顯家可法則，及孽嬖亂亡者，序次為《列女傳》，凡八篇，以戒天子。及採傳記行事，著《新序》、《說苑》凡五十篇奏之。數上疏言得失，陳法戒。書數十上，以助觀覽，補遺闕。」[13]在自上而下風行奢淫的情況下，劉向編撰三書。他把這三部書當成諫議的奏章，希望能

---

12 章學誠認為《說苑》三書不當入諸子儒家。他在《文史通義》〈校讎通義〉中說：「按《說苑》、《新序》，雜舉春秋時事，當互見於《春秋》之篇。……惟《列女傳》，本採《詩》、《書》所載婦德可垂法戒之事，以之諷諫宮閨，則是史家傳記之書；而《漢志》未有傳記專門，亦當附次《春秋》之後可矣。至其引風綴雅，託興六義，又與《韓詩外傳》相為出入，則互注於《詩經》部次，庶幾相合；總非諸子儒家書也。」（章學誠著、葉瑛校注：《文史通義校注》〔北京市：中華書局，1994年〕，頁1039）余嘉錫認為，《說苑》三書「皆非向所創造，特雖採自古書，而能自以義法部勒之，故得為一家之言」。余嘉錫：《古書通例》（上海市：上海古籍出版社，1985年），頁69。

13 《漢書》（北京市：中華書局，1962年），卷36，頁1957-1958。

夠起到規範君主及后妃行為的作用。也就是說，劉向在明確的思想之驅動下，才裁制、整理舊章雜聞，按照「以類相從」（〈說苑序奏〉）的編排原則，把散見於子史各家的言論行事、歷史逸聞組織在不同的主題之下。在著述之初，他已經有確切的目的，最終的文本也大多每卷有鮮明的主題。而且，不僅用議論性文字闡明觀點，還綴以大量軼事、寓言。這種意在事先、以事言理的表達方式，不僅可以從先秦諸子或者《春秋》那裏找到源頭[14]，還可以上溯得更早。《周易》就已經奠定了這樣一種表達思想的方式。

　　《周易》中有些卦的六條爻辭所述事件圍繞一個話題，具有連續性，組成一個完整的寓言故事，闡釋哲理。〈乾〉〈大壯〉〈明夷〉〈賁〉〈睽〉〈困〉〈漸〉〈旅〉諸卦都是如此。以〈乾〉卦為例。

> 乾元亨利貞。
> 初九　潛龍勿用。
> 九二　見龍在田，利見大人。
> 九三　君子終日乾乾，夕惕若。厲，無咎。
> 九四　或躍在淵，無咎。
> 九五　飛龍在天，利見大人。

14　董仲舒《春秋繁露》〈俞序〉云：「孔子曰：『吾因其行事，而加乎王心焉。以為見之空言，不如行事博深切明。』」（蘇輿撰，鍾哲點校：《春秋繁露義證》〔北京市：中華書局，1992年〕，頁159）司馬遷《史記》〈自序〉云：「董生曰：『……孔子知言之不用，道之不行也，是非二百四十二年之中，以為天下儀表。貶天子，退諸侯，討大夫，以達王事而已矣。』子曰：『我欲載之空言，不如見之於行事之深切著明也。』」（《史記》〔北京市：人民文學出版社，1958年〕，卷130，頁3297）余嘉錫《古書通例》〈古書多造故事〉：「若夫諸子短書，百家雜說，皆以立意為宗，不以敘事為主；意主於達，故譬喻以致其思；事為之賓，故附會以圓其說；本出荒唐，難與莊論。惟儒者著書，較為矜慎耳。」余嘉錫：《古書通例》（上海市：上海古籍出版社，1985年），頁77。

　　上九　亢龍有悔。
　　用九　見群龍無首，吉。[15]

　　全卦六條爻辭形象地描述了龍由潛隱、出現、入淵、飛騰至亢而有悔的全部運動過程，以龍喻君子，昭示了應當及時進取，進取過程中不可有一絲鬆懈，進退當知時、物極則反的人生哲理。雖然每條爻辭都很短，但都圍繞著龍展開記敘，展示龍的動作變化，構成簡單的具有連貫性的情節，表達乾元剛健的精神。對龍的行為變化及其在不同情境中的心理狀態的描述，構成了一則簡單卻很完整的寓言故事。其它幾卦也具有同樣的特點。

　　《周易》寓言卦的編撰過程，不是先有故事，後有哲理，而是先有對人生諸種情境的哲理思考，而後才用寓言故事的形式將它表現出來，並賦予不同主題，即意在事先並以事說理。不僅《周易》如此，先秦諸子寓言也是如此。[16]

　　《周易》中有些卦圍繞一個主題，但六條爻辭並不以同一個事物為敘述對象，而是分述不同的事情，用不同的多個事象組成一卦，完成說理。〈履〉、〈泰〉、〈否〉、〈謙〉、〈豫〉、〈觀〉、〈大過〉、〈遯〉諸卦都是如此。

　　泰　小往大來，吉亨。
　　初九　拔茅茹，以其彙，徵吉。

15　《周易正義》，見〔清〕阮元校刻：《十三經注疏》（北京市：中華書局，1980年），頁13-14。
16　崔大華說：「所以在《莊子》中，一個清晰的理性觀念，一個哲學思想並不是隨著一個寓言而產生，而是在一個寓言之外、之前就存在了的，它只是在寓言中又獲得了一次形象的顯現，證明。」崔大華：《莊學研究》（北京市：人民出版社，1992年），頁312-313。

九二　包荒，用馮河，不遐遺。朋亡，得尚於中行。

九三　無平不陂，無往不復，艱貞無咎。勿恤其孚，於食有福。

六四　翩翩。不富以其鄰，不戒以孚。

六五　帝乙歸妹，以祉元吉。

上六　城復於隍，勿用師，自邑告命，貞吝。[17]

　　這卦卦辭說明泰的含義——小的去了大的會來，吉利，亨通。爻辭運用了諸多事象具體描述各種屬於泰的情境：按種類拔茜草；用大空葫蘆（係在腰上）渡河，不會溺水；錢丟了，半路得到補償；不必擔憂他的誠信，在食物方面會有福氣；像鳥那樣飛，因為鄰居掠奪而不富有，因為信任而不加戒備；帝乙嫁女；城牆倒塌在干城壕裏，不出兵。九三爻辭「無平不陂，無往不復，艱貞無咎」是哲理性警句。沒有平坦就無所謂傾斜，沒有外出就無所謂回來。占問艱難事情的，沒有災害。[18]《說苑》卷首以一章議論闡明中心，卷中以事為主，但也雜有議論性語段的表達思想的方式及結構形態，與這種類型的卦爻辭十分相近。

　　章學誠曾指出「古人未嘗離事而言理也」[19]，還闡述了《易》與《詩》及戰國文章的關聯。他說：「《易》象雖包六藝，與《詩》之比興，尤為表裏。……然戰國之文，深於比興，即其深於取象者也。《莊》《列》之寓言也，則觸蠻可以立國，蕉鹿可以聽訟。……故人心營構之象，有吉有凶；宜察天地自然之象，而衷之以理，此《易》

17　《周易正義》，見〔清〕阮元校刻：《十三經注疏》（北京市：中華書局，1980年），頁28。

18　此卦譯文主要參考周振甫譯注：《周易譯注》（北京市：中華書局，1991年），頁47-48。

19　章學誠著、葉瑛校注：《文史通義校注》〈易教上〉，頁1。

教之所以範天下也。」[20]他清楚地指出了以事言理、意在事先的思維方式，《周易》實發其源。雖然不能確切地論斷劉向是受到《周易》的影響，才採取了意在事先、以事說理的思想表達方式，並採取了先議後記、以記為主、間有議論的文本結構形態，但是這種說理方法最早的表現是在占卜性質的《周易》當中，卻是不爭的事實。

　　關於我國敘事文體與諸子及史傳的密切關係，前賢所論甚多。通過考察劉向三書及其淵源，可以得到另外一條敘事文體發展的脈絡，即在議論文中包蘊著敘事文的因素，敘事文漸漸脫離了議論文的外在框架，從議論文中獨立出來。先秦諸子本以議論為主，到《晏子春秋》就變成以事為主了，從書名上看，就具有子部和史部的雙重特徵。劉向三書承襲了這種演變方向，具有典型性，客觀上起到催化敘事文體獨立的作用。換句話說，議論與敘事二者既有其各自的發展演變的軌跡，同時，在發展過程中，二者又時合時分。從議論文框架中逐漸獨立出來的記敘章節，應該也是敘事文體發展的一條線索。

---

20 章學誠著、葉瑛校注：《文史通義校注》〈易教下〉，頁19。

第十章
文體的分合交叉
—— 以蔡邕碑文為例

　　東漢末年文學家蔡邕，存作一百零四篇，以碑命名文章的近五十篇，占全部作品的一半。在所有漢代作家中，他的碑文不僅篇數最多，而且寫得也最好。關於蔡邕為什麼會創作這麼多碑文，學術界已經從多方面進行了分析。比如後漢私諡的興起，會葬及人物品藻風氣等因素，都是促成碑文在漢代極盛的重要原因。這些分析是從橫向入手的，做的是斷代研究，頗能中其肯綮，發人深思。這裏想從縱向入手，分析碑文的淵源與誄銘的關係，探討文體嬗變過程中的幾個現象，如文體的交叉滲透，文體的復始傾向，舊有文體中分化出新的種類從而命以新名等。

第一節　碑文的興起及體制特徵

　　碑這種文體，《文心雕龍》〈誄碑〉溯其源云：「上古帝王，紀號封禪，樹石埤嶽，故曰碑也。周穆紀跡於弇山之石，亦古碑之意也。」[1]姚鼐〈古文辭類纂序目〉云：「碑誌類者，其體本於《詩》，歌頌功德，其用施於金石。周之時有石鼓刻文，秦刻石於巡狩所經過，漢人作碑文，又加以序。序之體，蓋秦刻琅邪具之矣。」[2]兩說

1　范文瀾：《文心雕龍注》（北京市：人民文學出版社，1958年），頁214。
2　〔清〕姚鼐纂集，胡士明、李祚唐標校：《古文辭類纂》（上海市：上海古籍出版社，1998年），頁11。

不同，各有道理。不過，一種文體名稱的確立，從名實相符角度考察，當看何時有確切的名稱。翻檢《史記》《漢書》和《後漢書》三部書，《史記》和《漢書》正文中，沒有一個碑字。秦始皇巡狩時，李斯所作頌其功德的六篇大文，司馬遷稱為刻石，並不稱碑。直到《後漢書》才多次明確記載文人著述的文體種類及篇數，計有十四人曾作碑文。[3]如此看來，在墳墓外立石碑並作文銘刻其上以頌德的風

3　《後漢書》〈桓榮傳附郁曾孫彬傳〉：「（桓麟）所著碑、誄、贊、說、書凡二十一篇。」案：「摯虞〈文章志〉，麟文見在者十八篇，有碑九首，誄七首，〈七說〉一首，〈沛相郭府君書〉一首。」（《後漢書》〔北京市：中華書局，1965年〕，卷37，頁1260）〈崔駰傳附子瑗傳〉：「瑗高於文辭，尤善為書、記、箴、銘，所著賦、碑、銘、箴、頌、〈七蘇〉、〈南陽文學官志〉、〈歎辭〉、〈移社文〉、〈悔祈〉、〈草書勢〉、七言，凡五十七篇。」（《後漢書》〔北京市：中華書局，1965年〕，卷52，頁1724）〈崔駰傳附孫寔傳〉：「所著碑、論、箴、銘、答、七言、祠、文、表、記、書，凡十五篇。」（《後漢書》〔北京市：中華書局，1965年〕，卷52，頁1731）〈楊震傳附玄孫修傳〉：「修所著賦、頌、碑、贊、詩、哀辭、表、記、書凡十五篇。」（《後漢書》〔北京市：中華書局，1965年〕，卷54，頁1790）〈馬融傳〉：「所著賦、頌、碑、誄、書、記、表、奏、七言、琴歌、對策、遺令，凡二十一篇。」（《後漢書》〔北京市：中華書局，1965年〕，卷60上，頁1972）〈蔡邕傳〉：「所著詩、賦、碑、誄、銘、贊、連珠、箴、弔、論議、〈獨斷〉、〈勸學〉、〈釋誨〉、〈敘樂〉、〈女訓〉、〈篆埶〉、祝文、章表、書記，凡百四篇，傳於世。」（《後漢書》〔北京市：中華書局，1965年〕，卷60下，頁2007）〈盧植傳〉：「所著碑、誄、表、記凡六篇。」（《後漢書》〔北京市：中華書局，1965年〕，卷65，頁2137）〈皇甫規傳〉：「所著賦、銘、碑、贊、禱文、弔、章表、教令、書、檄、箋記，凡二十七篇。」（《後漢書》〔北京市：中華書局，1965年〕，卷65，頁2137）〈儒林傳下〉〈服虔傳〉：「所著賦、碑、誄、書記、〈連珠〉、〈九憤〉，凡十餘篇。」（《後漢書》〔北京市：中華書局，1965年〕，卷80上，頁2618）〈文苑傳上〉〈葛龔傳〉：「著文、賦、碑、誄、書記凡十二篇。」《文苑傳上》〈邊韶傳〉：「著詩、頌、碑、銘、書、策凡十五篇。」（《後漢書》〔北京市：中華書局，1965年〕，卷80上，頁2624）〈文苑傳下〉〈張升傳〉：「著賦、誄、頌、碑、書，凡六十篇。」（《後漢書》〔北京市：中華書局，1965年〕，卷80下，頁2628）〈文苑傳下〉〈張超傳〉：「著賦、頌、碑文、薦、檄、箋、書、謁文、嘲，凡十九篇。」《後漢書》（北京市：中華書局，1965年），卷80下，頁2652。

習，當自東漢興起。清代劉寶楠《漢石例》（卷一）云：「紀功德亦以石，但不名碑，故《史記》〈封禪書〉引《管子》、《秦始皇本紀》並云刻石，不言立碑。墓用石名碑。與刻石紀功德名碑皆始於漢。」[4]

但是，周秦時代並非沒有碑之名，只不過用途不同於東漢。趙翼《陔餘叢考》「碑表」條引孫宗鑒《東皋雜錄》云：「周秦皆以碑懸棺，或木或石，既葬，碑留壙中，不復出矣。後稍書姓名爵里於其上，後漢遂作文字。」[5]可見，東漢之前，雖有碑，但並不樹於墓外，而是埋於地中，文字也極簡略。書刻姓名爵里於碑上，是碑文的原始形態，非常簡單。

周秦時代還有於石棺上銘文的，雖然為數極少，但也有創例的意義，如《史記・秦本紀》：「周武王之伐紂，並殺惡來。是時蜚廉為紂石北方，還，無所報，為壇霍太山而報，得石棺，銘曰：『帝令處父，不與殷亂，賜爾石棺以華氏。』死，遂葬於霍太山。」[6]《莊子》〈則陽〉：「夫靈公也死，卜葬於故墓不吉，卜葬於沙丘而吉。掘之數仞，得石槨焉，洗而視之，有銘焉，曰：『不馮其子，靈公奪而裏之。』」[7]由這兩例大概可以推斷，早在商末周初，至遲在戰國時代，已經產生了石質棺槨銘文。《全上古三代文》卷十四輯錄的〈閭里石槨銘〉和〈孔子壙壁刊文〉也屬此類。[8]這種石棺銘文帶有預言的性

4　轉引自詹鍈：《文心雕龍義證》（上海市：上海古籍出版社，1989年），頁446。

5　〔清〕趙翼：《陔餘叢考》，681頁，北京市：中華書局，1963。

6　《史記》（北京市：中華書局，1982年），卷5，頁174-175。

7　〔清〕王先謙：《莊子集解》，見《諸子集成》〔北京市：中華書局，1954年〕，冊3，頁173。

8　《閭里石槨銘》：「四體不勤熟為作，生不遭遇長附詑。賴得二人發吾宅。」（《太平御覽》五百九十卷，引《博物志》）《孔子壙壁刊文》：「秦始皇，何僵梁。開吾戶，據吾床。飲吾酒，唾吾漿。飡吾卞，以為糧，張吾弓，射東牆，前至沙丘，當滅亡。」（《異苑》，嚴可均案：孔子遺讖及《春秋演孔圖》與此略同）嚴可均：《全上古三代秦漢六朝文》，第14卷，100頁，北京市：中華書局，1958。

質，屬於讖語。它們是對一個人德行的論斷，儘管是以讖語的形式。

　　東漢以前，碑文的主要意義有兩個：一是標示墓主姓名、籍貫、官職；二是對人蓋棺論定。東漢的碑文也有這兩方面的內容。首述一人的姓名、籍貫、世系，如果是官員，則述其升沉，並評述其德性、作為，如桓麟的〈太尉劉寬碑〉：「公諱寬，字文饒，弘農華陰人也。其先……公托受純和之氣體，有樂道寧儉之性，疾雕飾，尚樸素，輕榮利，重謙讓。……大將軍以禮協命，舉高第，拜侍御史，遷梁令。……」[9]其它人的碑文大多如此，很少有例外，形成固定的體例。

　　然而，東漢的碑不像周秦碑一樣埋在地中，而是樹於墓外。而且，並不像石棺銘文那樣，多是對惡人的讖語，沒有任何對墓主之德稱讚的語言，東漢碑文一個非常鮮明的特徵是樹碑以頌德。《後漢書》多次說明樹碑的目的是頌德。[10]沒有樹碑頌德字樣的，從傳中所敘也能看出立碑的目的是稱揚墓主。像〈陳寔傳〉、〈郭泰傳〉，傳中只言同志之士為他們刊石立碑，並未確言頌德，可這兩個人都是為人稱頌的名士，蔡邕為它們所作的碑文也意在頌贊。東漢的碑文確切表達樹碑意在頌德的，所在多有。樹碑之意在於頌德，是東漢碑文通例。這種樹石碑於墓外、以頌德為目的的體例，是簡樸形態的原始碑文與石棺銘文所不具備的，那麼，這個特徵是如何形成的？

　　這就需要上溯到另一種文體。

9　〔清〕嚴可均校輯：《全後漢文》，第27卷，624頁。

10　《後漢書》〈竇融傳附玄孫章傳〉：「貴人早卒，帝追思之無已，詔史官樹碑頌德，章自為之辭。」(《後漢書》〔北京市：中華書局，1965年〕，卷23，頁822)〈桓彬傳〉：「(桓彬)所著〈七說〉及書凡三篇，蔡邕等共論序其志，僉以為彬有過人者四：……乃共樹碑而頌焉。」(《後漢書》〔北京市：中華書局，1965年〕，卷36，頁1261)〈崔駰傳附孫寔傳〉：「(崔寔)家徒四壁立，無以殯殮，光祿勳楊賜、太僕袁逢、少府段熲為備棺槨葬具，大鴻臚袁隗樹碑頌德。」(《後漢書》〔北京市：中華書局，1965年〕，卷52，頁1731)〈韓韶傳〉：「同郡李膺、陳寔、杜密、荀淑等為立碑頌焉。」《後漢書》(北京市：中華書局，1965年)，卷62，頁2063。

第二節　碑文與銘誄的分合交叉

　　碑文主頌的功能來源於銘文。於金石上刻寫祝頌之辭的做法，是商周時代就存在的。銘文的歷史非常久遠，傳說黃帝時已作有器物銘文，只是不足徵信。現在見到的多是商周銅器及其它器具上的銘文。從用韻、功用角度看，銘文大體可分為兩種類型。一是散文體的，多用於祝頌；二是韻文體的，多用於鑒戒。商代以散文體居多，周代以韻文居多。商代的銘文字數很少，大多只是刻鑄族氏及祖先名字，考古學家曾發現在同一個墓葬中幾個銅器上刻著同樣的字。至周，銘文內容日益豐富，君主誥命、功伐、勳業都有銘刻，用散體的形式頌贊先人。如〈虢叔大夾鍾銘〉（《全上古三代文》卷十二）就是虢叔稱頌其皇考功德的銘文。春秋時孔悝的〈鼎銘〉（《全上古三代文》卷三）也意在襃顯先世。

　　對銘的頌揚功用，春秋時代的臧武仲就做了明確闡釋。《左傳》〈襄公十九年〉載，季武子用得之於齊國的兵器作林鍾而銘魯功焉。臧武仲謂季孫曰：「夫銘，天子令德，諸侯言時計功，大夫稱伐。……且夫大伐小，取其所得，以作彝器，銘其功烈，以示子孫，昭明德而懲無禮也。」[11]其後，還有類似的論說。《禮記・祭統》：「夫鼎有銘。銘者自名也，自名以稱揚其先祖之美，而明著之後世者也。……銘者，論譔其先祖之有德善、功烈、勳勞、慶賞、聲名，列於天下，而酌之祭器，自成其名焉，以祀其先祖者也。」[12]蔡邕《銘論》：「鍾鼎禮樂之器，昭德紀功，以示子孫。物不朽者，莫不朽於金

---

11 楊伯峻：《春秋左傳注》（北京市：中華書局，1990年，修訂本），冊3，頁1047。

12 〔漢〕鄭玄注、〔唐〕孔穎達等正義：《禮記正義》，見〔清〕阮元校刻：《十三經注疏》（北京市：中華書局，1980年），頁，1606頁。

石，故碑在宗廟兩階之間。近世以來，咸銘之於碑。」[13]

秦代李斯所作的泰山、會稽、琅邪等六篇刻石文，是以韻文的形式頌贊秦始皇的功業。由周代頌美某位先人，到秦代的臣子頌美皇帝，頌美的對象發生了變化，但是銘以頌功的作用卻沒有變。它們開啟了東漢之碑頌美一人的體例。不同的是，李斯刻石文是活著的人選定他人為自己唱頌歌，而且每篇詩章主要針對某種功德；東漢碑文大多數是人死之後，他人主動地或受人之請為此人立碑撰文，是對人一生品德的評價。

東漢也有為生人寫銘頌功的作品。《後漢書‧竇憲傳》載，大將軍竇憲立下赫赫戰功，請班固為己撰文頌功，並刻石於燕然山。班固銘文頌生人之功，並且只針對一事，這個特點與早期銘文一脈相承。周代〈仲偁父鼎銘〉：「唯王五月，初吉丁亥，周白邊止及中偁父伐南淮人，孚金，用乍寶鼎，其萬年，子孫永寶用。」[14]春秋時衛大夫禮至〈以滅邢功為銘〉：「余掖殺國子，莫餘敢止。」[15]都是如此。

碑主頌雖源於銘，但是，碑卻有其特定的情境。頌生人之功——主要針對一件事，與頌死者之德——針對一生，如果都稱為銘的話，二者就混為一體了。如何區別二者？這就需要對新興的頌揚死者之德、銘於碑上的文體命以新名。於是，因器取名，碑就由器物之名，轉為文體之名。碑也就從銘這種文體中分離出來，成為一種新文體的名稱，並形成獨特的體例。正如劉勰所云「夫碑實銘器，銘實碑文，因器立名」[16]（《文心雕龍‧誄碑》），碑是銘這種文體在特定時代風氣下的特殊發展。同是刻在石上的文字，因所述的對象不同，於是有了

13 〔清〕嚴可均校輯：《全後漢文》，卷74，頁876。
14 〔清〕嚴可均校輯：《全上古三代文》，第13，頁94。
15 〔清〕嚴可均校輯：《全上古三代文》，卷3，頁28。
16 范文瀾：《文心雕龍注》（北京市：人民文學出版社，1958年），頁214。

碑與銘的區別。對李斯刻石文不稱碑，對班固燕然山之文，因其述生人之德，人們亦不稱碑，而是稱之為〈封燕然山銘〉。可是，東漢末年，也有為生人樹碑的。《後漢書‧循吏傳‧童恢傳附童翊傳》：「化有異政，吏人生為立碑。」[17]碑的意義此時又表現出向銘文的早期意義──紀生人之功、昭生人之德回歸的傾向，但主頌的功用並沒有發生變化。

蔡邕碑文創作數量極大，他也作有銘文。他的碑文是前序後銘的形式。序多為散文，銘則多是四言韻文。蔡邕因為常作碑文，因此，他寫作銘文時，偶而也運用了碑文常見的散韻結合的形式，《黃鉞銘》就是如此。由此看來，碑文自銘文中分離、獨立出來後，其體例又反過來影響了銘文。

銘刻於墓碑上的文字稱為碑，而同為紀念死者但沒有銘刻於碑上的文體在春秋時代就產生了。《禮記‧檀弓上》記，魯莊公及宋人戰於乘丘，縣賁父御，馬驚敗績。「縣賁父曰：『他日不敗績，而今敗績，是無勇也。』遂死之。圉人浴馬，有流矢在白肉。公曰：『非其罪也！』遂誄之。士之有誄，自此始也。」[18]魯莊公為表彰縣賁父而作誄，誄文的具體內容現在雖然看不到，但誄這種文體產生之初，是出於表達對死者的肯定及哀慟之情當是沒有疑問的。

現在能看到的最早的誄文，是魯哀公誄孔丘。《左傳》〈哀公十六年〉載：「夏四月己丑，孔丘卒。公誄之曰：『旻天不弔，不憖遺一老，俾屏餘一人以在位，煢煢餘在疚。嗚呼哀哉尼父！無自律。』」[19]《禮記‧檀弓》：「魯哀公誄孔丘曰：『天不遺耆老，莫相予位焉。嗚

---

17 《後漢書》（北京市：中華書局，1965年），卷76，頁2482。

18 《禮記正義》，見〔清〕阮元校刻：《十三經注疏》（北京市：中華書局，1980年），頁1277。

19 楊伯峻：《春秋左傳注》（北京市：中華書局，1990年，修訂本），冊4，頁1698。

呼哀哉！尼父。』」[20]二文有所不同。不過兩種版本的誄文都並不及於
孔子德行，只述魯哀公的傷悼之情。由此可以推斷，誄文最初的功能
是用以抒情的，正如曹植〈卞太后誄〉表文所云：「銘以述德，誄尚
及哀。」[21]陸機〈文賦〉亦曰：「碑披文以相質，誄纏綿而悽愴。」[22]
碑與誄二者在功用上有所區別：碑更側重於評述德行，而誄以抒發哀
傷為主。

在後來的發展中，尤其在東漢，誄本主述哀的情況發生了變化，
有些誄文也述德行，除了不銘刻於碑外，僅從文章內容上看，與碑沒
有什麼區別。而碑也不僅僅限於述德，還夾進了述哀的成分。如張衡
〈司徒呂公誄〉、〈司空陳公誄〉、〈大司農鮑德誄〉三篇誄文。它們都
是四言韻文，都述三人祖先之德及三人本身之德。〈呂公誄〉述呂公
之德曰：「綽兮其寬，皦兮其清，既明且哲，式保令名。」結尾點了
一筆傷弔之情。辭云：「去此寧寓，歸於幽堂。玄室冥冥，修夜彌
長。」[23]〈陳公誄〉可能因為所存並非全文，就連這點傷悼之筆也沒
有。〈鮑德誄〉述哀之辭略多，云：「既厭帝心，將處臺輔。命有不
永，時不我與。天實為之，孰其能御。股肱或毀，何痛如之。國喪遺
愛，如何無思。」[24]表達了深切的遺憾、無奈、痛惜及思念之情。綜
觀全文，抒情的比重占到五分之一左右，與原創階段的純為抒情之文
大不相同。蔡邕的〈濟北相崔君夫人誄〉陳哀之辭較多，與述德之文
平分秋色，各占一半篇幅。

---

20 《禮記正義》，見〔清〕阮元校刻：《十三經注疏》（北京市：中華書局，1980年），
　　頁1294。

21 〔魏〕曹植著、趙幼文校注：《曹植集校注》（北京市：人民文學出版社，1998年），
　　卷3，頁417。

22 《文選》（上海市：上海古籍出版社，1986年），卷17，頁766。

23 〔清〕嚴可均校輯：《全後漢文》，卷55，頁776。

24 〔清〕嚴可均校輯：《全後漢文》，卷55，頁776。

　　碑文則述德之餘，又增述哀之筆。這類作品並不少見。蔡邕的
〈太傅胡廣碑〉（維漢二十有一世），濃墨重彩地評述了胡廣之德，結
尾曰：「進睹墳塋，几筵空設。退顧堂廡，音儀永闋。感悼傷懷，心
肝若割。」[25]蔡邕非常敬慕他的老師胡廣，為胡廣共寫了三篇碑文。
引的這幾句寫其進退所見，人亡物在，生死永隔，其感悼之情表達得
十分真切、深沉，也很感人。而且，蔡邕還明確說：「相與累次德
行，撰舉功勳，刊之於碑，用慰哀思。」[26]這實際上指出碑的兩個功
用——述死者之德，慰生者之思。而表生者之情，並不是碑初始階段
就擔負的使命，這本是誄應負的責任。碑與誄本來各司其職，可是發
展過程中，在東漢特殊的社會風習下，二者相互間有所滲透與交叉，
結果是碑與誄這兩種文體的界限變得模糊了。

第三節　蔡邕的修史情結與其碑文創作

　　東漢興起碑這種文體，與當時品藻人物、私諡及會葬的風氣有
關。前賢對此所論甚詳。這些都屬於外部原因。就創作主體而言，如
果沒有蔡邕，東漢的碑文創作一定大為遜色，甚至可以斷言，一定不
會像今天這樣引人注意。蔡邕之所以創作大量碑文，與他既是書法家
又是文學家有關，與他交遊廣有關，更與他的修史情結有關。

　　蔡邕詩文甚多，文章的體裁也多，但他最看重、最想著述的是史
書。《後漢書·蔡邕傳》：「邕前在東觀，與盧植、韓說等撰補《後漢
記》，會遭事流離，不及得成，因上書自陳，奏其所著十意，分別首
目，連置章左。」[27]注引〈蔡邕別傳〉載其上書云：

25　〔清〕嚴可均校輯：《全後漢文》，卷76，頁886。

26　同上。

27　《後漢書》（北京市：中華書局，1965年），卷60下，頁2003。

臣既到徙所，乘塞守烽，職在候望，憂怖焦灼，無心能復操筆成草，致章闕廷。誠知聖朝不責臣謝，但懷愚心有所不竟。臣自在布衣，常以為《漢書》十志下盡王莽而止，光武已來唯記紀傳，無續志者。臣所事師故太傅胡廣，知臣頗識其門戶，略以所有舊事與臣。雖未備悉，粗見首尾，積累思惟，二十餘年。不在其位，非外史庶人所得擅述。天誘其衷，得備著作郎，建言十志皆當撰錄。會臣被罪，逐放邊野，恐所懷隨軀朽腐，抱恨黃泉，遂不設施，謹先顛蹟，科條諸志，臣欲刪定者一，所當接續者四，《前志》所無臣欲著者五，及經典群書所宜捃摭，本奏詔書所當依據，分別首目，並書章左，惟陛下留神省察。臣謹因臨戎長霍圉封上。有〈律曆意〉第一，〈禮意〉第二，〈樂意〉第三，〈郊祀意〉第四，〈天文意〉第五，〈車服意〉第六。[28]

蔡邕積思二十餘年，念念不忘續成漢志。即使皇帝並不責怪，他也仍然覺得「愚心有所不竟」。續修漢史，並不是外在的加於其身的任務，而是蔡邕自覺的使命。他對此懷有無比的熱忱，視為一生事業所在。董卓死後，蔡邕在王允面前流露出歎息之意，結果王允要將他收付廷尉治罪。大難臨頭，蔡邕最想做的仍然是修史。《後漢書》本傳記云：「邕陳辭謝，乞黥首刖足，繼成漢史。」[29]甚至不惜以尊嚴為代價，寧可忍辱苟活以完成漢史。可見，蔡邕對於修史懷有多麼強烈的意願，已經形成情結。他完成的有十意和〈靈帝紀〉，還補諸列傳四十二篇。這些作品「因李傕之亂，湮沒多不存」，「其撰集漢事，未

---

28 《後漢書》（北京市：中華書局，1965年），卷60下，頁2004。
29 《後漢書》（北京市：中華書局，1965年），卷60下，頁2006。

見錄以繼後史」[30]是多麼遺憾的事！

　　蔡邕具有修史之才，文學方面又是一位曠世逸才。就是這樣一位學者、詩人、書法家、文學家，沒能完成修史的願望，留給世人的卻是他自謂有慚德的大量碑文。這怎能不讓人感慨命運弄人。儘管事與願違，蔡邕存留的碑文與他最鍾愛的史書卻存在密切聯繫。劉勰認為：「夫屬碑之體，資乎史才，其序則傳，其文則銘。」「自後漢以來，碑碣雲起，才鋒所斷，莫高蔡邕。」（《文心雕龍》〈誄碑〉）[31]也就是說，創作碑文的作家，當具備作史傳之才。劉勰對蔡邕碑文的極高評價以及他對碑體制的解說，都更讓人仔細思考蔡邕修史情結、史才與其碑文的關係。

　　雖云碑文「資乎史才」，但碑與史傳畢竟是兩種文體。對此，劉師培曾有精闢論斷。其辭云：「『其序則傳』──碑前之序雖與傳狀相近，而實為二體，不可混同。蓋碑序所敘生平，以形容為主，不宜據事直書。……試觀蔡中郎之〈郭有道碑〉，豈能與《後漢書》〈郭泰傳〉易位耶？」[32]要之，碑文是對一個人的蓋棺論定，雖也兼及敘事，但運用的是概括式的評述語調，而不是像史傳文那樣的紀傳體。古代有人從蔡邕所作碑文推測其所作紀傳，當盡是阿諛之辭。蔡邕碑文是否諛墓，這裏且不去說，這種思路本身其實就是有問題的，因為史傳與碑並不相同。碑本主頌，而史尚實錄，二者天然存在著矛盾。雖然曹丕《典論》〈論文〉云「銘誄尚實」[33]，但《禮記》〈祭統〉論銘，認為銘當頌先祖，「為先祖者，莫不有美焉，莫不有惡焉。銘之

30　《後漢書》（北京市：中華書局，1965年），卷60下，頁2007。

31　范文瀾：《文心雕龍注》（北京市：人民文學出版社，1958年），頁214。

32　劉師培講，羅常培記錄：《左庵文論》，轉引自詹鍈：《文心雕龍義證》（上海市：上海古籍出版社，1989年），頁457。

33　《文選》（上海市：上海古籍出版社，1986年），卷52，頁2271。

義，稱美而不稱惡，此孝子孝孫之心也。唯賢者能之」。[34]如何處理實與頌的關係，是碑與生俱來的尷尬。筆者認為，蔡邕在這方面做得很好，遺憾的是蔡邕所補四十二篇列傳已亡佚，其史傳文究竟有何特點，無從窺知。

　　將蔡邕碑文與《後漢書》史傳對照，可以看出碑與史傳不同的寫法。蔡邕雖也敘人物陞遷任職之事，但他碑文寫人，關注的是人物精神風貌，並不涉及人物的外在形象。史書則不同。《後漢書》中對於人物外在形象的書寫並不罕見。所謂人物品評，品評的不只是精神層面的德，還包括外在的形體、氣質、談吐、風度，如〈馬融傳〉記馬融曰：「為人美辭貌，有俊才。」[35]〈荀淑傳附悅傳〉記荀悅曰：「性沉靜，美姿容。」[36]〈盧植傳〉記盧植曰：「身長八尺二寸，音聲如鍾。」[37]〈郭泰傳〉記郭泰曰：「善談論，美音制」，「身長八尺，容貌魁偉」。[38]〈文苑傳〉記趙壹曰：「體貌魁梧，身長九尺，美須豪眉，望之甚偉。」[39]

　　蔡邕碑文除概述人物品德行事外，還有很多極有文采的形容、比喻。例如那篇著名的〈郭泰碑〉形容郭泰器量，曰：「夫其器量弘深，姿度廣大，浩浩焉，汪汪焉，奧乎不可測已。」形容天下之士宗仰郭泰，曰：「於時纓緌之徒，紳佩之士，望形表而影附，聆嘉聲而響和者，猶百川之歸巨海，鱗介之宗龜龍也。」形容郭泰超然物外，曰：「將蹈鴻涯之遐跡，紹巢許之絕軌；翔區外以舒翼，超天衢以高

---

34 《禮記正義》，見〔清〕阮元校刻：《十三經注疏》（北京市：中華書局，1980年），頁1606。

35 《後漢書》（北京市：中華書局，1965年），卷60上，頁1953。

36 《後漢書》（北京市：中華書局，1965年），卷62，頁2058。

37 《後漢書》（北京市：中華書局，1965年），卷64，頁2113。

38 《後漢書》（北京市：中華書局，1965年），卷68，頁2225。

39 《後漢書》（北京市：中華書局，1965年），卷70下，頁2628。

峙。」[40]此文多用駢儷句式，文采飛揚，極富文學色彩。〈荊州刺史度尚碑〉則全用駢儷句式，實是一篇駢文。〈童幼胡根碑〉則以楚辭體書寫哀思，抒情意味很濃。〈太傅胡廣碑〉（公諱廣）寫胡廣為官，辭句頗雅。總之，蔡邕是以文學之筆勾畫碑主一生行跡及神采，如劉勰在《文心雕龍》〈誄碑〉中所論「其敘事也該而要，其綴采也雅而澤；清詞轉而不窮，巧義出而卓立；察其為才，自然而至。」[41]蔡邕碑文是實用與審美的結合。

　　錢穆說：「中國文學之親附人生，妙會實事，又可從其文體之繁變徵之。……大凡文體之變，莫不以應一時之用，特為一種境界與情意而產生。」[42]碑這種文體的產生就是如此。誄的產生具有偶然性。從《禮記》〈檀弓上〉所記魯莊公誄縣賁父事上看，如果那匹馬沒有中流矢，縣賁父沒有戰死，魯莊公就不會做誄。事情出於突發，正是由於這個突發事件才牽引出一種文體，這也是文體家族的意外收穫。碑從銘中分化出來，後來碑的體制特點又影響了銘文體制，這是一種分與合；碑與誄本不同，碑產生在後，在東漢，本是述哀的誄也兼有了碑的述德品格，而碑也兼有了誄述哀的特點，這是合；魏晉以後，誄又專主述哀思，主抒情，與辭賦哀文為鄰，碑與誄又界限分明起來，這又是分。在這分分合合中，誄銘表現出一種復始傾向。這幾種文體交叉滲透的同時，還要保持自己的獨立性、特殊性，這種文體個性的內在要求和文體相容的彈性，驅動著文體之間的互相交叉滲透，分分合合。

---

40 〈郭泰碑〉原文引自《文選》（上海市：上海古籍出版社，1986年），卷58，頁2501-2502。

41 范文瀾：《文心雕龍注》（北京市：人民文學出版社，1958年），頁214。

42 錢穆：《中國文學講演集》（成都市：巴蜀書社，1987年），頁17。

主要參考書目

B

〔漢〕班固撰，〔唐〕顏師古注：《漢書》（北京市：中華書局，1962年）。

C

陳鼓應：《莊子今注今譯》（北京市：中華書局，1983年）。

陳夢家：《尚書通論（外二種）》（石家莊市：河北教育出版社，2000年）。

陳奇猷：《韓非子集釋》（上海市：上海人民出版社，1974年）。

陳奇猷：《呂氏春秋校釋》（上海市：學林出版社，1984年）。

陳柱：《中國散文史》（北京市：商務印書館，1998年）。

〔明〕程榮：《漢魏叢書》（長春市：吉林大學出版社，1992年）。

褚斌傑：《中國古代文體概論（增訂本）》（北京市：北京大學出版社，1990年）。

褚斌傑、譚家健主編：《先秦文學史》（北京市：人民文學出版社，1998年）。

崔大華：《莊學研究》（北京市：人民文學出版社，1992年）。

D

鄧紅：《董仲舒的春秋公羊學》（北京市：中國工人出版社，2001年）。

董芬芬：《春秋辭令的文體研究》（博士學位論文）（西北師範大學，
　　　2006年）。

董治安：《先秦文獻與先秦文學》（濟南市：齊魯書社，1994年）。

董治安主編：《兩漢全書》（濟南市：山東大學出版社，1999年）。

〔漢〕董仲舒著、袁長江等校注：《董仲舒集》（北京市：學苑出版
　　　社，2003年）。

F

〔南朝宋〕范曄撰，〔唐〕李賢等注：《後漢書》（北京市：中華書
　　　局，1965年）。

費振剛等輯校：《全漢賦》（北京市：北京大學出版社，1993年）。

傅剛：《昭明文選研究》（北京市：中國社會科學出版社，2000年）。

傅修延：《先秦敘事研究》（北京市：東方出版社，1999年）。

G

高亨：《周易雜論》（濟南市：齊魯書社，1979年）。

高亨：《周易大傳今注》（濟南市：齊魯書社，1979年）。

高亨：《周易古經今注（重訂本）》（北京市：中華書局，1984年）。

龔鵬程：《漢代思潮》（北京市：商務印書館，2005年）。

顧頡剛編著：《古史辨》（第三冊）（上海市：上海古籍出版社，1982
　　　年）。

〔清〕顧炎武著，〔清〕黃汝成集釋，秦克誠點校：《日知錄集釋》
　　　（長沙市：嶽麓書社，1994年）。

郭傑、李炳海、張慶利：《先秦詩歌史論》（長春市：吉林教育出版
　　　社，1995年）。

郭沫若：《中國古代社會研究》（北京市：人民出版社，1964年）。

〔清〕郭慶藩:《莊子集釋》（北京市:中華書局,1961年）。

郭紹虞:《照隅室古典文學論集》（上海市:上海古籍出版社,1983年）。

郭英德:《中國古代文體學論稿》（北京市:北京大學出版社,2005年）。

郭英德、謝思煒、尚學鋒、於翠玲:《中國古典文學研究史》（北京市:中華書局,1995年）。

郭預衡:《中國散文史》（上海市:上海古籍出版社,2000年）。

國學整理社:《諸子集成》（全八冊）（北京市:中華書局,1954年）。

H

胡念貽:《中國古代文學論稿》（上海市:上海古籍出版社,1987年）。

〔美〕華萊士・馬丁著,伍曉明譯:《當代敘事學》（北京市:北京大學出版社,1990年）。

黃懷信、張懋、田旭東撰,李學勤審定:《逸周書匯校集注》（上海市:上海古籍出版社,1995年）。

黃瑞雲:《老子本原》（北京市:人民文學出版社,1995年）。

黃壽祺、張善文:《周易譯注》（上海市:上海古籍出版社,1989年）。

黃壽祺:《群經要略》（上海市:華東師範大學出版社,2000年）。

〔漢〕韓嬰撰,許維遹校釋:《韓詩外傳集釋》（北京市:中華書局,1980年）。

J

姜廣輝主編:《中國經學思想史（第二卷）》（北京市:中國社會科學出版社,2003年）。

江灝、錢宗武譯注，周秉鈞審校：《今古文尚書全譯》（貴陽市：貴州
　　　人民出版社，1990年）。

姜亮夫：《古史學論文集》（上海市：上海古籍出版社，1996年）。

姜亮夫：《文學概論講述》（昆明市：雲南人民出版社，2000年）。

L

〔宋〕黎靖德編：《朱子語類》（長沙市：嶽麓書社，1997年）。

李炳海：《周易釋讀》（深圳市：南海出版公司，1992年）。

李炳海：《周代文藝思想概觀》（長春市：東北師範大學出版社，1993
　　　年）。

李炳海：《先秦兩漢散文分類選講》（北京市：高等教育出版社，2007
　　　年）。

〔清〕李道平著，潘雨廷點校：《周易集解纂疏》（北京市：中華書
　　　局，1994年）。

〔唐〕李鼎祚：《周易集解》（成都市：巴蜀書社，1991年）。

李定生、徐慧君：《文子要詮》（上海市：復旦大學出版社，1988
　　　年）。

〔宋〕李昉等編：《太平御覽》（上海市：上海古籍出版社，1994
　　　年）。

李鏡池：《周易探源》（北京市：中華書局，1978年）。

梁啟超：《中國歷史研究法》（上海市：華東師範大學出版社，1995
　　　年）。

李澤厚：《中國古代思想史論》（北京市：人民出版社，1986年）。

劉起釪：《尚書學史（訂補本）》（北京市：中華書局，1989年）。

劉起釪：《古史續辨》（北京市：中國社會科學出版社，1991年）。

劉師培：《中國中古文學史／論文雜記》（北京市：人民文學出版社，
　　　1959年）。

劉文典:《淮南鴻烈集解》（北京市：中華書局，1989年）。

〔西漢〕劉向撰，向宗魯校證:《說苑校證》（北京市：中華書局，
　　　1987年）。

〔西漢〕劉向撰，趙仲邑注:《新序詳注》（北京市：中華書局，1997
　　　年）。

〔西漢〕劉向撰，劉曉東校點:《列女傳》（瀋陽市：遼寧教育出版
　　　社，1998年）。

〔西漢〕劉向輯錄:《戰國策》（上海市：上海古籍出版社，1985
　　　年）。

〔南朝梁〕劉勰著，詹鍈義證:《文心雕龍義證》（上海市：上海古籍
　　　出版社，1989年）。

呂思勉:《經子解題》（上海市：華東師範大學出版社，1995年）。

羅根澤:《中國文學批評史》（上海市：上海古籍出版社，1984年）。

M

〔蘇〕莫·卡岡著，凌繼堯、金亞娜譯:《藝術形態學》（北京市：生
　　　活·讀書·新知三聯書店，1986年）。

牟宗三:《歷史哲學》（桂林市：廣西師範大學出版社，2007年）。

N

聶石樵:《先秦兩漢文學史稿》（北京市：北京師範大學出版社，1994
　　　年）。

聶石樵:《司馬遷論稿》（北京市：人民教育出版社，2001年）。

O

〔唐〕歐陽詢編，汪紹楹校:《藝文類聚》（上海市：上海古籍出版
　　　社，1999年）。

P

潘雨廷：《周易表解》（上海市：上海社會科學院出版社，1993年）。

〔清〕皮錫瑞著，盛冬鈴、陳抗點校：《今文尚書考證》（北京市：中華書局，1989年）。

浦安迪：《中國敘事學》（北京市：北京大學出版社，1996年）。

Q

錢倉水：《文體分類學》（南京市：江蘇教育出版社，1992年）。

錢穆：《中國文學講演集》（成都市：巴蜀書社，1987年）。

錢穆：《中國史學名著》（北京市：生活・讀書・新知三聯書店，2000年）。

錢鍾書：《管錐編》（北京市：中華書局，1986年）。

錢鍾書：《談藝錄（補訂本）》（北京市：中華書局，1984年）。

錢宗武：《尚書入門》（貴陽市：貴州人民出版社，1991年）。

錢宗武：《今文尚書語言研究》（長沙市：嶽麓書社，1996年）。

R

〔法〕熱奈爾·熱奈特著，史忠義譯：《熱奈特論文集》（天津市：百花文藝出版社，2000年）。

〔法〕熱拉爾·熱奈特著，王文融譯：《敘事話語新敘事話語》（北京市：中國社會科學出版社，1990年）。

〔清〕阮元校刻：《十三經注疏》（北京市：中華書局，1980年）。

S

尚秉和：《周易尚氏學》（北京市：中華書局，1980年）

尚學鋒、過常寶、郭英德：《中國古典文學接受史》（濟南市：山東教育出版社，2000年）。

上海師範大學古籍研究所校點：《國語》（上海市：上海古籍出版社，1988年）。

〔漢〕司馬遷：《史記》（北京市：中華書局，1982年）。

蘇興撰，鍾哲點校：《春秋繁露義證》（北京市：中華書局，1992年）。

〔清〕孫希旦撰，沈嘯寰、王星賢點校：《禮記集解》（北京市：中華書局，1989年）。

〔清〕孫星衍著，陳抗、盛冬鈴點校：《尚書今古文注疏》（北京市：中華書局，1986年）。

〔清〕孫星衍：《周易集解》（上海市：上海書店，1988年）。

T

臺靜農：《龍坡論學集》（瀋陽市：遼寧教育出版社，2000年）。

唐君毅：《中國哲學原論・導論》（北京市：中國社會科學出版社，2005年）。

〔法〕托多羅夫著，蔣子華、張萍譯：《巴赫金、對話理論及其它》（天津市：百花文藝出版社，2001年）。

W

王葆玹：《今古文經學新論》（北京市：中國社會科學出版社，1997年）。

王立：《先秦外交辭令探究》（北京市：世界知識出版社，2008年）。

汪桂海：《漢代官文書制度》（南寧市：廣西教育出版社，1999年）。

王國維：《觀堂集林》（北京市：中華書局，1959年）。

王國維：《古史新證》（北京市：清華大學出版社，1994年）。

王卡點校：《老子道德經河上公章句》（北京市：中華書局，1993年）。

王利器：《文子疏義》（北京市：中華書局，2000年）。

〔清〕王聘珍撰，王文錦點校：《大戴禮記解詁》（北京市：中華書局，1983年）。

王維堤、唐書文撰：《春秋公羊傳譯注》（上海市：上海古籍出版社，1997年）。

王運熙、周鋒撰：《文心雕龍譯注》（上海市：上海古籍出版社，1998年）。

王洲明、徐超校注：《賈誼集校注》（北京市：人民文學出版社，1996年）。

〔美〕韋勒克著，丁泓、余徵譯，周毅校：《批評的諸種概念》（重慶市：四川文藝出版社，1988年）。

〔美〕韋勒克、沃倫著，劉象愚等譯：《文學理論》（北京市：生活·讀書·新知三聯書店，1984年）。

韋政通：《董仲舒》（臺北市：東大圖書公司，1986年）。

〔美〕烏爾利希·威斯坦因撰，臧寧譯：《文學體裁研究·見張隆溪編·比較文學譯文集》（北京市：北京大學出版社，1982年）。

吳承學：《中國古代文體形態研究》（廣州市：中山大學出版社，2000年）

〔明〕吳納著，於北山校點：《文章辨體序說》／〔明〕徐師曾著，羅根澤校點：《文體明辨序說》（北京市：人民文學出版社，1985年）。

X

〔梁〕蕭統編，〔唐〕李善注：《文選》（上海市：上海古籍出版社，
　　　1986年）。

徐復觀：《論經學史二種》（上海市：上海書店，2002年）。

徐復觀：《兩漢思想史》（上海市：華東師範大學出版社，2001年）。

〔東漢〕荀悅撰，〔東晉〕袁宏撰，張烈點校：《兩漢紀》（北京市：
　　　中華書局，2002年）。

許倬雲：《西周史》（北京市：生活・讀書・新知三聯書店，1993年）。

許結：《漢代文學思想史》（南京市：南京大學出版社，1990年）。

Y

〔古希臘〕亞里斯多德著，羅念生譯：《修辭學》（北京市：生活・讀
　　　書・新知三聯書店，1991年）。

閻步克：《士大夫政治演生史稿》（北京市：北京大學出版社，1996
　　　年）。

閻步克：《樂師與史官》（北京市：生活・讀書・新知三聯書店，2001
　　　年）。

〔清〕嚴可均校輯：《全上古三代秦漢三國六朝文》（北京市：中華書
　　　局，1958年）。

楊伯峻：《列子集釋》（北京市：中華書局，1979年）。

楊伯峻：《春秋左傳注（修訂本）》（北京市：中華書局，1990年）。

楊希枚：《先秦文化史論集》（北京市：中國社會科學出版社，1995
　　　年）。

楊樹達：《漢代婚喪禮俗考》（上海市：上海古籍出版社，2000年）。

〔清〕姚鼐纂集，胡士明、李祚唐標校：《古文辭類纂》（上海市：上
　　　海古籍出版社，1998年）。

余嘉錫：《古書通例》（上海市：上海古籍出版社，1985年）。

余英時：《士與中國文化》（上海市：上海人民出版社，1987年）。

于迎春：《漢代文人與文學觀念的演進》（北京市：東方出版社，1997年）。

于迎春：《秦漢士史》（北京市：北京大學出版社，2000年）。

郁沅、張明高編選：《魏晉南北朝文論選》（北京市：人民文學出版社，1996年）。

Z

臧克和：《尚書文字校詁》（上海市：上海教育出版社，1999年）。

〔清〕曾國藩：《經史百家雜鈔》（長沙市：嶽麓書社，1987年）。

張峰屹：《西漢文學思想史》（天津市：南開大學出版社，2001年）。

張光直：《中國考古學論文集》（北京市：生活・讀書・新知三聯書店，1999年）。

張光直：《中國青銅時代》（北京市：生活・讀書・新知三聯書店，1999年）。

張玉法：《先秦的傳播活動及其影響》（臺北市：臺灣商務印書館，1993年）。

張善文：《周易與文學》（福州市：福建教育出版社，1997年）。

張少康：《中國文學理論批評發展史》（北京市：北京大學出版社，1995年）。

張少康、盧永璘：《先秦兩漢文論選》（北京市：人民文學出版社，1996年）。

〔清〕章學誠著，葉瑛校注：《文史通義校注》（北京市：中華書局，1994年）。

張毅：《文學文體概說》（北京市：中國人民大學出版社，1993年）。

趙逵夫：〈叔孫豹的辭令、詩學活動與美學精神——兼論春秋時代行
　　　人在先秦文學發展中的作用〉，《文學評論》2007年第4期）。

鄭文：《揚雄文集箋注》（成都市：巴蜀書社，2000年）。

〔清〕朱駿聲：《六十四卦經解》（北京市：中華書局，1958年）。

周振甫：《周易譯注》（北京市：中華書局，1991年）。

周祖譔：《隋唐五代文論選》（北京市：人民文學出版社，1990年）。

朱謙之：《老子校釋》（北京市：中華書局，1984年）。

〔宋〕朱熹撰，蘇勇校注：《周易本義》（北京市：北京大學出版社，
　　　1992年）。

〔宋〕朱熹：《四書章句集注》（北京市：中華書局，1983年）。

〔清〕朱彝尊：《經義考》（北京市：中華書局，1998年）。

朱一清、孫以昭：《司馬相如集校注》（北京市：人民文學出版社，
　　　1996年）。

後記[*]

　　這本書是在我的博士後出站報告基礎上修改、補充完成的。兩千年夏天，我拜別恩師李炳海先生，從東北師範大學來到北京師範大學，跟隨郭英德教授從事博士後研究工作。郭先生為人耿直中正，真誠熱心；對學問求真務實，執著沉潛，早已碩果累累，卓然大家；對學生和悅寬容，盡力扶持，令人如沐朝陽，如坐春風。能忝列郭先生門牆，是我的幸運。郭先生建議我以先秦兩漢文體作為研究課題，兩年當中，給了我很多寶貴的指導。每次聽先生談話，都有撥雲見日、茅塞頓開的感覺。可惜我愚鈍不靈，寫成的論文在深度和廣度上都遠遠沒有達到老師的期望。拙著出版之際，郭先生又撥冗賜序，惶愧、感激之情，難以言表。

　　本書研究先秦兩漢文體，試圖從個案入手，從不同角度去探討文體生成的諸種因素，並非全景概觀式的研究，因此，全書以單個的論題各自成章，章與章之間缺乏邏輯關聯，缺乏「研究」所應具有的系統性。我曾努力重新組織理論框架，但是總覺得太牽強，最後只得作罷，頗為遺憾。此書從開始寫做到最後成書，由於我的怠惰，時間拖得太久，十年間，學術界已經有不少新的研究成果問世，我自己的研究思路也發生了一些變化。比如對《尚書》，出站報告完成後，我一直想把它和青銅銘文聯繫起來考察文體，限於學養和精力，最後沒能寫入這方面的內容，補苴增華，只好留待異日了。

---

[*] 　編案：本文為簡體版之後記。

此外，第一章「《周易》與戰國秦漢散文體制」本來是我博士論文中的一部分，博士後期間做了一些修改，拙著《《周易》與中國上古文學》（北京市：北京師範大學出版社，2005年）一書已經收有此文。考慮到在先秦兩漢文體研究這個題目下它很重要，因此，復又收入本書，重新加了注釋，文辭上也稍有改動。書中某些章節曾以單篇論文形式發表過，此次入書也做了些修改。先秦文獻多有成書年代無法確定的問題，增加了文體研究的難度，書中有些觀點免不了有推測的成分，我只是做一些探索，錯訛之處在所難免，祈望方家學者不吝指正。

感謝聶石樵、鄧魁英、傅剛、劉躍進、李山、過常寶諸位先生，他們參加了我的博士後開題或出站報告會，提出了很多寶貴的修改意見，拓寬了我的思路，讓我獲益匪淺。尤其是聶先生和鄧先生，參加出站報告會時都已年過古稀，仍然一絲不苟地進行評議，對此，我常懷感激。真誠祝願兩位長者身體健康，幸福長樂！

感謝北京市社科理論著作出版資助基金，給了拙著出版的機會。

感謝北京師範大學出版社的趙月華和張璺兩位老師，她們出色的專業素養以及認真負責的工作態度，讓我十分敬佩，沒有她們的敦促，這本小書還不知何時才能面世。

感謝曹立晶同學（現任教於永嘉中學）。去年她在碩士論文答辯結束後，在北京的酷暑天裏，細心地幫我核對了本書的大部分引文。

這裏，我還要特別地感謝我的父母。父親於海洲先生癡迷於古典詩詞曲賦的創作與研究，自然也影響到我。是父親培養了我的興趣與愛好，引導我走上古代文學研究之路。母親張慶蘭女士沒有高學歷，但她非常勤勞、能幹，全力支持父親的詩詞事業，也全力支持我讀書、教書、寫書。在我自己有了孩子之後，就更是加倍感受到父母的無私。只要我需要幫助，他們總會及時伸出援手。父母對我有求必

應，竭盡所能，卻從未向我索取過什麼，只是希望我好、我的孩子好。父母為我付出的一切，經受的所有艱難，我都銘記於心，每每念及，情不能自己。

　　書將付梓，回顧往昔，感慨良多。當年初到京師，意氣風發，躊躇滿志，以為能做很多事。轉眼十一年過去了，年近不惑而一無所成的我，越來越明白自己其實做不了什麼；也越來越明白，即使做不了什麼，也不能懈怠，仍要勉力前行。往者不可諫，來者猶可追。

于雪棠

二〇一一年九月十二日

中華文化思想叢書 A0100011

先秦兩漢文體研究

作 者	于雪棠
責任編輯	蔡雅如
發 行 人	陳滿銘
總 經 理	梁錦興
總 編 輯	陳滿銘
副總編輯	張晏瑞
編 輯 所	萬卷樓圖書股份有限公司
排 版	林曉敏
印 刷	百通科技股份有限公司
封面設計	斐類設計工作室

出 版 昌明文化有限公司

桃園市龜山區中原街 32 號

電話 (02)23216565

發 行 萬卷樓圖書股份有限公司

臺北市羅斯福路二段 41 號 6 樓之 3

電話 (02)23216565

傳真 (02)23218698

電郵 SERVICE@WANJUAN.COM.TW

大陸經銷

廈門外圖臺灣書店有限公司

電郵 JKB188@188.COM

ISBN 978-986-92892-4-5

2016 年 4 月初版

定價：新臺幣 340 元

如何購買本書：

1. 劃撥購書，請透過以下郵政劃撥帳號：

帳號：15624015

戶名：萬卷樓圖書股份有限公司

2. 轉帳購書，請透過以下帳戶

合作金庫銀行 古亭分行

戶名：萬卷樓圖書股份有限公司

帳號：0877717092596

3. 網路購書，請透過萬卷樓網站

網址 WWW.WANJUAN.COM.TW

大量購書，請直接聯繫我們，將有專人為您

服務。客服：(02)23216565 分機 10

如有缺頁、破損或裝訂錯誤，請寄回更換

國家圖書館出版品預行編目資料

先秦兩漢文體研究 / 于雪棠著.-- 初版.-- 桃
園市 : 昌明文化出版 ; 臺北市 : 萬卷樓發行,
2016.04

面 ； 公分.--(中華文化思想叢書)

ISBN 978-986-92892-4-5(平裝)

1.文體 2.先秦文學 3.漢代文學

820.901　　　　　　　　　　105002881

本著作物經廈門墨客知識產權代理有限公司代理，由北京師範大學出版社（集團）有
限公司授權萬卷樓圖書股份有限公司出版、發行中文繁體字版版權。